Papadag

Ook van Jet van Vuuren:

Zomerdruk
Bloedheet
Zomerzin
Wintergast
Het chateau
Bed & Breakfast
De oppas
Eindfeest
Misstap (verschijnt november 2017)

Jet van Vuuren

Papadag

Karakter Uitgevers B.V.

Opmaak binnenwerk: ZetSpiegel, Best
Omslagontwerp: b'IJ Barbara
Omslagbeeld: Shutterstock/PlusONE

ISBN 978 90 452 1150 3
NUR 332

Derde druk, juli 2017

Met dank aan Madeleine van Eeghen en Carel Kummer van Roeivereniging Weesp

FSC
www.fsc.org
MIX
Papier van verantwoorde herkomst
FSC® C004472

Alle overeenkomsten met bestaande personen en gebeurtenissen berusten louter op toeval.

Zomer 1979

Jolante

Haar neus en wangen zijn roodverbrand, gevoelloos drukken haar hielen tegen de voetenborden en terwijl ze de pijn aan haar handen probeert te negeren, voelen die na iedere haal alsof ze langzaam beginnen af te sterven.

Jolantes ademhaling versnelt als ze zichzelf moed inpraat. Haar ogen houdt ze strak gericht op haar zusje, die 'stuur' is en commando's geeft.

'Bakboord... bést!'

De zon staat laag, de dag was lang. Lang en warm. De toertocht zit er bijna op. Nog even en ze lopen binnen, straks is daar het vlot, een douche en schone kleren.

'Laat lópen!' Weer de stem van Heleen.

'Belle Hélène' noemen de jongens haar. Stefan op twee en Bart op drie, vlak voor Jolante die zelf op slag zit. De boegroeier van vandaag is een nieuwe jongen. Hij noemt zichzelf J.J. Ze vergeet steeds hoe die dubbele naam luidt. Jan... nog wat.

Het is een stille knaap met een sterke slag.

'Belle Hélène' zit weer in haar hoofd. Zoals bij dat toetje. Een sappige peer, blank en zacht, om in te happen. Heleen met haar glanzende, donkere haar. Vloeiend zacht, als pure chocola.

Jolante hoort haar eigen ademhaling, haar onderrug trekt pijnlijk als ze naar voren buigt. Het opspattende water, dat na iedere haal van de riemen lijkt mee te slaan op het ritme van haar hartslag, gaat onverminderd door.

Achteruit voorwaarts glijden ze over de rimpelloze Vecht.

Jolante probeert haar aandacht bij de commando's van haar

zusje te houden. Met een verhit gezicht roept die wat de bemanning moet doen.

Haar lieftallige zusje Heleen, twee jaar jonger dan zij en zoveel meisjesachtiger.

In alle opzichten was Heleentje vanaf haar geboorte al anders: kleiner, tengerder, intelligenter, liever... behalve dan als ze bevelen geeft, zoals nu, en haar stem aan kracht wint als Jolante van vermoeidheid lijkt in te dutten, terwijl zij nota bene op slag zit en het tempo aangeeft.

'Gelijk inpikken!' roept Heleen nogmaals om iedereen bij de les te houden.

Ze heeft het juiste postuur en gewicht voor een stuurvrouw, deze mooie maagd. Kijk haar zitten, kin omhoog, spiedende blik, fier en verleidelijk als een halfgodin in de verhalen uit de *Odyssee*.

'Geen vriendjes, eerst school afmaken en dan studeren,' zei ze laatst stellig toen iemand van de club haar vroeg waarom ze nog geen verkering had.

Zo anders dan zijzelf. Jolante glimlacht omdat ze onwillekeurig aan Bart moet denken, met wie ze het vorige week voor het eerst écht heeft gedaan. Op die snikhete dag na het zwemmen. Ze mag dan stoer zijn, met een grote mond, tot nu toe durfde ze nooit verder te gaan dan zoenen.

Bij de herinnering voelt ze haar buik weer opspelen. Eng spannend was dat. Naar en fijn tegelijk. Hoe lief Bart ook tegen haar deed en hoe nat ze ook was, toen hij bij haar naar binnen ging voelde ze een stekende pijn.

Na afloop had ze gebloed. Een beetje, niet veel, maar toch. Bart maakte dat niet uit, hij vond haar lief en stoer en lekker, zei hij. En daarna hadden ze nog heel lang in het warme gras langs de waterkant gelegen, strelend en zoenend. Net zo lang totdat het donker werd en een heldere sterrenhemel boven hen verscheen.

Ze heeft vandaag tegen Bart gezegd dat ze aan de pil gaat. Ook dat vond hij stoer. Voortaan kunnen ze het dan zonder condoom doen.

'Laat lópen!' schreeuwt Heleen.

Waarop iedereen zijn haal afmaakt, het blad tilt en kantelt om vervolgens met gestrekte armen de bladen vrij van het water te houden.

De boot glijdt geruisloos verder. Als vervaarlijke muggen, pal zwevend en oplichtend boven het donkere water, varen andere boten even stil aan hen voorbij.

Bijna bij het vlot.

Jolante hoort de stem van Bart, maar terwijl hij iets tegen haar zegt, roept haar zusje op datzelfde moment: 'Houden beide boorden!'

De bladen gaan verticaal en de boot remt verder af.

'Bedankt, houden!'

Jolante ademt uit. Het zit erop. Straks is het feest, ze verheugt zich op de barbecue en de disco. Schuifelen met Bart in haar roze, strapless glitterjurk die Heleen veel te bloot vond.

Heleen komt in een knalpaarse overall. Dezelfde als waarin Frida van Abba *Dancing Queen* zingt.

Heleen vindt dat ze op Frida lijkt. Bijna had ze laatst een permanent genomen en haar bruine glanslokken in een afrokapsel veranderd.

Jolante schiet spontaan in de lach als ze daar nu aan terugdenkt en naar de paardenstaart van Heleen kijkt die bij iedere beweging van haar hoofd speels heen en weer zwiept.

'Nogmaals houden!'

Weer de stem van Heleen, waarna de boot stil komt te liggen.

Jolante kijkt snel over haar schouder naar Bart. Ze zijn bij het vlot. Hij geeft haar een knipoog, ze lacht naar hem.

Heleen heeft het gezien.

Heleentje, haar zusje, bijna achttien is ze. In alles mooier, scherper en beter dan zij, uiteraard, maar zij heeft Bart, lieve trouwe Bart. En die neemt niemand haar af.

Weesp, eind maart 2015

1

Het is halverwege de ochtend; ik heb net in de gang uit een van de verhuisdozen een koffiebeker gevist als ik iemand aan de andere kant van mijn voordeur hoor kuchen. Niet een gewone hoest van een verkouden passant die over de galerij loopt, maar zo'n kuchje om de keel te schrapen voordat er iets gezegd gaat worden.

Ik draai mijn hoofd in de richting van de deur en verwacht ieder moment de bel. Onwillekeurig trilt de beker in mijn hand als ik wel het geschuifel van voeten hoor, maar geen bel. Nogmaals klinkt dezelfde kuch. Net te zacht om in te schatten of het om een man of een vrouw gaat.

Onbeweeglijk blijf ik naar de deur staren, me afvragend waarom de persoon niet aanbelt.

In dit flatgebouw waar ik sinds een paar weken woon, ken ik – behalve mijn naaste buurman – niemand. Ik wil dat graag zo houden en heb weinig zin om te gaan kijken wie er voor de deur staat.

Mijn aandacht gaat automatisch naar de deurketting. Als ik toch opendoe, dan wel met die ketting erop.

Mijn nieuwsgierigheid dwingt me om een paar stappen naar voren te doen. Ik zet de koffiebeker op de verhuisdoos en leg mijn oor tegen de deur.

Ik hoor niets meer. Dan ineens scharniert de zware deur die naar het trappenhuis leidt en valt met een klap in het slot.

Meteen open ik mijn voordeur en zie nog net door het glas van het trappenhuis hoe een figuur in een zwart motorjack zich naar beneden haast.

Stokstijf blijf ik staan. Me veilig wanend achter de balustrade van de galerij, wacht ik totdat de persoon zo beneden naar buiten zal komen. Maar zodra de buitendeur opengaat, weet ik tot mijn teleurstelling slechts een glimp van de gedaante op te vangen. Naast het jack draagt de persoon een motorhelm, spijkerbroek, leren handschoenen en een rugzak. Het postuur oogt vrij lang en slank.

Weer twijfel ik of het om een man of een vrouw gaat. De afstand is inmiddels te groot om een juiste inschatting te maken. De lange benen rennen door, de rugzak wipt heen en weer op de rug. Door de vaart die de persoon maakt schuift een band van zijn schouder. Duidelijk geërgerd geeft hij er een ruk aan. Dan slaat de gedaante de hoek om naar de parkeerplaats en verlies ik hem uit het oog.

Meteen daarop klinkt het zware geronk van een motor. Nog eenmaal glijdt de figuur aan mijn oog voorbij. Vlak voordat hij de afrit neemt naar de openbare weg werpt hij abrupt een blik over zijn schouder. De klep van zijn helm staat nog omhoog waardoor ik een tel een gezicht kan zien.

Ik slaak een verbaasde kreet, want in de volgende seconde meen ik iemand te herkennen. Iemand van wie ik dacht dat zij dood was: tante Jo, de zus van mijn moeder.

Ook zij reed vroeger motor. Men zegt dat ze daarmee is verongelukt.

Ik knipper met mijn ogen, het is natuurlijk nonsens. Hoe kan ik me zo vergissen? Ik heb mijn tante niet eens gekend. Voor mij bestaat ze enkel uit de verhalen en foto's die ik van haar gehoord en gezien heb.

Ik leg de schuld bij de situatie. Als ik hier niet voor mijn moeder zat, zou ik nooit van dit soort visioenen krijgen.

Zodra de donkere stip op de motor zich bij de stoplichten tussen het overige verkeer mengt, tracht ik de angstgedachten te kanaliseren. Het was een voorbijganger, niets meer dan dat. Misschien wel iemand die hier toevallig voor mijn deur stond, omdat hij langskwam voor de vorige bewoner en toen ontdekte dat het naambordje weg was.

Nogmaals leg ik de schuld bij mijn moeder. Als mijn leven sinds kort niet dagelijks beheerst werd door de mijzelf opgelegde mantelzorg, had ik hier nooit iets achter gezocht.

Straks eerst maar eens met Erik bellen. Zijn lieve stem horen en vragen hoe het met de kinderen is. Of ze hun moeder al een beetje missen.

Ik draai me van de balustrade naar de deur. En hoewel het een lenteachtige dag is, moet ik rillen. Ik ben zonder jas of sjaal naar buiten gestapt en word me daar nu pijnlijk van bewust als de wind grip krijgt op mijn dunne truitje.

Vlug zoek ik in mijn broekzak naar de sleutel van de voordeur, maar terwijl ik naar de afgesloten deur staar, schrik ik. Mijn zak is leeg, de sleutel moet nog aan de binnenkant van de deur zitten.

Ik slaak een vloek en kijk om me heen; alles blijft stil. Niemand die me hoort. Besluiteloos blijf ik staan.

Mijn aandacht wordt nu naar het raam van de buurman getrokken en ik sta stil bij de man die daarachter woont. Slechts eenmaal hebben wij elkaar ontmoet. Ik wilde toen net naar binnen gaan met de boodschappen, terwijl hij moeizaam en op krukken kwam aangelopen.

Hij stelde zich voor als Jaap, en met een brede, spontane grijns op zijn gezicht vertelde hij dat hij kortgeleden een heupoperatie had ondergaan.

Nadat ik wat aarzelend knikte en hij waarschijnlijk aan mijn gezicht kon aflezen dat ik geen belangstelling voor ziekenhuisverhalen had, hief hij een van zijn krukken speels in de lucht en vroeg me of de flat mij beviel.

Ik weet niet meer precies wat ik toen zei, maar maakte me snel uit de voeten. Mantelzorg is prima, maar aan mijn moeder heb ik meer dan genoeg.

Nogmaals kijk ik nerveus om me heen. Zelfs geen telefoon meegenomen, hoe oerstom kun je zijn.

Achter het raam van mijn buurman beweegt iets.

Een windvlaag slaat om mijn benen. In een poging de kou niet nog meer kans te geven, sla ik mijn armen voor mijn borst.

Net als ik besluit dat er niets anders opzit dan bij de buurman aan te bellen, gaat de deur daar als vanzelf open.

'Ha, Maud, kan ik je ergens mee helpen?' vraagt de man in de deuropening. En terwijl hij zijn hoofd naar buiten steekt en zijn ene hand steun zoekt bij zijn kruk, gebaart hij met de andere hand dat ik binnen moet komen.

Weifelend doe ik een stap in zijn richting. Vlak voor de deuropening aarzel ik. Is het de toon waarop hij mijn naam uitspreekt, zijn oogopslag, of de manier waarop hij me laat merken zich niet aan me te willen opdringen door quasistuntelig te doen?

Ik heb geen idee wat het is, maar iedere vezel in mijn lichaam komt in opstand als ik naar mijn buurman kijk. Toch stap ik bij hem naar binnen.

2

'Maart roert zijn staart,' zegt Jaap, en terwijl hij de tegeltjeswijsheid over me uitstrooit, werpt hij me tegelijkertijd een trainingsjack van de kapstok toe. 'Hier, meid, sla die om je schouders,' voegt hij eraan toe als ik voor de tweede maal in korte tijd huiver. 'Je ziet in-en-in wit.'

Ik vang het jack op. Het is van dunne fleecestof en ruikt naar opgedroogd zweet en nicotine. Hoewel ik baal van mijn lage bloeddruk, die me wel vaker dit soort koude rillingen bezorgt, pieker ik er niet over om dit kledingstuk aan te trekken.

'Hoe lang stond je daar al buiten?' vraagt Jaap.

Zonder mijn antwoord af te wachten verplaatst hij zich moeizaam steunend op één kruk door de woonkamer. Hij draagt een grijs T-shirt met korte mouwen op een vaalblauwe trainingsbroek die aan de zijkant is afgezet met witte biezen. Hij loopt op spierwitte sneakers. De schoenen zien er nog als nieuw uit, alsof hij ze alleen in huis heeft gedragen. Ze zijn groot en stevig. Net als hijzelf. Een beer van een kerel vergeleken met mijn eigen postuur en lengte. Zelfs Erik – die toch geen kleine man is – zou bij deze reus in het niet vallen.

Onhandig manoeuvreert hij met de kruk tussen de meubels door en raakt een bijzettafeltje dat vol met kranten en lege bierblikjes ligt. Een van de blikjes rolt eraf en belandt vlak voor mijn voeten op de grond. Een restje bier loopt eruit. In een reflex stap ik opzij.

Als ik me buk om het blikje op te rapen, houdt Jaap abrupt zijn pas in en zegt dat ik het moet laten liggen. Daarop verontschuldigt hij zich voor de rommel en legt uit dat het met zijn immobiliteit te maken heeft dat hij niet heeft kunnen opruimen.

'Morgen komt de thuishulp,' zegt hij.

Ik knik en moet onwillekeurig aan de thuishulp van mijn moeder denken. Volgens mijn moeder een sympathieke vrouw die een maand geleden door bezuinigingen op non-actief is gezet. Aan haar heb ik deze flat te danken. Ze wist dat de huurder voor een jaar in het buitenland zat. Zou Jaap dezelfde hulp hebben, vraag ik me nu af. Mij komt deze flat in ieder geval heel goed uit.

Een paar keer per week op en neer reizen van Walcheren naar Weesp begon me de laatste tijd op te breken. Ook Erik vond het een beter idee om tijdelijk iets in de buurt van mijn moeder te zoeken. 'Doe het een maandje, dan zien we daarna wel verder hoe het met je moeder loopt,' zei hij en bracht me met wat spullen hierheen. Opnieuw denk ik met warmte aan mijn man die zo goed voor me is. Hij moest eens weten hoe goed me dit uitkomt.

'Ga bij de verwarming zitten,' zegt Jaap als ik afwachtend midden in de kamer blijf staan.

'Heb je een telefoon?' vraag ik bijna onhoorbaar.

Mijn stem klinkt schor. Mijn keel heeft zich afgesloten vanaf het moment dat ik hier naar binnen ging. Ik probeer het ongemakkelijke gevoel te negeren en stel de vraag opnieuw. Nu met een helder stemgeluid.

Jaap trekt zijn wenkbrauwen op. Niet-begrijpend kijkt hij me aan.

Deze kluizenaar zal toch wel een telefoon hebben, gaat het door me heen als hij me blijft aanstaren.

'Ik heb de mijne binnen laten liggen, anders had ik een slotenmaker kunnen bellen,' ga ik door. 'Ik heb mezelf buitengesloten.'

'O, ja, maar natuurlijk. Een slotenmaker,' antwoordt Jaap en hij haalt een laptop van de bank. Hij legt hem op de eettafel, trekt een stoel naar zich toe, laat de kruk tegen de tafel rusten en gaat behoedzaam zitten. Hij zucht van de inspanning en opent daarop de laptop.

Ik volg zijn handelingen en zie dat hij snel typt. Alsof hij dagelijks achter een toetsenbord zit, gaan zijn vingers vliegensvlug op zoek naar iemand die straks mijn voordeur kan openen. Ik kijk naar de donkergrijze haardos boven het gerimpelde gezicht en vraag me af hoe oud Jaap zal zijn. Ik schat hem rond de zestig, iets ouder dan mijn moeder.

Mijn moeder, die me vast en zeker al wel een paar keer gebeld heeft en nu niet begrijpt waarom ik niet opneem.

'Heb je iemand gevonden?' vraag ik. Mijn stem klinkt ongeduldig. Ik loop naar de tafel en ga achter Jaap staan om een blik op het beeldscherm te werpen. Google laat een keur aan slotenmakers zien. Jaap wijst op een naam, vraagt of ik het daarmee eens ben en als ik knik – mij maakt het niet uit wie hij kiest, als ik hier maar zo snel mogelijk weg kan – grijpt Jaap naar zijn telefoon en belt het nummer dat bij het bedrijf hoort.

Twee minuten later heeft Jaap alles geregeld. Ik voel me ietwat overdonderd; had ik niet beter zelf kunnen bellen?

Maar als Jaap opkijkt en me vriendelijk vraagt of ik koffie wil, probeer ik opnieuw mijn gereserveerde houding jegens deze man overboord te gooien en bied ik aan om koffie te zetten.

Jaap is duidelijk opgelucht. Monter legt hij uit waar ik de koffiespullen in de keuken kan vinden. Voor de zoveelste keer verontschuldigt hij zich voor zijn krakkemikkigheid.

'De dokter zei dat ik over een paar weken weer loop als een kievit,' roept hij vanuit de woonkamer als ik inmiddels in de even rommelige keuken sta en op zoek ga naar de Senseo-pads.

'Probeer die keukenla links eens,' roept Jaap als hij hoort dat ik tevergeefs alle deurtjes van het keukenblok heb geopend.

De keukenla ligt vol met bestek. Ik tref een wirwar aan scharen, messen, lepels en vorken aan. Niets past bij elkaar of is echt goed schoon. Een dikke laag stof heeft zich in de kieren van de lade vastgezet. Als ik hem verder opentrek en het bestek daardoor naar achteren rolt, zie ik op de bodem aangekoekte vetvlekken zitten. Ik lijd niet aan smetvrees, maar hier is het ronduit smerig. Ik vraag me af wat die thuishulp hier doet.

Net als ik de la weer wil sluiten, komt er een dichtgevouwen zakje met koffiepads tevoorschijn. Het is afgesloten met een wasknijper. Daar zit in ieder geval geen vuil in, gaat het door me heen als ik het halfvolle pakje open.

'Heb je ze?' roept Jaap vanuit de kamer.

Ik antwoord bevestigend. En terwijl ik het koffiezetapparaat vul met vers water aarzel ik of ik nu wel of niet twee pads op de daarvoor bestemde plek zal leggen.

Ik hou niet van Senseo-koffie. Zelfs in een schoon huis – zoals mijn eigen huis, thuis bij Erik – zou ik het nog afslaan.

Maar sinds ik terug ben in mijn oude geboortestad lijkt alles van thuis niet meer te bestaan. Ben ik weer terug in de tijd, onder de kaasstolp van weleer. En daar past een Senseo-apparaat prima bij.

Als ik op de knop druk en het ding begint te ratelen, hoor ik weer Jaaps stem. Ik versta niet wat hij zegt en ben er ook niet echt in geïnteresseerd.

Mijn ogen dwalen over de vuile vaat in de gootsteen en ik denk aan mijn moeder en aan mijn planning voor de rest van de dag. Door dit akkefietje met die sleutel loopt alles aardig in het honderd.

Over een uur zou ik bij haar zijn met boodschappen; dat gaat nu nooit meer lukken. Gespannen staar ik naar de bruine straaltjes koffie die de aardewerken kopjes waarvan de oortjes zijn afgebroken vullen.

Nog steeds in gedachten reik ik automatisch naar de koffiekopjes wanneer het apparaat is uitgerateld. Vrijwel meteen word ik me bewust van Jaaps aanwezigheid. Hij staat vlak achter me en ademt zwaar. De lucht die hij uitblaast ruikt naar ongepoetste tanden. Een golf van opkomende misselijkheid slik ik snel weg.

Even vlug draai ik me om en doe een stap opzij om aan het opdringerige lijf van mijn buurman te ontsnappen.

In Jaap zit geen beweging, stokstijf blijft hij staan. Hij neemt me nauwkeurig in zich op. En als iemand die een onbekende diersoort determineert, keurt hij mijn ogen, neus en mond.

Mijn middenrif komt opnieuw in opstand. Ik maak een afwerend gebaar en zeg dat de koffie klaar is.

Jaap reageert niet. Integendeel. Met zijn grote glanzende vissenogen blijft hij me aanstaren. Dan schraapt hij zijn keel en buigt zich steunend op de kruk nog iets verder naar voren. In een poging niet om te vallen legt hij nu zijn vrije hand vlak naast me op het aanrechtblad.

Hierdoor zit ik in één keer gevangen tussen een vlezige arm en een statische kruk.

Ik ruik okselzweet en een knoflookadem. Als ik opnieuw mijn mond open in een poging iets te zeggen, is Jaap me net voor.

'Je lijkt op haar,' zegt hij zacht.

Zomer 1979

Heleen

Jolante is anders, zo heel anders. Lang en gespierd met stevige armen en benen. Met een immer schaterende lach en een harde stem, net zoals de jongens. Haar ogen liggen diep verscholen onder een dikke frons. Haar haar is als vlas, met de kleur van peper en zout, dik, dor, en niet in model te brengen.

Jolante is in alle opzichten haar grote zus, maar toch heeft Heleen zich nooit minder of zwakker gevoeld. Misschien komt dat doordat Jolante geen grip op haar krijgt? Jolante is een open boek, praatgraag, druk en sociaal. Heleen zwijgt liever. Altijd al, daarin verschillen ze ook als dag en nacht.

Heleen hoeft niet meteen het achterste van haar tong te laten zien, zoals Jolante dat doet. Ergerlijk vindt Heleen dat, overdreven ook. Gaat het iemand iets aan wat zij denkt en waarover zij droomt?

Jolante heeft daarom ook lang moeten soebatten voordat ze haar zover kreeg om mee te gaan naar de roeivereniging. Heleen vermoedt dat het Jolante niet echt om haar te doen was dat ze mee ging roeien, maar dat ze het louter vroeg omdat ze niet alleen durfde te gaan. Jolante mag dan een grote mond hebben, diep vanbinnen is het een schijtlijster.

Heleen weet dat, ze kent haar zus. Net zo goed als dat ze zichzelf kent en weet dat lichamelijke inspanning niets voor haar is. Ze heeft er de aanleg niet voor. Liever gebruikt ze haar hersens dan haar lijf. Geen wonder dat ze na vijf slagen op de ergometer al genoeg wist.

Blaren van duim tot pink, gebutste knieën en een onderrug

die leek te breken, bevestigden dat zelfs deze blessurevrije sport nooit iets voor haar zou worden.

Op het water ging het al niet veel beter. Het blad dat bij de anderen soepel en glad door het water gleed, ploegde zich na twee slagen bij haar al linea recta richting de bodem.

Dat was de eerste keer dat ze moest toegeven zwakker te zijn dan Jolante. Toch hield ze vol. Al was het alleen maar omdat ze zich niet wilde laten kennen tegenover Jolante, ze had het beloofd. 'Eén zomer roei ik mee, daarna stop ik,' had ze gezegd. En ze mocht dan de souplesse en kracht om te roeien missen, met glans slaagde ze voor het theorie-examen en haalde ze toch nog het vaarbewijs voor de C4.

Ze zijn nu één jaar verder en in tegenstelling tot alle andere roeiers – die het als een straf zien om stil te zitten – is zij graag stuur. Onbeweeglijk en dik aangekleed bepaalt zij het tempo, geeft zij commando's en coacht ze met of zonder roeptoeter de bemanning, die haar blind vertrouwt. Iedere slag en inspanning die de machinerie aan ledematen voor haar neus moet leveren, wordt door haar inzicht gecoördineerd.

Hierin ligt haar toekomst, vindt ze, die ze al helemaal voor zichzelf heeft uitgestippeld. Na het eindexamen gaat ze economie studeren; ze wil het bedrijfsleven in, leidinggeven, en de top bereiken.

Ze is ervan overtuigd dat dat gaat lukken. Dit is de nieuwe tijd, de tijd voor vrouwen. Jolante noemt haar soms gekscherend 'dolle mina'. Ze doet maar, Heleen weet zelf wel beter. Ze is in geen enkel opzicht dol. Integendeel, ze weet precies wat ze wil.

Laat Jolante maar voor kleinkinderen zorgen. Liever geen kinderen, denkt ze, misschien wel niet eens een man…

Haar ogen dwalen over Bart, die zwoegend op drie zit, vlak voor Jolante. Sterke armen, dito benen, halflang haar en flinke bakkebaarden; precies zoals alle andere jongens.

Bart, Jolantes vriendje, kijkt vaak flirterig naar haar.

Ze moet daar nu om lachen. De meeste jongens houden het

daarbij. Ze zijn te verlegen om verder te gaan. Volgens Jolante wordt ze ook wel de ijskoningin genoemd. Zelf denkt ze dat het aan haar jeugdige voorkomen ligt. Met haar meisjesachtige uiterlijk ziet ze eruit als twaalf in plaats van zeventien. En hoewel ze haar Twiggy-lijf haat, biedt het haar tevens bescherming. Daardoor wordt ze in ieder geval met rust gelaten.

Voor Bart zit Stefan, met wie ze goed bevriend is. Hij is het soort jongen met wie dat kan. Alleen vriendschap, niks meer. Zo gaat haar leven goed, zo mag het voor altijd blijven.

Met een tevreden blik staart ze over haar vierkoppige bemanning. Haar aandacht wordt automatisch naar de boeg getrokken, naar de voorpunt waar die mooie, donkere jongen zit. Hij roeit nog maar kort mee. In tegenstelling tot de andere jongens is hij stil en afstandelijk. Een serieus type wordt hij genoemd.

Heleen ervaart zijn ernst niet per se als prettig. Integendeel, ze is altijd op haar hoede wanneer hij met hen meeroeit. Het komt door de manier waarop hij naar haar kijkt. Hij houdt haar nauwlettend in de gaten, maar niet omdat ze stuur is, zo lijkt het. Hij gedraagt zich meer zoals een roofdier dat doet; doodstil en spiedend naar zijn prooi. Mijn moment komt nog, zegt de zelfverzekerde houding van deze hongerige wolf.

Het bezorgt haar keer op keer de koude rillingen. Ook nu, wanneer ze haar hartslag voelt versnellen en merkt dat de bemanning door haar foutieve commando bakboord en stuurboord met elkaar verwisselt en de bladen daardoor ongelijk het water in gaan.

Vlug herstelt ze zich, waardoor de boot opnieuw de juiste koers volgt.

Toch ontgaat haar niet het minzame lachje dat de wolf haar vanaf de boeg toewerpt.

Welwillend likt hij zijn bek. Nu is hij nog tam, maar hoe lang zal dat nog duren? Voor hem moet ze oppassen.

3

Jaaps telefoon rinkelt vanaf de tafel. Hij laat het aanrechtblad los, draait zich een halve slag en vraagt zich hardop af wie hem kan bellen.

'Misschien de slotenmaker,' opper ik opgelucht. 'Zal ik?' vervolg ik als hij afwachtend blijft staan. Behendig stap ik uit mijn benarde positie, blij verlost te zijn van dat overweldigende lichaam van mijn onvaste buurman.

Als ik bij de tafel ben en de telefoon oppak, zie ik de naam 'Pieter' oplichten.

'Pieter?' vraagt Jaap als ik vertel wie er belt. 'Mijn zoon,' voegt hij eraan toe. Moeizaam beweegt hij zich in mijn richting. Ik loop hem tegemoet en net als ik de telefoon in zijn hand druk, stopt de ringtoon.

Jaap haalt zijn schouders op. 'Ik bel hem zo wel terug,' zegt hij en hij vraagt of ik de koffie wil halen.

Met tegenzin loop ik terug naar de keuken, haal een van de kopjes onder het koffiezetapparaat uit en denk terug aan die laatste opmerking van Jaap vlak voordat de telefoon ging en hij me van top tot teen goedkeurend bekeek.

Wat bedoelde hij toen hij zei dat ik op haar leek? Op wie zou ik moeten lijken? Iemand die hij kent? Zijn vrouw, dochter? Zou hij gescheiden zijn, weduwnaar?

'Hij is vast iets vergeten, een sloddervos is hij, net als ik,' grinnikt Jaap en hij wijst op de stoel naast het raam als ik met het volle kopje naar binnen loop en vraag waar hij wil gaan zitten. Zodra hij zit en hij de kruk naast hem op de grond heeft gelegd geef ik hem zijn koffie.

Ongeduldig kijk ik op mijn horloge en vraag me af waar die slotenmaker blijft.

'Hij was hier net, misschien heb je hem nog gezien?' vraagt Jaap als ik in gedachten verzonken naar de tafel loop.

'Mijn zoon,' zegt hij nu met klem als ik hem niet-begrijpend blijf aanstaren.

'O, nee, niet gezien,' antwoord ik. In mijn stem klinkt irritatie door, ik ben het zat. Toch ben ik op dit moment afhankelijk van deze man en daarom hou ik me in.

'Kan ik nog even naar die man bellen?' vraag ik nu op vriendelijke toon. 'Ik heb nogal haast, moet zo weg...'

'Ja, ja, hier, ga je gang,' zegt Jaap en hij geeft het toestel terug.

Ik toets het laatst gebelde nummer in en word direct doorgeschakeld naar een antwoordapparaat dat zo te horen niets met een slotenmaker te maken heeft. Een computerstem herhaalt het gebelde nummer en zegt dat de persoon die daarbij hoort niet te bereiken is. Verbaasd druk ik de telefoon uit en vraag Jaap wie hij net gesproken heeft.

'Die eh, man, van dat nummer dat ik je aanwees, toch?' zegt hij. Hij kijkt van me weg en slurpt van zijn koffie.

Ik frons mijn wenkbrauwen, en zonder dit keer om toestemming te vragen open ik de laptop die op tafel staat, klik bij Google op de surfgeschiedenis en haal de website van de slotenmaker erbij.

Als ik naar het telefoonnummer kijk dat daarbij staat, zie ik dat het om een heel ander nummer gaat.

Ik snap er niets van, probeer de opkomende woede over mijn onhandige buurman te onderdrukken en toets het 06-nummer in dat bij de slotenmaker hoort. Mijn vermoeden wordt bevestigd als ik meteen daarop een man aan de lijn krijg die zegt van niets te weten als ik hem vraag hoe lang het nog gaat duren. Hij noteert mijn adres en belooft er binnen het uur te zijn.

Ik kijk naar Jaap en zie hem nerveus door zijn haar strijken.

'Lekker bakkie,' zegt hij zonder me aan te kijken.

Ik reageer niet. Er valt een stilte.

Ik vraag me af waarom hij zojuist deed alsof hij naar een slotenmaker belde. Mijn brein werkt snel, ik heb geen zin in nog meer gedoe en neem me voor het spel mee te spelen en net te doen alsof er niets aan de hand is.

'Hij kan hier ieder moment zijn,' zeg ik.

'Mooi,' antwoordt Jaap.

Weer neemt hij me schaamteloos in zich op. Ik voel me bloot en akelig onder die brutale blik. En als het niet zo koud was en ik niet zo dun gekleed zou zijn, had ik nu allang buiten voor mijn deur op de slotenmaker staan wachten.

Binnen een uur, had hij gezegd – moet ik hier nog zo lang blijven?

Jaap schijnt mijn gedachten te kunnen lezen; hij vraagt of ik even bij hem kom zitten. 'Zoveel bezoek krijg ik niet,' zegt hij. Hij lacht nu naar me. 'Zeker niet van zulke mooie vrouwen zoals jij.'

Mijn nekharen staan in één keer overeind. Liever blauwbekkend en een longontsteking oplopend voor mijn dichte deur, dan nog langer in het gezelschap van deze eenzame gek te blijven.

Naaste buur of niet, ik draai me om en stap zonder iets te zeggen de woonkamer uit naar het halletje.

Jaap roept me geschrokken terug, begint over kouvatten en dat hij het niet zo bedoeld heeft. 'Het was een compliment,' roept hij me na.

Kreunend staat hij op. Als de kruk tegen de grond slaat begint hij te vloeken.

Zonder om te kijken open ik de voordeur en sta meteen oog in oog met dezelfde lange motorfiguur die ik zo-even nog had zien wegrijden.

Van schrik deins ik achteruit. De persoon die ik voor tante Jo aanzag, blijkt een man. Hij heeft donkere pretogen, en onder zijn baardje ligt een zachte gezichtsuitdrukking verborgen. Vriendelijk kijkt hij me aan.

Even weet ik niet wat ik moet doen. Zonder iets te zeggen en zonder te bewegen staan we tegenover elkaar. Pas als de barse stem van Jaap achter me hoorbaar wordt en hij vraagt wie er aan de deur is, komt de motorman in actie. Hij trekt een van zijn leren handschoenen uit en steekt zijn ontblote hand naar voren.

'Pieter,' zegt hij terwijl hij met zijn andere hand de klep van zijn helm omhoogduwt en mijn vingers haast fijnknijpt.

Ik mompel mijn naam en zie hoe de pretogen tegenover me nu opeens ernstig worden.

'Heeft hij raar gedaan?' vraagt hij, en hij gebaart met zijn hoofd naar binnen.

'Ik... nou ja, ik weet niet of...'

'Sorry, het spijt me, maar mijn vader is soms een beetje in de war. Een man alleen, hè? Heus, ik garandeer je, hij doet geen vlieg kwaad.'

Ik knik onhandig, me bewust van mijn geërgerde houding. Toch kan ik me niet anders voordoen dan hoe ik me voel. Hoe aardig deze man ook tegen me doet, hoe zacht zijn stem ook is, ik moet niet vergeten waarvoor ik hier ben. Ik ben hier voor mijn moeder en daar kan ik geen zielige, alleenstaande mannen zoals zijn vader bij hebben.

4

Meteen nadat Pieter mij aanbiedt nog even bij Jaap naar binnen te gaan om op de slotenmaker te wachten, rijdt een wit bestelbusje met een grote oranje sleutel op het dak de straat in.

Pieter kijkt me verbaasd aan als ik een vreugdekreet slaak die niet in verhouding staat tot de komst van deze man. Ik trek me niets aan van zijn onthutste blik, maar zwaai uitgelaten naar de man die nu uit het witte busje stapt. De man kijkt omhoog. Hij zwaait niet terug, integendeel, hij buigt zijn hoofd naar zijn mobiel en legt het toestel vervolgens tegen zijn oor.

Het moet een beroep zijn dat veel voldoening geeft, denk ik als ik de man bellend naar boven zie komen. Waarschijnlijk hangt een volgend slachtoffer in een te dun truitje alweer mekkerend aan de lijn.

Zonder nog aandacht aan Pieter te schenken loop ik de man tegemoet en geef hem zodra hij boven is een hand.

'Maud Mulder,' zeg ik. 'Fijn dat u er bent.'

De man geeft me een slap handje en zonder zijn naam te noemen haalt hij verveeld twee tangetjes uit zijn jaszak. Even zwijgzaam loopt hij op mijn voordeur af, rommelt iets met de tangetjes, steekt daarop een soort van dunne naald in het slot die een klik laat horen en daarna is de deur open.

Als ik vraag of ik kan pinnen, knikt de man en wijst naar zijn auto. Uit zijn onverstaanbare gemompel maak ik op dat ik dan moet meelopen.

Ik schiet in mijn jas, haal mijn portemonnee van binnen en

check dit keer of mijn sleutel in mijn jaszak zit. Als ik weer op de galerij sta is de man weg. Ook Pieter is verdwenen. Nerveus kijk ik om me heen over de lege galerij en werp een blik naar beneden waar de slotenmaker nu met een vaart het trappenhuis uitkomt. Even gehaast trek ik de deur achter me dicht en ren de trap af.

Niet veel later – ik heb gepind en op aanraden van de slotenman zijn telefoonnummer in mijn mobiel opgeslagen; blijkbaar gaat hij ervan uit dat ik een ezel ben die zich nog vele malen aan dezelfde steen zal gaan stoten – ren ik vliegensvlug terug naar boven.

Ik maak een inschatting van de verloren tijd en besluit eerst bij mijn moeder langs te gaan en daarna haar boodschappen te doen. Hoewel ik ervan uitga dat ze de telefoon niet zal oppakken, doe ik toch een poging en toets haar nummer in.

Terwijl ik de telefoon op handsfree zet, pak ik vlug mijn spullen bij elkaar. Boodschappentas, handtas, portemonnee, pinpasje van mijn moeder. Automatisch moet ik denken aan de laatste keer dat ik haar pasje nodig had. Ze was hem toen al dagen kwijt.

De beltoon blijft overgaan, mijn moeder neemt niet op.

Geërgerd over mijn oponthoud verbreek ik het contact en haast me naar de voordeur.

Ik negeer mijn rammelende maag en mijn behoefte aan koffie – échte koffie en geen Senseo – en voel opnieuw een rilling over mijn rug lopen als ik nog even stilsta bij dat vreemde bezoekje aan mijn kreupele buurman.

Wonderlijke figuur. Een eenzame leugenaar is het, beweren dat hij iemand belt en dat doodleuk verzuimen te doen. 'Je lijkt op haar,' zei hij. De opmerking is blijven hangen en prikkelt mijn nieuwsgierigheid.

Misschien kan ik later nog eens aan die Pieter vragen of hij weet op wie ik zou moeten lijken.

Voor de zoveelste keer controleer ik of ik mijn sleutel bij me heb, werp in het voorbijgaan een vluchtige blik op de spiegel waar een ietwat bleek gezicht mij aankijkt en draai me daarop naar de voordeur.

Net als ik mijn hand om de klink leg, ontsteekt er in het huis naast me een hevige woordenwisseling. Er klinken doffe dreunen en een zwaar gebonk, het lijkt alsof er iemand tegen de grond valt.

Onmiddellijk laat ik de deurknop los.

Mijn hart bonkt in mijn keel, doodstil wacht ik af. En alsof de ruziënde stemmen het op mij gemunt hebben en ik straks twee bekvechtende volwassenen uit elkaar moet halen, draai ik me naar de muur die mijn flat scheidt van de naaste buren. Voor een moment is alles van vroeger terug en hoor ik mijn ouders schelden en ruziën. In een reflex sla ik mijn handen voor mijn oren, schud mijn hoofd en knipper met mijn ogen om de demonen te verjagen die daar opdoemen.

'Het zijn de buren maar,' herhaal ik tot drie keer toe bezwerend om mezelf moed in te praten en mezelf ervan te overtuigen dat ik er niets mee te maken heb. 'Niet papa en mama. Papa is dood, mama is ziek. Je gaat zo naar haar toe. Thuis is Erik, daar zijn de kinderen. Je prachtige zonen die van je houden... stop nu... stop nu...'

Langzaam ontspant mijn lichaam. Het geruzie is gestopt. Achter de muur is alles nu stil. Geen enkel geluid behalve mijn eigen ademhaling is hoorbaar. Alsof er geen ruzie was en ik me alles verbeeld heb. Is dat zo?

Aarzelend open ik de voordeur. Voordat ik verder loop, werp ik een snelle blik op de naastgelegen flat. Voor het raam van mijn buurman zit nu een rolluik.

Opnieuw schiet ik in de stress bij het zien van de geblindeerde ramen. Het beeld van een schrikachtig meisje achter een rolluik doemt voor me op. Een verlegen kind dat als een ter dood veroordeelde gevangene is weggemoffeld voor de wereld.

Ik schud mijn hoofd, ik zie spoken. Het komt doordat ik hier terug ben in Weesp, alleen en zonder afleiding van de kinderen, onze zaak en Erik.

Het is al zo lang geleden, en ik dacht dat ik het een plek had gegeven. Waarom steken die herinneringen nu dan in alle hevigheid weer de kop op?

Omdat ik hier met een doel naartoe ben gekomen. Het doel om mijn verleden te ontraadselen. Zodat ik straks met opgeheven hoofd mijn man en kinderen onder ogen kan komen.

Vlug loop ik door naar het trappenhuis; mijn moeder wacht op me.

5

‘Ha Maud, ben je daar?’

Ik heb de voordeur net achter me gesloten of mijn moeder staat al voor me in de gang.

Ze ziet er opgewekt uit. Onder het lichtgrijze haar dat ze sinds een paar jaar niet meer verft, schitteren twee loodgrijze ogen. Er ligt een verhitte blos op haar wangen, alsof ze een grote inspanning heeft geleverd, en boven haar lippen parelen zweetdruppeltjes.

Ik bekijk haar goedkeurend en vraag waar ze die vrolijke, zomerse jurk heeft gekocht.

Verschrikt kijkt ze me aan. Ze geeft geen antwoord maar draait zich om en loopt voor me uit de woonkamer in.

Als ik binnenkom begrijp ik waarom ze in een mouwloze zomerjurk en op blote voeten rondloopt; het is bloedheet in de kamer. Automatisch kijk ik op de thermostaat, waarvan het pijltje voorbij de achtentwintig graden staat. Ik draai hem terug naar vijftien en trek mijn jas uit.

Mijn moeder vraagt waar de boodschappen zijn. Als ik antwoord dat ik die nog niet gedaan heb, kijkt ze me opnieuw verschrikt aan.

‘Er is nog alle tijd om ze te halen, ma,’ zeg ik kribbig. ‘Zal ik een raam openzetten? Het is hier om te stikken.’

‘Maar je doet toch altijd eerst boodschappen voordat je hiernaartoe komt?’ vraagt ze op dwingende toon.

‘Ja, dat klopt,’ antwoord ik snel ter geruststelling als ik blinde paniek in haar ogen lees. Vrijwel meteen daarop ontspant haar gezicht. Met een zelfverzekerde houding loopt ze naar de keuken en opent de koelkast.

'Ik had wat oponthoud thuis,' vervolg ik terwijl ik achter haar aankom en een keukenraam openschuif. Als ze niet reageert en wazig naar de inhoud van de koelkast begint te staren, besluit ik niet te vertellen waar mijn oponthoud uit bestond.

Het zou haar nog meer kunnen verwarren.

Dat ik mijn sleutel in de deur liet zitten was gewoon stom. Ik werd afgeleid en was nog niet gewend aan de nieuwe flat waar de deur blijkbaar vanzelf in het slot valt als je die open laat staan. Dingen waar mijn moeder dagelijks mee worstelt maar die bij haar van een heel andere orde zijn.

Eind vorig jaar ging ik me voor het eerst zorgen over haar maken. Wat ze nooit eerder had gedaan begon toen. Met regelmaat belde ze me op met de meest vreemde vragen. Eigenlijk was ze voortdurend iets kwijt: schoenen, sleutels, geld, kledingstukken – ze wist nooit waar ze iets voor de laatste keer had neergelegd.

Ieder moment van de dag belde ze in blinde paniek of ik haar pincodes en wachtwoorden nog wist. Ze had ze ergens opgeschreven en of ik wist waar dat was. Doodgewone zaken die ons allemaal kunnen overkomen in een wereld vol inlogcodes en wachtwoorden, maar waar mijn moeder wel heel frequent last van had.

Volgens haar huisarts die ik toen sprak, was het vrijwel onmogelijk dat mijn moeder aan Alzheimer zou lijden. Een vrouw van haar leeftijd, nog geen zestig, fit, sportief, slank en niet rokend? Nee, geen denken aan, vond hij. Volgens hem was mijn moeder gewoon wat vergeetachtig. Doorverwijzen naar een specialist was beslist niet nodig. Zonde van het eigen risico. Bloedtestjes wezen uit dat er hooguit wat ijzertekort was; goed slapen en veel groentes zoals spinazie eten werd zijn remedie.

Ik hoor mijn moeder nog grapjes maken over Popeye the Sailor Man om me gerust te stellen. Uiteindelijk bleken er vele varianten van Alzheimer te zijn, en mijn moeder heeft daar een van.

Een kleine maand na haar huisartsenbezoek werd ik gebeld door een van haar vriendinnen, die op dat moment met mijn moeder op het politiebureau zat. Mijn moeder bleek in alle staten. Verward en angstig beweerde ze dat iemand haar zus had vermoord.

Tante Jo, die zoals iedereen wist door een motorongeluk om het leven was gekomen, zou nu volgens mijn moeder door iemand voor de trein zijn geduwd. Stomverbaasd was ik toen die vriendin mij vertelde dat tante Jo inderdaad ooit na een sprong voor de trein was overleden, maar dat ze daar zelf voor gekozen had. Op haar beurt was de vriendin verbaasd dat ik daar niet van op de hoogte was.

Ik gooide het op heel lang geleden en dat ik toen nog niet geboren was, maar voelde me knap belazerd. Waarom hadden mijn ouders dat voor mij verzwegen? Mocht ik niet weten dat tante Jo zelfmoord had gepleegd? Leefden we daarom zo verstoken van de buitenwereld? Ging daar voortdurend hun ruzie over?

Dat moment met die vriendin heeft er onder meer toe geleid dat ik nu hier in Weesp zit. Om te trachten achter de dingen te komen die jarenlang voor mij verzwegen waren.

'Zeg, ma, weet je nog dat we het gisteren over tante Jo hadden?' vraag ik als me iets te binnen schiet.

'Jo?'

Besluiteloos laat mijn moeder de koelkastdeur los. Ze draait zich om en als een konijn dat ineens in twee koplampen staart, kijkt ze me met opengesperde ogen aan.

Ik ken inmiddels de schrikreactie die volgt als ze haar best doet om zich iets te herinneren. Vandaag heeft ze minder lang nodig dan anders; dat betekent dat ze vandaag een goeie dag heeft.

Haar gezicht klaart op. Monotoon steekt ze van wal. Als een

grammofoonplaat draait ze het mij bekende verhaal over tante Jo af. Over het verschil tussen hen als kinderen, over de stoere Jolante en de broze Heleen. Over het knappe zusje dat zo goed kon leren en de oudere zus die het moest hebben van haar spierkracht.

'Vertel 's, ma, roeiden jullie niet samen?'

Ook deze vraag heb ik de laatste tijd al heel vaak gesteld, honderden malen, telkens even anders. En hoewel ik precies weet wat het antwoord zal zijn – *Hoe kom je daar nou bij, roeien? Nee, nee, je vergist je, dat deed je vader vroeger, roeien was niet mijn sport, daar was ik veel te tenger voor* – stel ik hem toch alsof hij me spontaan te binnen schiet.

Ik moet het van mezelf, ik kan niet anders. Simpelweg omdat deze vraag alles met mijn jeugd te maken heeft. Met mijn vader en het geheim dat hij en ik deelden op papadag.

Ons geheim waar thuis nooit over gesproken werd. 'Denk eraan, mama mag het niet weten,' drukte hij me keer op keer op het hart nadat we weer eens geroeid hadden.

'Slechte herinneringen' noemde mijn vader dat. 'Je kunt je moeder maar beter niet vertellen waar we zijn geweest. Ze heeft daar slechte herinneringen aan.' Dan boog hij zijn hoofd tot vlak voor mijn gezicht zodat onze neuzen elkaar bijna raakten. En dan vlamden zijn ogen dreigend in dat verweerde gezicht. Dan voegde hij eraan toe dat als ik er ook maar met één woord tegenover mijn moeder over zou reppen, er nooit, maar dan ook nooit meer, een papadag zou komen.

Ik accepteerde onmiddellijk wat mijn vader van mij verlangde. Papadag was me veel te lief. Als ik simpelweg met mijn zwijgplicht de ruzie tussen mijn ouders kon voorkomen, hield ik graag mijn mond over onze uitjes.

Tot op de dag van vandaag heb ik echter nooit geweten wat die slechte herinneringen van mijn moeder waren.

Nu mijn vader dood is en mijn moeder alleen nog in het verleden leeft, wil ik eindelijk weleens weten waarom zij haar roeiverleden zo hardnekkig ontkent. Misschien dat ik de rest van mijn verknipte jeugd ook beter zal begrijpen als ik eindelijk het antwoord weet op die vraag.

Ik kijk mijn moeder nog steeds vragend aan. Haar gezicht verstrakt en zonder me te antwoorden draait ze zich om.

Machteloos staar ik naar haar rug. Net als vroeger wanneer ze me op die manier liet merken niet langer met mij te willen praten.

6

Het hele huis ruikt naar gebakken eieren als ik een klein uur later met alle boodschappen opnieuw bij mijn moeder in de keuken sta. Ze is op een hoog vuur een omelet aan het bakken en vraagt of ik mee-eet. Ik kijk op mijn horloge, en terwijl ik mijn eigen boodschappen apart leg, maak ik een inschatting van tijd.

Ik wil nog een aantal verhuisdozen uitpakken, met Erik bellen, mijn haar wassen en verder met mijn speurwerk. Gisteren stuitte ik via Google en de site van de roeivereniging op iemand die in de tijd dat mijn vader roeide ook bij de club zat. Ik heb me voorgenomen met deze man contact te zoeken. Misschien dat hij meer weet over de periode dat mijn moeder en haar zus ook lid waren.

'Prima, ma, zal ik er wat sla bij maken?' vraag ik als ik een paar verse boterhammen uit de verpakking haal en op een bord leg.

Ik noem mijn moeder 'ma', een benaming waar ze een hekel aan heeft. Als kind zei ik 'mama', wat later 'mam' werd. Na de scheiding wilde ze dat ik haar Heleen ging noemen. Ondenkbaar vond ik dat. Ik zie haar niet als mijn gelijke en zeker niet als een vriendin. Ze is mijn moeder, een slechte moeder, en daarom verdient ze het om kortweg 'ma' genoemd te worden. De minachting die in het woord doorklinkt was mijn enige wraak tot nog toe.

Mijn moeder antwoordt niet, ze haalt een doos met eieren uit de koelkast, legt die naast het pakje roomboter op het aanrecht en staart vervolgens apathisch naar de koekenpan waarin de omelet nu van goudbruin naar zwart verkleurt.

Zonder te handelen en het gas laag te draaien wijs ik mijn moeder op het brandgevaar. Pas als er een stinkende rooksliert uit de pan opstijgt haal ik de pan van het vuur. Ik besluit dat hier een geeltje met de aanwijzing 'brandgevaar' moet komen.

'God, ma, heb je je pillen wel ingenomen?' roep ik vlak naast haar oor.

Ik zie dat ze schrikt. Ze grijpt naar een mes, houdt het dreigend in de lucht en legt het vervolgens op de geblakerde omelet. Uiterst geconcentreerd schraapt ze het aangebrande deel ervanaf. Als ze daarmee klaar is, lijkt ze even te moeten nadenken wat ze er daarna mee wil doen.

Na een minuut van stilte zegt ze dat het een mooie omelet is.

Mijn moeder is niet doof, niet oud en zeker niet gebrekkig. Ze kan met gemak kilometers wandelen, fietsen, dansen, lachen, zingen... mijn moeder is een kerngezonde vrouw. Behalve in haar hoofd. In haar hoofd is ze ziek.

Geërgerd duw ik haar opzij, schuif de omelet uit de pan en laat hem op een boterham glijden.

'Hier, ga zitten,' zeg ik als ik haar het bord en een zoutvaatje overhandig. 'Ik bak die van mij zelf wel.'

Mijn stem klinkt weer normaal. Ik doe mijn best om zo gewoon mogelijk te doen, maar eigenlijk kan ik niet met haar ziekte omgaan. Ik heb er geen geduld voor, temeer omdat ik voortdurend word herinnerd aan de manier waarop zij vroeger met mij omging. Het is praktisch godsonmogelijk om warmte en liefde te voelen voor iemand die altijd zo kil en afstandelijk is geweest.

Toch moet ik doorzetten, het is in mijn eigen belang. Door mijn moeder met vragen te blijven confronteren over mijn jeugd moet er voor mij op een goed moment helderheid komen. Ik weet zeker dat ik dan eindelijk die kalme, minder nerveuze moeder word die ik mijn zonen zo gun.

Ik sta met mijn rug naar mijn moeder toe als ze tegen me zegt dat ze vanmiddag haar filosofieclub heeft.

'We lezen Kant, wist je dat?'

'Nee, ma.'

'Kant is verdomd moeilijk te snappen, hoor.'

'Ik geloof je, ma.'

Met een snelle beweging druk ik op de knop van de afzuigkap. Een hoog geraas boven mijn hoofd overstemt de rest van mijn moeders stemgeluid. Driftig breek ik twee eieren boven de pan met gesmolten boter. Als de gele substantie begint te stollen, hoor ik mijn moeder abrupt en met hoge uithalen lachen.

Ik draai me om en zie haar gebukt naar de grond reiken, waar het zoutvaatje ligt. Voor haar voeten heeft zich een wit bergje gevormd.

'Het viel,' zegt ze als ik haar vragend aankijk. 'En je weet wat een gevallen zoutvaatje betekent, hè?'

Ik haal mijn schouders op, haal een vaatdoek uit de kast en hou hem onder de kraan.

'Ruzie, kind, ruzie,' zegt mijn moeder. 'En daar doen jij en ik niet aan, hè?'

'Nee, ma.'

Ik voel mijn hartslag versnellen bij die opmerking en denk terug aan die eeuwige ruzies tussen haar en mijn vader. Om geen misplaatst antwoord te geven (wat heeft het voor zin?) druk ik die herinnering onmiddellijk weer weg en hurk neer om het zout van de grond te deppen.

Mijn moeder staat inmiddels bij het aanrecht, ze heeft een houten bak gevuld met sla. Ze vraagt waar de tomaten zijn en zegt dat ik moet opschieten omdat ze zich nog wil omkleden voordat de filosofieclub komt.

Zwijgend spoel ik de vaatdoek uit, haal daarop de tomaten tevoorschijn, meng een dressing door de sla en leg de pillen die bij vandaag horen voor haar klaar om in te nemen.

Als ik daarna bij haar aan tafel zit en ik een blik werp op haar agenda, zie ik bij de datum van vandaag een afspraak met de filosofieclub staan.

In de paar maanden dat ik mijn moeder nu van zo nabij heb meegemaakt kan ik me buiten de thuishulp niemand anders hier in huis voorstellen. Ik vraag me dan ook af of het mijn eigen kortzichtigheid is die me doet twijfelen over het te verwachten bezoek aan haar of dat me iets is ontgaan.

'Hoe laat komen die mensen, ma?'

'Mensen?'

'Van je filosofieclub.'

'O, die. Staat dat niet in mijn agenda?'

Zoekend naar haar leesbril trekt mijn moeder haar agenda naar zich toe, draait hem meteen daarop weer om en schuift hem door naar mij. Ik neem eerst een hap van mijn omelet voordat ik er opnieuw in kijk.

'Nee, ma, er staat geen tijd bij.'

'Geeft niet, ik ben thuis. Ik merk het wel. Ze weten me te wonen. Ruim jij voordat je weggaat nog even de keuken op? Wanneer kom je weer?'

'Morgen, ma.'

'Goed, dan ga ik me nu omkleden.'

Ik kijk de tengere vrouw na die nu in haar slaapkamer verdwijnt. Ze draagt haar grijze haar nog net zo kort als toen ze vlak na de scheiding van de ene op de andere dag haar lange haar had gemillimeterd. Het staat haar goed.

Ook heeft ze nog steeds een mooi lichaam, slank en met de juiste proporties. Ik ben maar iets langer dan zij. Heb ook kleine borsten, een smal middel en ronde heupen en hetzelfde dikke haar maar dan nog donkerder. Bij haar is haar neus lang en recht, bij mij is hij klein en spits. Onze ogen hebben precies dezelfde kleur, ze zijn loodgrijs.

Ik mag haar dan altijd lelijk gevonden hebben, dat is ze niet. Integendeel, ze is een mooie vrouw, vermoedelijk altijd geweest. Ik wilde dat alleen niet zien door het slechte huwelijk van mijn ouders, denk ik nu.

Het lijkt wel alsof dat besef nu pas goed tot me doordringt.

En terwijl dat door mijn hoofd schiet, moet ik ineens aan dat andere denken, aan die opmerking van mijn buurman.

Ik kijk opnieuw naar de deur waarachter mijn moeder in zichzelf loopt te praten. Hardop zoekend naar kledingstukken waarvan ze de vindplaats is vergeten.

Ik nip van de melk uit mijn beker, nadenkend over die opmerking van Jaap.

Weesp is klein en mijn moeder woont hier al haar hele leven... De enige die ik kan bedenken op wie ik lijk, is mijn moeder. Zou hij haar bedoeld hebben?

7

Als ik wat later afscheid heb genomen van mijn moeder en bij mijn fiets sta om weg te rijden klinkt de toon van een binnenkomend whatsappje uit mijn tas.

Het is Erik, hij vraagt of ik hem even wil bellen.

Een heel normale vraag waar ik doorgaans meteen gehoor aan zou geven maar wat ik nu, net na het bezoek aan mijn moeder, nog even uitstel.

Ik ben een slechte leugenaar en Erik weet dat.

Hij zou aan mijn stem kunnen horen dat ik geïrriteerd ben en zich gaan afvragen of ik het hier wel zonder hem red. Dat is juist wat ik moet voorkomen, dat hij zich hierin mengt. Ik kan het nu niet gebruiken.

Mijn smoes om mantelzorg te verlenen aan mijn dementerende moeder zal ik dus nog even moeten volhouden. Gelukkig is een deel daarvan waar.

Toen begin dit jaar duidelijk werd dat de vaste thuishulp van mijn moeder door bezuinigingen dreigde weg te vallen en ik gedwongen werd na te denken over particuliere zorg, had ik met gemak iemand voor mijn moeder kunnen inhuren. Mijn moeder zou dan in haar eigen huis kunnen blijven wonen. Erik en ik hebben daar de financiën voor. Toch besloot ik toen zelf hulp te bieden.

Niet omdat ik zo'n aardige dochter ben, zoals Erik veronderstelt, maar om heel andere redenen.

Achteraf ben ik blij dat ik maar mondjesmaat met Erik over mijn moeder en mijn verknipte jeugd heb gesproken. Stel dat ik hem had verteld over de moeder die ik als kind kende: een slappe, afwezige en egocentrische moeder.

'Ik wacht wel tot hij dood is,' zei ze als ik vroeg waarom ze niet bij mijn vader wegging.

Erik zou me nooit geloofd hebben. Hij kent mijn moeder van na haar scheiding. Dat is een vrouw die gestudeerd heeft, een baan had, een huis kocht, vriendinnen kreeg en met of zonder hen de hele wereld afreisde.

Na mijn vaders dood deed ze daar nog een schepje bovenop door te transformeren tot een ander type mens. Hierdoor werd de schim uit mijn jeugd ineens een verlichte geest, iemand die bevrijd leek van een loden last.

Nu ik daaraan herinnerd word, zie ik alles weer haarscherp voor me.

Het was in dezelfde tijd dat Erik en ik kinderen kregen en ons pannenkoekenhuis een succes werd, dat mijn moeder aan haar derde leven begon. Ieder ander zou haar daarom bewonderd hebben. Bij mij zat de oude moeder te veel verankerd in mijn eigen bestaan.

Een moeder die vijftien jaar lang niet of nauwelijks betrokken was geweest bij haar enige dochter en dat kind voortdurend had blootgesteld aan felle ruzies, zo'n soort moeder verdiende geen sympathie, vond ik. Zelfs niet toen ze na de geboorte van onze jongste zoon ruim een week bij ons in huis kwam om voor kraamverzorgster te spelen.

Erik vond het nog zo lief en begripvol van haar. Ik wenste haar zo snel mogelijk de deur uit.

Als ik daar weer aan terugdenk, krijg ik opnieuw de bibbers.

Nee, het laatste wat ik wil is argwaan wekken bij Erik. Eerst helderheid. Juist omdat mijn moeder zienderogen achteruitgaat, zal ik alles op alles moeten zetten om de waarheid op tijd te achterhalen.

Pas als ik precies weet hoe de vork in de steel zit, kan ik het delen met Erik.

8

De loodzware donderwolken die me al vanaf het moment dat ik bij mijn moeder de deur uitging op de hielen zitten, komen tot een ontlading als ik de straat naar mijn flatgebouw in fiets.

Mijn dunne jas is niet bestand tegen zoveel water, ik ben meteen doorweekt. Vlug rij ik de huurfiets de box in en op dit moment mis ik mijn comfortabele e-bike van thuis die ik voor deze kippenafstandjes niet nodig vond om mee te nemen.

Een echte Zeeland-fiets noemen de jongens hem. Ze plaagden me ermee toen ik hem net had gekocht. 'Je wordt een oud moedertje,' zeiden ze, maar nog geen maand later wilden Tim en Lucas ook een fiets die hen automatisch zou voortduwen. Dat Zeeuwse platteland waar de weg naar school altijd vlak en lang is en de wind zo draait dat je hem voortdurend schijnt tegen te hebben, daar waren ze 'helemaal klaar mee'.

Ik gaf mijn schatten gelijk.

Erik is strenger, hij vindt dat ze het moeten verdienen.

Van mij mogen ze alles. Volgens Erik verpest ik ze, hij heeft geen idee waarom ik ze zoveel gun. Later, als hij mijn hele verhaal kent, zal hij dat begrijpen.

Mijn lieve zonen, mijn drie mooie pubermannen, zoals ik ze noem en die ik vreselijk mis. Zeker nu ik hier alleen en verkleumd in een slecht verlichte box sta, ervaar ik dat als extra pijnlijk.

Met een zucht haal ik de boodschappentas van het stuur, druk de lichtschakelaar uit, stap de gang op die langs de boxdeuren loopt en sluit de mijne af.

Het volgende moment voel ik een koude luchtstroom langs mijn benen trekken. Ik kijk niet om als ik vanuit het donker iemand hoor naderen. Liever concentreer ik me nog even op de gedachten aan mijn kinderen. Straks eerst skypen, heb ik besloten. Even die blonde beugelbekkies zien en digitaal huggen; ik lach in mezelf. Na de e-bike was ik ook de eerste die vond dat we met ons restaurant op Facebook moesten.

Erik leek het niets, het pannenkoekenhuis liep volgens hem sowieso wel. Ik zette door en inmiddels hebben we honderden volgers. Soms denk ik dat ik er beter niet aan had kunnen beginnen, maar dat is onzin, idioten vinden altijd wel een weg om iemand te stalken.

Ik til mijn boodschappentas op, focus me in het duister op de deur naar de uitgang – waarom zijn er op dit soort naargeestige plekken toch altijd knipperende tl-lampen die het ieder moment kunnen begeven – en zie nu aan het einde van de gang een andere flatbewoner zijn boxdeur openen.

Zonder op de persoon te letten loop ik linea recta op de uitgang af. En net als ik me smal maak om de openstaande boxdeur te passeren, stapt de persoon daar ruggelings achter vandaan en blijft pal voor me staan.

Ik schrik van de onverwachte beweging en slaak een korte kreet. Mijn boodschappentas raakt de muur. Als ik de wijnflessen die daarin zitten hoor rinkelen probeer ik de schade te beperken door de tas onmiddellijk naar me toe te trekken. Hierdoor raak ik uit balans en val voorover tegen de rug van de onbekende persoon. Ik voel de koele stof van zijn gewatteerde jas voor een seconde tegen mijn wang drukken. Zacht is de aanraking. Tegelijkertijd is de kracht van een gespierde rug voelbaar.

'Sorry, ik...' Buiten adem deins ik achteruit.

De persoon draait zich nu langzaam om. Hij heeft halflang haar dat voor een deel zijn gezicht bedekt. Als hij het uit zijn gezicht veegt, herken ik meteen het vriendelijk lachende hoofd van Pieter.

'Hé, jij ook hier?' zegt hij verbaasd.

'Ja, ik ook hier,' antwoord ik. Mijn stem trilt en ik huiver. Onder mijn huivering voel ik een blos opkomen. Ik heb geen idee waarom ik me ineens zo ongemakkelijk gedraag. Balend leg ik de schuld bij mijn doornatte lijf. Ik moet er niet uitzien met dat druppende hoofd en die uitgelopen mascara.

'Lekker plensbuitje?' merkt Pieter op alsof hij mijn gedachten kan lezen.

Ik knik en probeer de verwarring die deze man bij me oproept te plaatsen. Lang kan ik er niet bij stilstaan want het volgende moment grijpt Pieter de deur van de box beet en smijt hem met een klap in het slot.

De harde slag van metaal op metaal dreunt door de stille gang. Ik schrik wederom door de abrupte beweging waarmee dit gepaard gaat.

Paniekerig zoeken mijn ogen de uitgang. Wederom is Pieter zich ervan bewust. Hij drukt zich tegen de deur, maakt een galante buiging voor me en gebaart dat ik kan passeren.

'Ga je gang, trek je niets van mij aan, ik ben slechts een instrument in dienst van mijn gebrekkige vader,' zegt hij, en hij geeft een speels tikje tegen de dichte deur. 'Die ouwe wil weer gaan fietsen, zie je het voor je met die heup?'

Aarzelend schud ik mijn hoofd, verplaats mijn boodschappentas naar mijn andere hand en wens Pieter succes.

Ik voel hoe hij me nakijkt als ik de deur naar de uitgang open.

Daarvoor was hij hier dus, om een fiets te pakken. Logisch, deed ik niet hetzelfde? Heb je daar geen boxen voor, om fietsen te stallen? Waarom bekruipt me dan dat vreemde gevoel dat er iets niet klopt aan wat hij zegt?

Zomer 1979

Jolante

Het roeifeest is in volle gang. Stefan imiteert in zijn nauwsluitende broek John Travolta, hij danst op de muziek van *Saturday Night Fever*. Met samengeknepen billen en één hand op zijn buik en één in de lucht draait hij uitdagend met zijn onderlijf. Hij kan het, vindt Jolante, hij heeft talent.

De andere jongens zijn beter in roeien, misschien dat ze Stefan daarom plagerig een mietje noemen? Omdat hij zo sierlijk beweegt en zo'n vrouwelijk hoge stem heeft?

Dat soort opmerkingen doen hem niets, hij is autonoom. Net als nu, wanneer hij half in trance beweegt op de maat van de beat.

Dat is het leuke van deze roeiclub, vindt Jolante, dat iedereen zichzelf kan zijn en zich vrij voelt.

Wiebelend op haar veel te hoge plateauzolen staart ze vanuit de Toko – het kleine bijgebouwtje dat dienstdoet als bar – naar buiten. Een groepje meiden staat belangstellend rondom twee jongens bij de barbecue. Rook kringelt omhoog, de geur van verbrand vlees waait Jolantes kant op.

Rozig en aangeschoten, met een biertje in haar hand, loopt ze naar het vlot waar de boten aanmeren. En naarmate ze dichter bij de rand van de vlonder komt, legt de zwoele avondlucht het af tegen de frisse damp die vanuit het water opstijgt.

Dromerig sluit ze voor een moment haar ogen en ademt diep in. Als ze vlak bij het water is hurkt ze neer, waardoor de strapless jurk omlaag schuift.

Vloekend zet ze haar bierglas neer. Ze had een bh moeten aantrekken, nu vallen haar borsten automatisch naar buiten. Ze worstelt met de stugge stof van de jurk, maar het lukt haar niet om het volle vlees van haar boezem terug te duwen. Ze heeft ze altijd verfoeid. Vanaf haar twaalfde al een D-cup.

Nee, dan haar zusje met die erwten op een plank.

Ze denkt aan Bart. Wat zou hij van haar borsten vinden? Hij heeft er nog niets over gezegd. Hij heeft ze gekust, dat wel, en heel lang aan haar tepels gezogen. Dat was lekker. Hoewel dat na een tijdje ook weer zeer deed. Stomme rotborsten.

Ze had geen jurk zonder bandjes moeten aantrekken. Ook dat is stom.

Krijgt Heleen toch nog gelijk. Het heeft iets hoerigs, vond Heleen, waarmee ze natuurlijk bedoelde dat zo'n jurk niet geschikt was voor iemand met grote tieten.

Heleen, Heleen, in alles altijd zo verstandig en wijs. Stomme trut.

Jolante steekt kwaad haar tong uit naar het water. Ze pakt haar bierglas en neemt een flinke slok. Ze is het zat. Na drie uur op die knellende rotschoenen gaan ze nu eindelijk uit.

Als daarop haar bevrijde voeten over de rand van de vlonder bungelen en de koele waterdamp haar tenen bijna doet bevriezen, kromt ze haar rug en keurt haar weerspiegeling in het water. Korte, springerige lokken, stevige kin, gespierde schouders, een stoere meid. Abrupt trekt ze haar benen op.

Ze wil niet stoer zijn, ze wil vrouw zijn.

Zoals Heleen, die nu in de loods zwiert met haar heupen, armen in de lucht en het haar vol glitters. Mooie, onbereikbare Heleen in haar paarsblauwe overall, waar alle jongensogen spiedend op blijven rusten. Ze haat haar.

In één teug klokt Jolante de rest van het bier naar binnen.

Met opgetrokken benen staart ze peinzend over de Vecht. Links in de verte gloort de kerktoren in het avondlicht, staan de molens en ligt de vertrouwde woonwijk waar ze is opgegroeid.

Ze moet niet zo boos doen, alles is goed hier. Lieflijk en veilig, een plek om te blijven en een gezin te vormen met Bart. Ze heeft er de leeftijd voor. Ze wordt komende winter twintig. Een oude schoolvriendin van haar is al getrouwd, heeft een koophuis en is zwanger.

Achter haar wordt een nieuwe plaat opgezet. Jolante herkent de muziek van Abba, de stem van Frida galmt over het terrein: '... *You can dance, you can jive, having the time of your life... See that girl, watch that scene, dig in the Dancing Queen...*'

Jolante weet wie daarbinnen nu helemaal uit haar dak gaat. De kleine kut-Heleen die danst en zingt als Frida.

Een bitter lachje krult haar lippen nu haar aandacht naar het dak van de Toko wordt getrokken. Als donkere kapmessen steken de wieken van de achtergelegen molen daar dreigend bovenuit.

Koortsig legt Jolante het lege bierglas tegen haar verhitte wang.

'*Dancing Queen, seventeen...*' zingt ze vals en haar stem klinkt kwaadaardig.

Bart zou nu zijn handen voor de oren slaan. 'Jij kunt niet zingen,' zei hij laatst. Het was grappend bedoeld, maar Jolante weet best dat ze geen maat kan houden, niet zoals Heleen dat kan.

In alles beter. Altijd al. Haar kleine pestzusje.

De greep om het bierglas versterkt zich, en het volgende moment smijt ze het met alle kracht die ze in zich heeft woedend door de lucht.

Als een stuurloos vliegtuig scheert het glazen voorwerp over het water, fonkelend in het maanlicht, weg van het feestgedruis.

'Goed zo, kreng,' schreeuwt Jolante als het glas met een plons ondergaat. 'Daar hoor jij thuis, Heleen, op de bodem van de rivier.'

9

Een paar uur later ben ik de zoon van mijn buurman allang weer vergeten; fris gedoucht zit ik in mijn badjas voor de pc te skypen met Erik. Ik nip van mijn hete thee en knik begripvol als Erik klaagt over de hectiek waar deze dag bol van stond.

Hij vindt het fijn om met me te praten, zegt hij. Ik zie aan zijn gezicht dat hij gehaast is. Het bekende zenuwtrekje waarbij hij met zijn wenkbrauwen fronst, wil niet van zijn voorhoofd wijken.

Vandaag zou er een aannemer langskomen, gaat hij geërgerd door, de man is nog steeds niet geweest. Het loopt nu tegen het eind van de middag, straks zit het restaurant vol gasten, die kun je toch niet in dat gehamer van timmerlui laten zitten?

Als ik doorvraag blijkt dat Erik zich in de dag vergist heeft.

Hij mist zijn secretaresse, grapt hij, en probeert ontspannen te kijken. Wat niet lukt, want meteen daarop zit hij weer in de mopperstand. Hij vraagt zich af of we de komende zomer wel in de nieuwe keuken zullen staan. Alle apparatuur moet nog vervangen worden. Bakplaten, kasten, koelers, het afzuigsysteem, de hele boel gaat op de schop.

'O, Maud, ik word zo zenuwachtig bij dat vooruitzicht,' klaagt hij.

Ik ken Erik, hij is goed in koken, in nieuwe recepten verzinnen voor de heerlijkste pannenkoeken en de meest bijzondere desserts, maar agenda's inplannen en verbouwingen runnen zijn niet zijn ding.

'Is Tim er?' vraag ik.

Twee minuten later ben ik in een even druk gesprek verwikkeld met mijn oudste zoon van negentien. Hij vertelt honderduit over de nieuwe keuken en hoe megacool die wordt. Hij vervolgt dat hij zin heeft in de horecaopleiding waar hij na de zomer mee gaat beginnen en zegt met een ernstig gezicht dat hij het eerste pannenkoekenrestaurant met een Michelinster op de kaart gaat zetten.

Mijn kanjer, denk ik trots. En onwillekeurig moet ik denken aan mijn vader, die als huisschilder een eenmanszaak had. Tim heeft duidelijk zijn ondernemersgenen geërfd.

Hierdoor dwalen mijn gedachten verder af naar mijn moeder en naar het fotoalbum waar ik vandaag om gevraagd had. Ze zou ernaar zoeken, zei ze toen ik bleef aandringen. Via foto's wil ik haar geheugen opfrissen. Ik moet aan de weet komen wat er met tante Jo is gebeurd. Hoe ze is gestorven. Pas dan heb ik iets om...

'Lucas en Daantje doen je de groeten, mam. Ze zijn met de hond naar zee.'

Ik schrik op uit mijn gepeins.

'Naar zee? Niet te koud met die regen?'

Tim lacht. 'Welke regen?' vraagt hij, en voegt er wijsgerig aan toe of ik nu al vergeten ben dat Zeeland de meeste zonuren van ons land heeft.

We sluiten met drie kushanden en evenzoveel knuffels van mijn kant af.

'Hoe is het met oma?' vraagt hij nog net op de valreep.

'Goed, jongen, goed,' zeg ik. 'Ze gaat vandaag met Kant aan de slag.'

'Kant? Hoe bedoel je, mam? Maakt oma zelf haar kleding?'

'Nee, nee, lieverd, geen kleding... oma leest veel... las veel...' Ik maak mijn zin niet af, zie mijn zoons aandacht verslappen en begrijp dat best. Wat moet hij met informatie over een dementerende oma die hij nauwelijks kent? Het is al aardig dat hij naar haar vraagt.

Meteen nadat de verbinding is verbroken loop ik naar de keuken, gooi het restje thee dat nog in mijn glas zit door de gootsteen en draai een wijnfles open.

Met een vol wijnglas en een zak chips kruip ik op de tweezitsbank en neem voor het eerst sinds ik hier woon de sober ingerichte flat in me op.

'Gestoffeerd verhuurd voor de periode van één jaar', was de gouden tip die de thuishulp aan mijn moeder gaf.

Het was de beste optie, betaalbaar en redelijk goed ingericht. Een eenvoudige keuken met goede apparatuur, een groot tweepersoonsbed, blankhouten meubels die zo uit een Ikea-winkel kwamen en gratis wifi.

De paar spullen die ik van huis heb meegenomen en voornamelijk uit kleren, linnen- en keukengoed bestaan, staan nog onuitgepakt in de gang. Ik heb het te druk gehad met de dagelijkse beslommeringen rondom mijn moeder om me hier écht te settelen.

Bovendien zit ik hier niet voor mijn lol. Terwijl ik nog een slok neem en aan de reden van mijn verblijf denk, klinkt er een *ping* uit mijn tas en komt er een nieuw appje binnen.

Meteen zet ik mijn glas neer, sta op en haal het toestel uit mijn tas.

Mijn vermoeden is juist.

Nieuw bericht van 'Belle Hélène', staat er in het groene vakje als ik mijn telefoon ontgrendel.

Mijn adem stokt als ik het bericht heb gelezen en naar de profielfoto staar die daarbij hoort. Een perendessert met chocoladedressing schrijft me:

DOM PANNENKOEKENVROUWTJE, WAT HEB JE NU GEDAAN? JE GEZIN IN ZEELAND ACHTERGELATEN? DAAR KRIJG JE SPIJT VAN.

10

Een halve fles wijn verder en net weer een beetje bekomen van de ergste schrik over het laatste appje, ga ik via de site van Thuisbezorgd.nl op zoek naar het nummer van een chinees. Terwijl ik mijn gegevens intik op de telefoon gaat hij over. Bijna laat ik het toestel uit mijn hand vallen. Geschokt staar ik naar het nummer.

Het is mijn moeder.

'Ha ma,' zeg ik met een duidelijk hoorbare opgeluchte zucht in mijn stem en grijp daarbij automatisch naar mijn wijnglas. 'Kun je het kort houden?' vraag ik.

Vanavond wil ik niet gestoord worden met vragen over verloren spullen of vergeten namen. Ik wil eten, drinken en verder met mijn speurwerk. Hoe sneller ik erachter ben wie die idioot is die mijn zenuwen opjaagt, hoe beter.

'Maud, ik heb momenteel bezoek van mijn filosofieclub, het komt niet gelegen.'

'Niet gelegen, ma? Wat dan?'

'Jij belde toch?'

'Nee, ma, je vergist je, ik belde niet. Jij belt mij.'

Aan de andere kant van de lijn wordt het abrupt stil. Ik hoor een zacht geroezemoes aan stemmen. Ik ga ervan uit dat mijn moeder de televisie heeft aanstaan.

'Ma, waar kijk je naar?' probeer ik om mijn moeder in het hier en nu te houden en zelf verlost te worden van haar verwarring.

'Kijk ik naar? Sorry? Ik snap niet waar je het over...'

'De tv, ma. Ik hoor je tv, toch?'

'Hoe kom je daar nou bij? Zeg, gaat het wel goed met je, Maud?'

'Het gaat heel goed met mij, ma, met jou gaat het niet goed... en...'

Driftig neem ik nog een slok wijn om de opkomende ergernis weg te slikken. Het heeft geen zin om tegen mijn moeder tekeer te gaan en mijn onvrede over het eerder gelezen appje op haar te botvieren. Het zou alles alleen maar versterken en me zeker niet helpen in mijn zoektocht naar antwoorden.

Zodra ik mijn glas heb neergezet, veeg ik langs mijn mond, adem diep in en bereid me voor om haar zo kalm mogelijk te vragen wat eraan schort. Net als ik mijn mond open, hoor ik mijn moeder vanaf een afstand tegen de telefoon praten. Ze roept lachend mijn naam. Dan valt prompt al het geluid weg, er klinkt een piep, ik hoor gekraak en het volgende moment schettert er ineens een hoge mannenstem in mijn oor.

'Ha Maud, je kent mij niet maar ik heb veel over je gehoord. Fijn dat je hier bent voor Heleen. Dat vinden we allemaal heel nobel van je.'

Ik val stil. De overdreven hartelijkheid van de man verbaast me. Wie is deze man, ken ik hem? Wat moet hij van me? En wat doet hij bij mijn moeder?

'Sorry, maar wie...'

'Maud?' Mijn moeder is weer terug aan de telefoon. Ze lacht nog steeds, een giechelige meisjesachtige lach klinkt in mijn oor. Ergerlijk. Heeft ze ooit vroeger in mijn jeugd zo met mij gelachen? Gehaast zegt ze dat ze nu geen tijd heeft om verder te praten maar dat ze me later wel terugbelt.

Ik wil net weer zeggen dat zij met mij contact heeft gezocht en dat ik me afvraag wie ze in huis heeft gehaald, als de verbinding wordt verbroken.

Mijn eerste reactie is om direct terug te bellen. Ik tel tot tien en doe het niet. De afgelopen tijd heb ik geleerd dat het geen enkele zin heeft. Ik zou er mijn moeder alleen maar mee verontrusten. Besluiteloos staar ik nog even naar de telefoon, waar nu een nieuw appje oplicht van 'Belle Hélène'.

'Nee!' roep ik in paniek uit als ik zie wat hij schrijft.

PAPADAG, staat er, meer niet.

Alsof het een smerig, keverachtig insect betreft, smijt ik de telefoon van me af op tafel. Mijn ademhaling stokt en het bloed klopt achter mijn ogen wanneer ik dat woord 'papadag' tot me laat doordringen.

'Papadag, papadag, papadag...' Fluisterend en herhalend spreek ik het woord uit. Bezwerend alsof het helpt om de pijn in mijn hart te doven.

Ik sla mijn armen om mijn benen en trek ze naar me toe. Ineengedoken met mijn hoofd tegen mijn knieën lossen de woorden op in mijn schoot.

'Niet gaan janken nu,' mompel ik als ik tranen voel branden. Zachtjes masseer ik de huid rond mijn slapen, maar traanvocht laat zich niet regisseren. Als vanzelf komt de stroom op gang.

Snotterend pijnig ik mijn hersens over de persoon met de naam van het toetje. Hoe kan deze figuur weten waarom dat ene woord voor mij zoveel betekenis heeft?

Papadag.

Iemand moet het weten, iemand uit mijn verleden. Ik slik de brok uit mijn keel en veeg langs mijn betraande gezicht.

Wat wil die 'Belle Hélène' toch? Wie kent mijn jeugdverhaal zo goed dat hij me daarmee in zijn greep krijgt?

Zomer 1979

Jolante

Jolante opent haar ogen. De immense sterrenhemel boven haar hoofd heeft zo'n tornadoachtige zuigkracht op haar aangeschoten hoofd, dat ze ze snel weer sluit om niet overmand te worden door duizeligheid. Stil blijven liggen nu, en zich overgeven aan dat heerlijke suizebollende gevoel dat haar hele lichaam in bezit heeft genomen.

Ze is de kapitein van een ruimteschip dat geruisloos door de heldere nacht zijn baan om de aarde maakt. Oppassen nu, straks stort ze naar beneden.

Naar dat diepe, donkere gat onder haar. Ze hoort het klotsen. Zachte, korte tikjes, als kleine zweepslagen tegen de palen van het vlot. Het vlot met zijn nog warme hout dat haar lichaam beschermt tegen het water. En zelfs al zou ze eraf rollen, dan geeft dat niets, ze kan zwemmen.

De vlonderlatten trillen, Jolante hoort het hout kreunen onder de voetstappen die haar nu van achteren naderen. Komt iemand haar halen? Moet ze naar huis?

Nee, nee, nog niet. Het is feest, de nacht mag nog lang niet eindigen, daar is deze avond veel te speciaal voor. Ze gaat met Bart, officieel nu, serieus is het, vaste verkering heet dat. Haar onderbuik trekt samen alsof ze moet plassen. Ze spant haar bekkenspieren. Heerlijke roes, heerlijk verlangen naar die zoete mond van haar sterke, jonge geliefde.

'Jo?'

Het is de stem van Heleen. Onverwachts, vlak achter haar. De vlonder kraakt opnieuw lichtjes onder het gewicht van haar frêle zusje. Jolante hoeft haar ogen niet te openen om te zien hoe Heleen daar staat in dat paarse Abba-pak en met die glitters op haar gloeiende wangen. Ze weet precies hoe die loodgrijze, zwartomrande ogen met lange wimpers afkeurend op haar neerkijken.

Ze tracht zich in te houden als ze de ademhaling van Heleen langs haar blote schouders voelt glijden wanneer die zich over haar heen buigt. Intiem en speels raakt een puntje van Heleens haar Jolantes wang. Ze wil er een tik tegen geven, het van zich afslaan, zoals je dat bij een mug doet die je lastigvalt.

Weg, weg... Heleen moet weg. Naar de diepte van de Vecht. Weg, weg en nooit meer bovenkomen... Barst, waarom lukt dat niet? Waarom voelt ze haar armen niet, waarom lukt het niet om haar vederlichte zusje onder water te houden?

Ze is stijf en moe. Beter om te blijven liggen, in slaap te vallen en verder weg te dromen.

'Jo, zullen we naar huis gaan? Jo?'

Stevige vingers drukken in het vlees van haar bovenarm. Ze weet hoe beweeglijk die kleine handen zijn, hoe snel ze over de toetsen van de piano glijden. Kleine knuisten, heel behendig, maar zonder enige kracht. Dombo. Een frisdrankfles opendraaien kost Heleen al moeite. Nee, dan zij, hoe zij met een ijzeren gemak de bladen door het water trekt... daar kan geen...

Weer kraakt het vlonderhout. Dit keer hoort ze een mannenstem: 'Heleen?'

Jolantes lichaam trilt en schudt onder de zware tred die bij het stemgeluid past. Net zoals de donkere beat van het bluesnummer van Muddy Waters dat met zijn jankende gitaren nu uit de loods naar buiten waait en haar oor bereikt.

'Ha, Heleen. Gaat het?'

'Ja, o, ha, ja, prima hoor. Ik probeer mijn zus... ze wil niet opstaan.'

Stom kutzusje, moet je haar horen. Nee, natuurlijk wil ze niet opstaan. Niet voor Heleen, zeker niet voor haar, alleen voor Bart. Lieve, mooie Bart.

De mannenstem lacht.

'Ha, geen wonder, je zus is zo stoned als een garnaal.'

Een harde, bulderende lach. Iemand raakt haar nu aan. Ze hoort Heleen opnieuw zeggen dat ze mee moet. Weer die nare vingertjes in het vlees van haar bovenarm. De geur van wiet. Lekker, ze snuift het op tot diep in haar longen. En als ze door haar wimpers kijkt, ziet ze het rode brandende puntje van een joint.

'Kom, als jij haar schoenen meeneemt dan til ik haar op en breng ik haar naar binnen. Oké? Lukt je dat?'

Die donkere stem. Blues en wiet. Sterke armen dit keer... iemand hijst haar overeind. Slap is ze, haar benen zwiepen, haar hoofd zit los.

'Jo, Jolant?' Heleens stem. 'Waar is Bart?'

'Bart?'

'Ja, Bart. Zo kun je niet fietsen, Jolante. Je moet maar achterop bij Bart. Kom... Jo, kom op. Je moet hier weg.'

Nee, nee, Heleen snapt het niet. Zij, Jolante, is de oudste, en zij gaat pas weg als zij dat wil. Zeker weten.

'Loop jij maar vast door, Heleen, ik zie je zo wel in de loods,' zegt de zware stem.

Jolante luistert ernaar. De stem bezorgt haar een aangename rilling. Ze helt iets naar voren en zoekt steun bij de arm die haar nog steeds vasthoudt. Een vals lachje ontsnapt uit haar mond als ze daarop opgewonden fluistert: 'Hé, mooie mysterieuze jongen, jij valt op mijn zusje, hè?'

11

De indringende toon van de deurbel haalt me niet veel later uit mijn diepe gepeins. Thuis zou onze hond onmiddellijk zijn aangeslagen, hier blijft alles stil.

Met tegenzin sta ik op. Hoe zie ik eruit? Als ik het haar dat over mijn gezicht is gevallen wegstrijk en langs mijn lippen lik, proef ik zout.

Meteen recht ik mijn rug en spreek ik mezelf vermanend toe. 'Klaar nu met janken,' mompel ik alsof ik tegen een van mijn jongens praat. Nogmaals gaat de bel. 'Ja, ja, rustig maar, ik kom,' roep ik richting de gang terwijl ik gehaast mijn tas open om mijn portemonnee te pakken. Werktuigelijk open ik de voordeur.

De thuisbezorger is een vriendelijke jongen in een knaloranje jas. Vanonder zijn helm – die hij voor het gemak heeft losgedaan en tot boven zijn oren heeft geschoven – vraagt hij of ik een babi pangang met kroepoek heb besteld. Als ik knik overhandigt hij me eerst het zakje met kroepoek en haalt daarna twee plastic eetbakjes uit zijn eveneens oranje tas tevoorschijn.

Ik pak de maaltijd aan en reken af. Wanneer ik met mijn hoofd schud en zeg dat hij het wisselgeld mag houden, trekt de jongen abrupt zijn helm naar beneden en maakt een dankbare buiging. Daarop verdwijnt hij in de richting van het trappenhuis.

Met een moederlijke glimlach kijk ik hem na, draai me vervolgens om en geef de deur een zetje. Maar in plaats van dat ik hem in het slot hoor vallen blijft hij openstaan. Klepperend slaat de deur tegen de deurpost. Als er vervolgens iemand tegenaan tikt, verwacht ik dat het de jongen is. Misschien is hij iets vergeten. Geërgerd keer ik me om, straks is mijn eten koud.

'Ja?' vraag ik bits.

Nogmaals volgt er een korte en harde tik tegen de deur.

'Hé, wat...?'

Onhandig manoeuvrerend met de eetbakjes trek ik de deur met mijn vrije hand verder open. Nog net op tijd ontwijk ik een aluminiumkruk die rakelings langs me heen zwiept.

Het is Jaap. Hij maakt een opgewonden indruk.

'Shit, Jaap,' zeg ik verrast.

Met duidelijke tegenzin in mijn stem vraag ik wat er aan de hand is.

Hij geeft geen antwoord maar kijkt links en rechts over de galerij alsof iemand hem in de gaten houdt.

'Sst,' sist hij en hij legt zijn vinger voor zijn mond. 'Kan ik binnenkomen?'

'Nou, liever niet. Ik...'

Zonder naar me te luisteren stapt Jaap over de drempel.

'Ik moet met je praten,' zegt hij.

'Oké. Maar kan dat een andere keer? Ik wil eten en...'

Het eten in mijn hand lijkt met de seconde af te koelen. Ik ben niet gekleed op bezoek en de laatste met wie ik wil praten is deze stinkende bejaarde.

Jaap is me al gepasseerd. Opnieuw gebruikt hij zijn kruk om de volgende deur op zijn pad te openen.

'Ga gerust eten,' zegt hij.

Hij trekt een stoel naar zich toe en onder veel gesteun en gekreun gaat hij zitten.

'Ik heb mijn maaltje al op. Tja, tegenwoordig eet ik wanneer me dat uitkomt. Zo gaat dat als je geen werk meer hebt. Heb ik je al verteld dat ik na dertig jaar trouwe dienst gewoon aan de kant ben gezet voor een paar van die jonge gasten? Zij hebben dan misschien meer verstand van computers, maar dat wil niet zeggen dat ze ook meer verstand hebben van zaken.'

Jaap vloekt en legt zijn kruk midden op de eettafel.

Mijn hart klopt in mijn keel van ergernis, ik hou me in. Op dit moment lijkt het me verstandiger om eerst mijn weeë maag te vullen dan mijn buurman tot de orde te roepen. Ik ben bovendien moe en licht in mijn hoofd van de wijn. Het laatste waar ik nu zin in heb, is een conflict.

Zwijgend begeef ik me naar de keuken en meteen nadat ik de zak met kroepoek op het aanrecht heb gelegd, buk ik me naar de vaatwasser om er een schoon bord uit te halen. Ik grijp mis. Het bord is vuil, en als ik beter kijk zie ik dat de rest van het serviesgoed ook niet schoon is; een filter van aangekoekte voedselresten heeft een doffe laag achtergelaten. Ook dat nog: een afwasmachine die het niet doet.

Vlug spoel ik het bord af en bij gebrek aan een theedoek maak ik hem droog met mijn badjas.

Vanuit de kamer roept Jaap iets wat ik niet versta. Gehaast zorg ik dat ik niet nog meer tijd verspil door snel de plastic bakjes te openen en de inhoud voor de helft te verdelen over het bord.

Het eten is inmiddels lauw; toch warm ik het niet op in de magnetron maar keer snel terug naar de woonkamer.

'Ziet er goed uit,' zegt Jaap als ik met het bord op mijn schoot op de bank ga zitten.

Ik geef een kort knikje en met een volle mond vraag ik wat er zo dringend was om me hier te overvallen.

'Overvallen?' herhaalt Jaap verschrikt. 'Ervaar je dat zo? Allejezus, dat was niet mijn bedoeling. Weet je, ik kom later wel terug.'

Spijtig schudt hij zijn hoofd, trekt de kruk van tafel en doet een poging om op te staan. Ik vraag me af of het gespeeld is, want het volgende moment lijkt het net alsof hij met lijm aan de stoel zit vastgeplakt en gaat hij doodleuk verder met zijn verhaal.

'Het leven is rot. Eerst was er dat ontslag, daarna die heup en nu weer die zoon van me... Hij denkt dat ik gek ben, ze niet meer allemaal op een rijtje heb hier...'

Jaap wijst naar zijn voorhoofd. Hij fronst zijn dikke wenkbrauwen en kijkt me afwachtend aan.

Ik antwoord niet maar steek mijn lepel nogmaals in de rijstsmurrie, neem een extra grote hap en kijk verlangend naar de wijnfles die achter Jaap op tafel staat. Een glaasje rood verdovend vocht dat dit smakeloze eten kan wegspoelen zou niet gek zijn.

Jaap volgt mijn blik, draait zijn hoofd een halve slag, tilt de fles op en vraagt of hij me moet bijschenken.

Nu word ik het zat. Abrupt sta ik op, en terwijl ik uitroep dat Jaap moet vertrekken schiet er een rijstkorrel in mijn verkeerde keelgat.

'Gaat ie?' vraagt Jaap bezorgd als ik luidkeels begin te hoesten.

Ik schud mijn hoofd en slik.

'Je moet weg. Het komt me niet uit,' zeg ik schor.

Als Jaap me waterig blijft aanstaren, vraag ik hem of hij me voortaan eerst wil bellen. Om mijn woorden kracht bij te zetten ga ik op zoek naar mijn telefoon. Mijn ogen speuren de tafel af. Over mijn laptop, het Weespersufferdje en die ellendige kruk van Jaap, maar nergens zie ik de telefoon liggen. Ik voel in de zakken van mijn badjas. Daarop werp ik een blik op Jaap, die nu ineens van me wegkijkt.

'Zeg, heb jij toevallig...?'

Jaap pakt zwijgend zijn kruk.

'Ik zoek mijn telefoon. Hij lag hier net nog op tafel; jij hebt hem toch niet per ongeluk... toen ik in de keuken...?'

'Ik?!'

'Ja, jij. Wie anders? Ik weet zeker dat mijn telefoon hier net nog lag.'

'Sorry, ik weet niet waar je het over hebt. Wat moet ik met jouw telefoon? Een oude man als ik?'

Brommend en onvast op zijn benen begeeft Jaap zich naar de gang. Ik volg hem op de voet en bestudeer de zakken van zijn veel te ruime trainingsbroek waar het vale T-shirt deels overheen hangt. Wat kan ik doen, hem fouilleren?

Zodra hij bij de voordeur is vraag ik hem toch het onmogelijke: ik wil dat hij zijn zakken leegt.

Ik begrijp dat het idioot moet klinken en ik begrijp ook dat hij zich abrupt omdraait en vraagt of dit de vliegtuigpoortjes zijn van de douane en of ik hem soms verdenk van een ophanden zijnde terroristische aanslag.

Mijn wangen gloeien als Jaap dreigend een stap naar voren doet.

'Ik... eh... nee, maar die telefoon kan niet zomaar...'

Onhandig wip ik van mijn ene been op het andere. Ik ben me bewust van de lengte en het lompe lichaam van Jaap dat even wiebelend voor mijn neus staat en voel de naaktheid van mijn schaars geklede lichaam onder de badjas.

Het is de tweede keer dat hij zo dichtbij is en me de kriebels bezorgt.

Zonder zijn zakken te legen zegt hij dat hij geen dief is en dat ik het dan maar zelf moet weten.

'Wie niet luisteren wil moet voelen,' voegt hij er in zijn tegeltjeswijsheid-taal grommend aan toe. Ik begrijp niet waar hij op doelt.

De neiging om hem een flinke duw te geven weet ik nog net op tijd te onderdrukken. Ik open de deur en terwijl ik popel om hem van repliek te dienen hou ik me opnieuw in.

'Prima,' gaat Jaap stoïcijns verder. 'Als je dan zo eigenwijs bent om niet naar me te luisteren, kun je later niet zeggen dat ik je niet heb gewaarschuwd.'

Ik geef geen antwoord en hoewel ik inwendig kook van woede, zou ik hem het liefst willen vragen wat hij met die stomme opmerkingen bedoelt.

Maar als Jaap in de volgende seconde naar buiten stapt, ben ik veel te blij dat ik van hem af ben. Ik onthoud me van commentaar en draai de deur vlug achter hem op slot.

Ik ril en mijn maag komt in opstand. Ik leg de schuld bij de lauwe, smakeloze babi pangang, niet bij het onaangekondigde bezoek. Ik ben een sterke vrouw en laat me niet door vage praatjes van mijn opdringerige buurman op de kast jagen.

Hij had iets belangrijks te vertellen, ja, ja, tuurlijk. Wat zei hij ook alweer over Pieter? Dat die vond dat zijn vader gek was?

Ik geef Pieter groot gelijk. Jaap is een gluiperd.

Ik weet zeker dat hij mijn telefoon heeft gejat.

12

'Ha liefje, gaat ie?'

Erik kijkt me via het beeldscherm met een bezweet gezicht aan. We skypen. Hij is net klaar in de keuken. Aan zijn plakkerige haar te zien heeft hij een drukke avond achter de rug. Ik glimlach naar mijn vermoeide man wiens vertrouwde pannenkoekenbakgeur, die ik met regelmaat heb verfoeid, ik nu ineens zo mis.

Nam de doorsnee restaurantbezoeker ooit nog genoegen met een 'pannenkoek naturel' voorzien van stroop en basterdsuiker, tegenwoordig kan men kiezen uit ten minste vijftig smaken. Glutenvrij en ambachtelijk bereid. Laat dat maar aan mijn man over.

'Ik ben mijn telefoon kwijt.'

'Je telefoon? O, jee. Is hij wel vergrendeld?'

'Nee, nee, dom hè?'

Erik zucht en zegt dat het niet bij zijn digimonster past: een peperdure iPhone, de nieuwste van de nieuwste en dan niet eens vergrendelen?

'Slordig,' zegt hij.

'Ja, ja, schat, ik weet het. Maar hij kan niet ver zijn. Vanavond had ik hem nog. Misschien is hij hier ergens onder gevallen…'

Erik fronst zijn wenkbrauwen en merkt op dat het toch een klein flatje is waar ik woon.

'Jawel, maar toch…'

Ik heb geen zin om over Jaap te beginnen en mijn verdenking omtrent de vermissing van de telefoon die daarmee samenhangt.

Erik zou onmiddellijk vragen wie die Jaap is en waarom ik zo'n type binnenhaal. Liever hou ik alles wat niet direct met mijn moeders zorg te maken heeft weg bij Erik. Voordat ik het weet zou ik over de Facebookberichten beginnen en alle dingen die daarmee samenhangen.

'Kun jij me even bellen?' vervolg ik, en ik vraag me tegelijkertijd af of de technologie zo ver gaat dat ik mezelf via Skype had kunnen bellen. Die gedachte druk ik meteen weer weg. Ik hou al zoveel voor mezelf, straks vertel ik niets meer aan Erik.

Meteen moet ik aan mijn stalker denken en aan zijn appjes. Zonder telefoon kan hij me niet lastigvallen.

Aan de ene kant is dat een hele geruststelling, aan de andere kant bezorgt het me de zenuwen. Nu hij weet dat ik hier in Weesp zit, vraag ik me af of hij hier ook woont.

Erik staat op en loopt weg. Hij praat tegen iemand op de achtergrond die ik niet kan zien. Het geluid van stromend water en pannendeksels overstemt het gesprek. Ik meen Tim te herkennen in de figuur die even door het beeld loopt. Ik slik bij de vertrouwde aanblik die opeens niets meer met mij te maken schijnt te hebben. Alsof ik naar een film uit lang vervlogen tijden kijk. Naar beelden van mijn lievelingen die niet langer in leven zijn... Krankzinnige gedachten waar mijn middenrif abrupt van samentrekt.

'En?' vraagt Erik. Hij zit weer voor zijn laptop, ditmaal met zijn telefoon in de hand. Hij klinkt gehaast, heeft duidelijk zin om te douchen, uit te rusten, zijn borreltje te drinken.

'Niets,' antwoord ik hees, vechtend tegen de tranen.

'Hm, zal ik je provider bellen om de simkaart te laten blokkeren? Wat staat er allemaal op die telefoon?'

'Alles!' roep ik verongelijkt. 'Foto's, telefoonnummers, adressen, apps, mijn moeders... Stik, ma!' roep ik. 'Mijn moeder kan me niet bereiken.'

'Nou, liefje, dat zal zo'n vaart niet lopen. Het is bijna nacht. Heeft je moeder je ooit op dit tijdstip gebeld?'

'Nee, ik bedoel ja, en...'

Ik wil zeggen dat ze me de laatste tijd steeds minder frequent belt omdat ze me juist vergeet te bellen, maar wat moet Erik met die informatie? Mijn man is moe, hij wil naar bed en heeft morgen weer een drukke werkdag voor de boeg.

'Graag,' zeg ik kordaat. 'Als jij met de provider belt en de boel laat blokkeren, zorg ik morgen voor een nieuw toestel.'

'We komen er wel overheen,' zegt Erik zalvend. 'Je gaat toch niet huilen, Maudjemop? Het is maar een telefoon.'

Ik schud mijn hoofd. De koosnaam die Erik zo nu en dan gebruikt doet mijn hart dit keer bijna barsten.

Glazig staar ik naar het beeldscherm waarop mijn man me een fijne nachtrust wenst.

'Jij ook,' zeg ik hees.

Zodra het beeld zwart wordt laat ik onmiddellijk de tranen de vrije loop. Het gaat vanzelf. Ik leg de schuld bij mijn hormonen en verwacht dat ik ieder moment ongesteld kan worden. Meestal kan ik de klok daarop gelijkzetten: pijnlijke borsten, snel prikkelbaar of, zoals nu, om alles moeten janken. Volgens mijn vriendinnen is een regelmatige cyclus een uitkomst. Ik zou juist blij moeten zijn. Zij apen de maandstonde na met de pil. Daar ben ik goddank al jaren vanaf.

Na de geboorte van Daan liet Erik zich meteen steriliseren. Geen gerommel meer met voorbehoedsmiddelen, was zijn mening.

God, wat mis ik hem.

Ik veeg over mijn natte gezicht en kijk op de klok; tijd om naar bed te gaan en mijn hoofd niet langer te breken over buurmannen en verdwenen telefoons.

Maar ook tijdens het tandenpoetsen blijft de zoekgeraakte telefoon me bezighouden. Ik kan de ringtoon hebben uitgezet waardoor ik hem niet hoorde overgaan. Snel spoel ik mijn mond en loop de gang op.

Voordat ik ga slapen, zal ik die telefoon vinden.

Ik wil net de woonkamer in lopen als ik gestommel op de galerij hoor. Duidelijk hoorbare voetstappen naderen mijn deur, houden in en blijven staan. Mijn eerste gedachten gaan uit naar Jaap. Dat hij toch mijn telefoon heeft meegenomen en hem nu komt terugbrengen om weer een excuus te hebben om aan te bellen.

Net als vanochtend blijft de persoon voor mijn deur staan.

Ik hou mijn adem in en wacht af of hij aanbelt. Maar net als vanochtend gebeurt er behalve het lichte gestommel niets. Alsof iemand niet helemaal zeker is of hij op de juiste galerij is en de naambordjes controleert.

Op mijn tenen sluip ik naar de deur. Net als ik mijn oor daar tegenaan leg, gaat de klep van de brievenbus open. Van schrik doe ik een stap achteruit, maar ik kan niet voorkomen dat een kartonnen enveloppe boven op mijn tenen valt.

Ik slaak een korte kreet en stap opzij. Voor een moment doe ik niets. Doodstil staar ik naar de enveloppe die vlak naast mijn blote voeten ligt.

Dan hoor ik de voetstappen achter de deur in beweging komen en weglopen.

Mijn hart klopt in mijn keel, weifelend staar ik naar de deur. Moet ik nu gaan kijken wie daar was? Gewoon de deur openen en naar buiten lopen zoals iedereen dat doet?

Nee, dat gaat niet. Niet zonder telefoon. Stel, het is die gek van Facebook. Verdomme, waarom heb ik die Jaap ook binnengelaten? Klotebuurman.

Aarzelend buk ik me naar de enveloppe.

Mijn handen trillen als ik hem open. Een tijdschriftachtig boekje komt eruit tevoorschijn. Het lijkt op een vakantiebrochure. Op het omslag staat een foto van een zonnig landschap met een rivier en wuivend riet. Ik ontsteek de ganglamp om de afbeelding beter te kunnen zien.

Peinzend staar ik naar de zomerse afbeelding.

Een skiff doorklieft het strakke water van de rivier. De roeier is heel duidelijk een vrouw. Ik knipper met mijn ogen, want hoewel ze achterwaarts komt aanroeien en ik me niet kan herinneren deze foto ooit eerder te hebben gezien, herken ik in de tengere verschijning onmiskenbaar mijn moeder.

13

Ik realiseer me dat het geen toeval kan zijn dat die roeibrochure bij mij door de bus is gegooid. Mijn stalker moet weten waar ik woon; blijkbaar wil hij me duidelijk maken dat het bittere ernst is, dat er dingen uit mijn verleden zijn waarvan ik niets weet maar hij wel.

Mijn eerste gedachte nadat ik het tijdschrift en de enveloppe als vieze voorwerpen op tafel heb gesmeten, is om Erik te bellen. Dat ik niet over een telefoon beschik maakt me niet uit, ik heb mijn laptop al geopend om een mailtje te versturen.

Maar zodra ik begin met de aanhef en het woord 'Lieve' heb getypt, vallen mijn vingers als vanzelf stil. Bewegingsloos hangen ze boven het toetsenbord.

Ik staar naar de oplichtende cursor op het beeldscherm en weet ineens niet meer hoe ik verder moet. Het lijkt alsof ik de naam van mijn geliefde niet meer kan spellen zonder me schuldig te voelen.

Het is de laatste tijd al zo vaak door me heen gegaan: hoe moet ik Erik uitleggen wat me is overkomen zonder hem de hele waarheid te vertellen?

Mijn angst is dat hij het zou wegwimpelen als niet belangrijk. Erik is nuchter, hij zou zeggen: 'Wat gebeurd is, is gebeurd. Je laat je toch niet opnaaien door een of andere gek?'

Ik ken mijn man. Maar hoe goed kent hij mij?

Dat we al zo lang samen zijn doet daar niets aan af. Ik ben altijd goed geweest in het doodzwijgen en wegstoppen van mijn verleden.

Als ik terugdenk aan dat zomerkamp waar Erik en ik elkaar als groepsleiders ontmoetten, dan word ik weer helemaal week vanbinnen. Mijn eerste liefde, zo piepjong – nog geen zestien was ik, toen ik al zwanger raakte – maar zo zeker van elkaar.

Erik werd mijn redding. Verlost uit die verstikkende atmosfeer van thuis, vloog ik als een bibberend vogeltje dat eindelijk bevrijd was uit haar kooi de vrije wereld van mijn zorgzame man in. Geen haar op mijn hoofd piekerde er toen over hem lastig te vallen met verhalen over mijn eenzame jeugd tussen ruziënde ouders. Daar was ik veel te gelukkig voor.

Voor mijn twintigste werd ik moeder, en omringd door mijn eigen kinderen en de drukte van een gezin verdween mijn verrotte jeugd steeds verder naar de achtergrond. Vond ik het steeds minder belangrijk daar nog met Erik over te praten.

Totdat een nieuw vriendschapsverzoek voor ons restaurant op Facebook verscheen en roet in het eten gooide. Geheel automatisch en zonder de afzender te checken bevestigde ik mijn vriendschap aan onze nieuwe volger.

Diezelfde avond nog stuurde 'Belle Hélène' me een persoonlijk berichtje.

Of ik wilde weten hoe mijn tante Jo echt was omgekomen.

14

Na een onrustige nacht met veel gepieker – Erik heb ik niet geschreven – val ik rond de klok van vijf uur in slaap.

Een dreunende bas haalt me uit een nachtmerrieachtige droom en als ik me op mijn rug draai, hoor ik dat de muziek bij Jaap vandaan komt. Blijkbaar heeft hij een voorkeur voor country-and-western want ik herken de jankende stem van Dolly Parton die *I Will Always Love You* zingt.

Ik moet onmiddellijk aan mijn vader denken die van dezelfde muziek hield en aan de cassettebandjes met zijn eigen geschreven nummers. Het is lang geleden dat ik dit nummer voor het laatst gehoord heb.

Hoewel het geen onprettige jeugdherinneringen bij me oproept, ben ik opgelucht als het naast me weer stil wordt. Ik ben doodmoe, zo moe dat ik noch aan mijn moeder, noch aan mijn stalker of mijn verdwenen telefoon wil denken.

Straks, als ik weer genoeg energie heb om de wereld aan te kunnen, ga ik Jaap vragen of hij de muziek voortaan wat zachter wil zetten.

Ik draai me op mijn zij en sluit mijn ogen. Nog maar net heb ik de staat van halfslaap bereikt of een mondharmonica kondigt opnieuw Dolly Parton aan. Ze zingt hetzelfde nummer als net, maar nu twee keer zo hard.

Ik schiet overeind, brul naar de muur of die ellendige muziek uit kan en vraag me meteen af of er geen andere flatbewoners zijn die hier gek van worden.

'I will always, always...'

Dolly gaat door terwijl ik uit bed vlieg. Woedend gris ik naar mijn joggingbroek die over de stoel hangt.

Slaapdronken en opgefokt – de laatste keer dat ik zo over de rooie ging bij geluidsoverlast was toen Tim dag in dag uit op de hardrocktoer ging – ren ik half aangekleed de gang op naar de voordeur.

Het kattengejank gaat onverminderd door en doet me opnieuw aan vroeger denken. Zong mijn vader niet ditzelfde nummer? Wanneer we samen waren op papadag en ik bij hem...

'Good-bye, please don't cry...'

'Hou op!'

Geen hond die me hoort. Ik draai de deur van het nachtslot en een tel later stap ik de galerij op. Beneden slaat met veel kracht een deur dicht. Iemand moet me voor zijn geweest, denk ik opgelucht als op hetzelfde moment de muziek stopt. Het gaat zo abrupt dat de stilte me overvalt.

Even aarzel ik of ik nog bij Jaap zal aanbellen. Achter zijn keukenraam worden de lamellen van de luxaflex nu gesloten. Hij heeft me gezien, verdomme. Een rilling loopt langs mijn rug als ik de ijskou van de betonvloer langzaam omhoog voel trekken langs mijn blote voeten.

Beter van niet, beter wachten tot een moment waarop ik hem rustig te woord kan staan en niet zo uit mijn doen ben als nu, liever ook op een moment waarop ik fatsoenlijk gekleed ben. Met een zucht draai ik me om. Net als mijn tenen de kokosmat in de gang raken zie ik vanuit mijn ooghoek iets op de deur hangen.

Een dubbelgevouwen stuk papier ter grootte van een blocnoteblaadje zit met een soort schilderstape vastgeplakt. Een deel ervan heeft losgelaten en wappert in de wind.

Ik trek het van de deur, open het en lees de korte tekst die erop staat:

DENK JE ECHT DAT DIE MOEDER VAN JOU NIETS MEER WEET?

Het bericht is samengesteld uit verschillende woorden die

zijn uitgeknipt uit een krant. De tekst slaat zonder meer op het roeiblad dat gisteravond door de bus is gegooid.

Opnieuw voel ik mijn hartslag versnellen. Woedend werp ik een blik op het naastgelegen keukenraam van Jaap. Zou hij gezien hebben wie dit hier heeft opgehangen?

Nadenkend loop ik terug de flat in. Zou dit van mijn Facebook-stalker komen? De dreigende toon is hetzelfde. Maar de kinderlijke manier van communiceren via uitgeknipte krantenletters vind ik niet bij hem passen.

In gedachten verzonken loop ik naar de keuken, zet het koffiezetapparaat aan en plaats er werktuigelijk een cup in. Even vanzelfsprekend wil ik mijn telefoon pakken om te kijken of mijn moeder gebeld heeft, maar realiseer me dan dat ik mijn telefoon kwijt ben.

Zonder op de koffie te wachten haast ik me de slaapkamer in om me verder aan te kleden. Ik ben het spuugzat. Wat denkt die gek wel niet, dat ik me laat intimideren door dit soort achterlijke briefjes en dreigende taal? Het wordt tijd dat ik er zo snel mogelijk achter kom wie die persoon is die het op mij voorzien heeft. De enige die mij daarbij kan helpen is mijn moeder.

15

'Wat jammer dat het vandaag niet uitkomt, ik heb zo een afspraak,' zegt mijn moeder als ik een kwartier later mijn fiets bij haar thuis achterom rijd.

Ze staat met haar tas in haar hand en wil net de keukendeur afsluiten.

Verbaasd neem ik haar in me op. De lente mag dan aan de frisse kant zijn, om nou in een dikke winterjas met een namaakbontkraag en dito muts te gaan lopen lijkt me wat overdreven.

'Heb je het niet warm, ma?'

'Hoezo?' Vragende ogen, ietwat stuurs op me gericht.

'Je ziet eruit alsof je naar de Noordpool gaat.'

'Nou en? Misschien ga ik dat wel, en wat gaat jou dat aan?' Bitse stem, net zoals vroeger.

In geen enkel opzicht veranderd, gaat het door me heen terwijl ik probeer rustig te blijven. Het kost me moeite. Mijn gedachten zijn bij mijn gezin, het drukke leven daar, de opgewonden jongensstemmen en hun puberale gekissebis.

'Ma, waarom hadden papa en jij altijd zoveel ruzie vroeger?'

Ik flap het eruit. De vraag die ik natuurlijk honderden keren eerder aan mijn moeder had kunnen stellen maar nooit gesteld heb, gooi ik nu zomaar voor haar voeten.

Ze kijkt me terecht niet-begrijpend aan.

Even valt er een stilte. Dan laat ze abrupt haar armen langs haar lijf vallen en zegt ze dat het allemaal de schuld van Jolante is.

'Jolante, ma?'

Mijn moeder knikt. Haar hoofd valt voorover, en alsof het ineens topzwaar is drukt ze haar kin tegen haar borst.

'Ma? Wat bedoel je met die opmerking?'

Dwingend hoor ik mezelf praten. Juist omdat het gesprek altijd op haar zus uitkomt en ik wil weten waarom.

'Jolante was verloofd met Bart,' zegt mijn moeder. Ze kijkt op. Haar priemende ogen scherp op me gericht. Zweetdruppeltjes parelen vlak onder de bontmuts op haar voorhoofd. 'Wist je dat niet?' vraagt ze.

'Nee.' Ik vraag me zelfs af of het waar is. 'Verloofd?' Ik probeer luchtig te klinken in de hoop dat ze het gesprek niet meteen weer afkapt. 'Maar waarom trouwde Bart dan uiteindelijk met jou, ma? Vond hij Jolante niet langer aantrekkelijk? Of was er iets anders?'

Mijn moeder kijkt op haar horloge. 'Ik heb zo een afspraak,' zegt ze. Ze zweet nu hevig.

'Met wie, ma?'

Mijn moeder denkt na. Dat kost haar moeite; toch heeft ze na enkele seconden een naam genoemd van iemand die ik niet ken.

'Wie is dat? Ken ik hem?'

'Wie?'

'Stefan, ma. Je zei net dat je een afspraak hebt met een zekere Stefan.'

'O, ja, tuurlijk, Stefan.'

Mijn moeder begint te grinniken. Ze pakt mijn arm en alsof er iemand met ons meeluistert buigt ze zich naar voren en begint tegen me te fluisteren.

'Weet je dat hij van de verkeerde kant is?'

De lange nagels van mijn moeder prikken pijnlijk in mijn onderarm. Net zoals ze na de scheiding aan de rest van haar uiterlijk veel aandacht besteedde, laat ze haar nagels iedere maand manicuren en lakken.

Ik probeer me los te maken uit de ijzeren greep.

Maar mijn moeder heeft me zojuist een groot geheim toevertrouwd en daarom laat ze niet los. Ik zie het aan de rusteloze manier waarop ze me aankijkt en in haar hoofd op zoek gaat naar verklaringen voor haar gedrag.

Ik baal van de warrigheid van dit zoveelste verhaal dat ik niet ken. Een verhaal waar ik haar nooit eerder over gehoord heb. Jolante en mijn vader, verloofd?

'Zeg, wat denk je van een glaasje prosecco?' vraagt ze.

'Ma, weet je hoe laat het is?'

'Maakt dat iets uit?'

Ook dit is iets van na de scheiding. Mijn moeder die niet vies is van een drankje. Ik vraag me zelfs af of dat haar vervroegde dementie heeft aangewakkerd. Snel afstervende hersencellen van al die glaasjes sherry en port.

'Ik snap het niet,' begin ik opnieuw als mijn moeder zich omdraait om weer naar binnen te gaan. 'Waarom is het de schuld van Jolante dat jij en papa zo ruzieden?'

Mijn moeder haalt abrupt de bontmuts van haar hoofd. Haar grijze haar is statisch en blijft aan de nylon voering kleven. Haar wangen gloeien, haar neus glimt en op de plek van haar dunne wenkbrauwen waar ze twee horizontale strepen heeft getekend zijn de potloodlijnen voor een deel door het zweet vervaagd.

Ik moet mijn lachen inhouden. Dankzij de ernst op mijn moeders gezicht is dat niet moeilijk.

'Jolante was jaloers, snap je wel,' gaat ze verder.

'Nee,' antwoord ik naar waarheid.

'Bart... god ja, ik heb het altijd geweten. Hij ook... Stefan zei dat er opnames van waren. Dat wist ik niet. Kun jij je dat voorstellen? Dat ik...?'

De wartaal die mijn moeder uitslaat gaat gepaard met een dromerige blik in haar ogen. Ik ben haar kwijt.

'Wat, ma, wat dan?' probeer ik nog.

Nu kijken diezelfde dromerige ogen ineens weer hevig geschokt. Mijn moeder opent haar mond, en alsof ze aan iets vreselijks herinnerd wordt en ieder moment een hartstilstand kan krijgen, slaat ze happend naar adem haar hand voor haar borst.

Ik herhaal mijn vraag. Mijn moeder ademt diep in, haar ogen glanzen, nog even en de tranenstroom komt op gang. Net als ze op het punt staat om antwoord te geven, gaat de bel.

Samen kijken we verschrikt om.

'Dat moet Stefan zijn,' zegt mijn moeder.

Ze heeft zich meteen weer hersteld.

Benieuwd naar die Stefan zeg ik dat we dan maar snel moeten gaan kijken.

Gehaast loopt mijn moeder het huis in. Als ik haar volg en haar de voordeur hoor openen, zie ik een lange man van middelbare leeftijd om de hoek van de deur kijken.

'Ha Heleen,' hoor ik hem zeggen.

Aan de hoge stem herken ik de man die ik gisteren aan de telefoon had; het moet dezelfde persoon zijn die toen bij mijn moeders filosofieclub was.

'Heb je Maud al kunnen bereiken?' vraagt hij.

Bij het noemen van mijn naam stap ik snel op de twee af. De man is van mijn moeders leeftijd, heeft een fikse buik en draagt heel duidelijk een toupet. In zijn manier van bewegen oogt hij verwijfd. Als ik mijn hand uitsteek om me voor te stellen, vraag ik meteen of hij Stefan is.

'Stefan? Wie is Stefan?' vraagt hij. 'Ik ben Carel, de buurman van je moeder. Mijn partner en ik houden haar een beetje in de gaten sinds ze...'

Als mijn moeder zich daarop even omkeert naar mij wijst hij vlug op zijn hoofd en draait met zijn ogen.

'Vanochtend belde ze bij ons aan. Ze had je geprobeerd te bellen, maar je nam niet op... en daarom...'

'Aha, ja, ik ben mijn telefoon kwijt. Dank, dat je een beetje op haar let. Ik hoop...'

De man laat me niet uitpraten. Hij zegt dat hij haast heeft en dat we elkaar vast nog wel een keer tegenkomen. Vriendelijk lachend neemt hij afscheid van mijn moeder.

'Goed op jezelf passen, hè, Heleentje,' zegt hij. Hij geeft mij een knipoog.

Naast me slaakt mijn moeder een diepe zucht.

'Wat een hitte ineens,' zegt ze terwijl ze haar winterjas losknoopt. Nerveus kijkt ze op haar horloge. 'Zullen we dan eerst maar even naar het boodschappenlijstje kijken, Maud?'

Ik knik. Ze is weer in het hier en nu. En alsof ze aanvoelt dat ik van die gelegenheid gebruik wil maken door verder door te vragen naar Jolante en Stefan, begint ze vlug over schoonmaakmiddelen, wc-papier en keukenrollen die aangevuld moeten worden.

'Dan kan ik daarna verder met mijn andere dingen,' zegt ze.

Onderzoekend kijkt ze me aan.

'Gek, snap jij waar Stefan blijft? Hij is nooit te laat.'

Zomer 1979

Bart

Bart weet nog goed hoe het begon. Hij had zich afgevraagd waarom er geen roeivereniging in hun eigen woonplaats bestond. 'Zo mooi gelegen aan de Vecht en dan geen eigen vloot,' had hij tegen Stefan gezegd. In tegenstelling tot Stefan, die er al zijn hele leven woonde, verhuisde Bart op zijn zestiende naar Weesp. Bart roeide daarvoor op de Amsterdamse Bosbaan en Stefan bij een club aan de Amstel. In Weesp kwamen ze elkaar voor het eerst tegen. Er was een klik en niet veel later ontstond het plan om samen een roeivereniging op te richten.

Met een vriendenschare werd naar een geschikte loods gezocht en via een oproep in het plaatselijke sufferdje kwamen ze terecht bij een leegstaand pand dat ooit dienst had gedaan als zwembad.

Stefan bleek goed in onderhandelen, Bart in verbouwen. Al snel kregen ze steun van een leger vrijwilligers die hen meehielpen de boel te vertimmeren.

Dit alles is nog maar twee jaar geleden. Voor Bart lijkt het eeuwen terug.

Hij moest er net aan denken toen hij aan de bar in de Toko stond en naar de dansende en jolige groep jongens en meiden keek die buiten om de barbecue staat.

Heleen heeft zich in een strak paars pak gehuld.

Haar puntige borstjes op haar ranke lijf trekken de aandacht. Bij iedere beweging die ze met haar lichaam maakt, spannen de spieren onder de gladde stof van het pak en krijg je zin om haar bij haar middel te grijpen, tegen je aan te drukken en te… goddomme, wat een smerige gedachten: hij is nota bene zo goed als verloofd met haar zus, Jolante.

Bart klokt zijn bier naar binnen, draait zich om naar de barman en vraagt om een nieuw pilsje. Verliefd, verloofd, getrouwd en... Wil híj dat? Of wil Jolante dat?

Lodderig staart hij in de schuimkraag van het zoveelste glas bier dat hem wordt aangereikt. Waarom zou hij zich nu al binden? Hij heeft nog maar net een baantje als huisschilder, hij is begin twintig, zijn leven moet nog op gang komen. Veel liever wil hij muziek maken, roeien, vrij zijn... En wie weet, ooit... Later...

Een klap op zijn linkerschouder haalt hem uit zijn gepeins, verschrikt kijkt hij om.

Het is die nieuwe knaap. Sodeju, die boom van een vent die iedereen eruit roeit. J.J. noemt hij zich. Net als J.R. uit de serie *Dallas* waarvan ook niemand precies weet waar die letters voor staan.

'Bart, jongen, alles kits?' Zijn stem is al even hard als de klap die Bart op zijn schouder voelt.

'Ja, prima man. Jij?'

'Zelfde, te gek feest. Kicken, man. Onwijs gave meiden ook, neem nou die daar in dat...'

Bart knikt; hij hoeft zich niet om te draaien om te weten naar wie J.J. wijst. Iedere kerel krijgt een stijve bij Heleen.

'Stickie?' vraagt Bart en hij haalt een pakje Van Nelle met vloeitjes en een zakje wiet tevoorschijn.

'Graag.'

'Niks voor jou om prof te worden?'

'Prof, ik?'

'Tuurlijk, met die kracht van jou. Zou leuk zijn voor onze club.'

'Ha, nee, man, ik zit hier maar tijdelijk. Heb hele andere plannen.'

'O? Zoals?'

'Geen idee, iets met muziek?'

'Muziek? God wat toevallig, dat wil ik ook. Ik schrijf zelf liedjes, country.'

'Te gek.'

'Ja. Als je eens wat wil horen? Ik heb thuis een bandrecorder, misschien kunnen we een keer samen...?'

'Wie weet, een bandrecorder dus.' J.J. lacht ineens heel hard.

Bart neemt hem belangstellend op. In tegenstelling tot de andere jongens heeft J.J. geen haar tot op zijn schouders maar een kort opgeschoren hoofd met een dikke kuif en draagt hij een snor. Onder zijn borstelige wenkbrauwen liggen staalblauwe bolle vissenogen waarmee hij dwars door iedereen heen lijkt te kijken.

Bart weet ineens waar J.J. hem aan doet denken. Aan die acteur uit die Italiaanse film: *Novecento*. Hij weet het nog goed, wat een gruwelijk verhaal was dat. Hij heeft hem vorig jaar samen met Jolante gezien. God, ja, zeg. J.J. lijkt sprekend op die nazi uit die film.

'Hé, man, is er wat? Je staart me ineens zo vreemd aan?'

'O, ja? Eh, nee, er is niks.'

'Kom op dan, waar blijft die joint?'

Die barse stem.

'Ja, ja, *peace*, man,' grapt Bart snel als J.J. hem een por geeft, en hij maakt een V-teken met zijn vingers. Daarop likt hij langs het vloeitje en steekt het stickie aan. Als hij twee keer heeft geinhaleerd geeft hij het door aan zijn roeimaat.

'Verrek, ik weet het weer. Donald Sutherland, je lijkt op hem.'

J.J. lacht, kijkt om zich heen en vraagt of zijn dubbelganger ook op de roeiclub zit.

'Nee, nee, het is een filmster, hij speelt vaak griezels, type sadist. Iemand die gewetenloos durft te moorden.'

J.J. knijpt zijn vissenogen samen, heft zijn kin, neemt een flinke trek van de joint en kijkt Bart laatdunkend aan.

'Dus jij vindt dat ik op een sadist lijk,' zegt hij.

Bart lacht verontschuldigend; hij haalt zijn schouders op en maakt opnieuw een V-teken.

'Trek het je niet aan, man, ik zeg niet dat jij het ook bent.'

'Gewetenloos dus. In staat om te moorden en…'

Bart verbreekt snel het oogcontact.

'Hier, neem nog een trekje,' zegt J.J. grijnzend en hij houdt Bart het stickie voor. 'Daar word je rustig van,' vervolgt hij. 'En daar houden dat soort discomeiden van, van geile, relaxte sadisten die hen platneuken.'

16

Zonder mijn aandacht erbij te houden luister ik naar de jongen in de telefoonwinkel. Nadat we alles hebben doorgenomen – nieuw toestel, nieuwe simkaart – vraagt hij of ik hetzelfde telefoonnummer wil houden. Ik besluit van wel; al die contacten die ik op de hoogte moet brengen, niet nog meer gedoe. De jongen beaamt dat en zegt dat er weinig kans is dat de dief iets met mijn telefoonnummer gaat doen. Meestal wordt een toestel direct doorverkocht.

'Weet u zeker dat u de vorige telefoon niet vergrendeld had?'

Door zijn grote zwarte brilmontuur kijkt hij me meewarig aan. Hoe kun je zo oenig zijn, zegt zijn blik als ik een bevestigend antwoord geef.

Hij vraagt of ik vertrouwd ben met een app die 'zoek mijn iPhone' heet. Ik schud mijn hoofd. Hij wijst me op de iCloud en zegt dat als ik die app had geïnstalleerd, ik mezelf via de cloud had kunnen terugvinden.

Ik schiet in de lach omdat ik mezelf ergens op een wolk zie rondzweven, wat me opeens heel rustgevend lijkt. De jongen vindt het allesbehalve amusant; kwaad kijkt hij me aan. Sukkelig wijf, zie ik hem denken.

Automatisch moet ik aan mijn twee oudste jongens denken, Tim van negentien en Lucas van zeventien. Ik hoor ze zuchten. Zo dom, die moeder.

Meteen dwalen mijn gedachten weer af naar mijn eigen moeder en ben ik terug in het hier en nu. Nadenkend richt ik me op de telefoon en volg hoe de jongen een aantal handelingen met het nieuwe toestel verricht, mijn provider belt en me vragend aankijkt.

Hij is me opnieuw kwijt.

Voor zijn huwelijk was mijn vader dus verloofd met mijn tante. Maar als dat zo was, waarom is hij dan met mijn moeder getrouwd? Je bent verliefd op de een en stapt over op de ander? Waarom heeft mijn vader me daar nooit iets over verteld? Was het omdat hij bij nader inzien misschien spijt had gekregen? Hadden mijn ouders daarom altijd ruzie? Omdat mijn vader meer van tante Jo hield dan van... Of...?

Een nieuwe gedachte dringt zich aan me op. Ik voel hoe daarbij mijn wangen beginnen te gloeien, mijn hartslag versnelt en ik met grote ogen de jongen voor me blijf aanstaren. Zijn mond gaat open en dicht, hij schuift zijn bril omhoog en drukt zijn haar in model. Ik hoor niet wat hij zegt. Het lijkt alsof mijn oren abrupt zijn afgesloten voor ieder geluid.

De jongen legt nu een vel papier voor me op de toonbank en wijst erop. Hij geeft me een pen en ik begrijp dat ik op de plek waar zijn vinger ligt moet tekenen. Zonder na te denken zet ik mijn handtekening.

Nadat de jongen nog even vluchtig het papier heeft doorgelezen vouwt hij het in vieren en stopt het in het doosje waar de iPhone in zat. Ik staar naar zijn handen, die kinderlijk klein zijn; zijn duimnagels zijn afgekloven, onder de overige nagels zitten rouwrandjes.

'Mevrouw... Mevrouw?'

Een heldere mannenstem van iemand die nog niet zo lang de baard in de keel heeft klinkt door mijn oorsuizingen heen en verbreekt de vreemde stilte in mijn hoofd. Ik moet abrupt aan Daan denken, de jongste van dertien, wiens stem soms hoog en dan weer laag is. Ontroerend, die leeftijd.

'Wilt u er een hoesje bij?' vervolgt de stem.

'Een hoesje?'

Ik ben me ervan bewust dat ik verstrooid reageer. En alsof niet ik, maar iemand anders het woord neemt, hoor ik mezelf zeggen dat ik dat prima vind.

'Welke kleur?'

Stilte.

'Welke kleur, mevrouw?' Gehaaste stem nu.

'Kan ik kiezen dan?'

De jongen zucht hardop. Zonder me aan te kijken wijst hij op de naastgelegen wand waar diverse telefoonhoesjes in een vitrinekast hangen en tikt ondertussen op het kleine, zwarte schermpje dat met een bandje om zijn pols zit. Zodra het schermpje oplicht fronst hij zijn wenkbrauwen en kijkt meteen daarop weer verstoord naar mij. Nog een hele dag te gaan, kan deze klant alsjeblieft oprotten, moet hij denken.

Ik begrijp zijn ergernis, waarschijnlijk had hij bij het nemen van dit baantje aanvankelijk iets heel anders in gedachten. Iets met mobiel verkeer, dat wel, maar wellicht voornamelijk zijn eigen telefonie. Niet dat gezeur van klanten.

Ik doe mijn best de opkomende gedachten aan mijn moeder weg te drukken en focus me op de wand met hoesjes. En om niet langer te treuzelen en de jongen tegemoet te komen, pak ik het eerste het beste witte hoesje dat het formaat heeft van mijn nieuwe telefoon en reken het met de rest van de spullen af.

Eenmaal buiten heb ik de telefoon nog maar net in mijn tas gestoken of hij gaat meteen over. Het is het nummer van mijn moeder. Als ik opneem en haar verontruste stem hoor, krijg ik de neiging om het contact direct te verbreken.

Ik doe het niet. Wetende dat het geen enkele zin heeft – hoe dwarser ik doe, hoe meer zij haar hakken in het zand zet – geef ik toe aan haar geweeklaag over tijdgebrek en stel ik haar gerust.

'Ik ben er zo. Ja, ja, ik neem wc-papier mee, en Ajax, ja, ja, die turquoiseblauwe, ja, ik weet het, ma, eucalyptusgeur. Komt goed.'

Niet in staat nog iets te zeggen verbreek ik het contact. De laatste keer dat ik door haar in paniek op pad werd gestuurd was ik kwaad tegen haar uitgevallen. Ik had de deur van de voorraadkast geopend en op de volle planken gewezen. Minstens tien flessen Ajax met eucalyptusgeur en evenzoveel pakken wc-papier waarmee je met een gerust hart een dysenterie-epidemie tegemoet kon zien, keken ons aan. Mijn moeder haalde haar schouders op – de volgende dag vroeg ze naar precies dezelfde boodschappen.

Nog even en de informatie die ik van haar nodig heb, zakt nog meer bij haar weg. Straks ben ik hier alleen nog maar tot vervelens toe dezelfde boodschappen aan het doen.

Ik pak mijn fiets en haal hem van het slot. Net als ik wil wegrijden klinkt er uit mijn tas het bekende piepje van een appbericht. Weifelend blijf ik staan; ik verwacht mijn moeder, maar bedenk dat zij nooit berichten stuurt.

Met een ruk haal ik het toestel uit mijn tas. Hij is vergrendeld en vraagt om een code. Shit, een code. Welke code? Ik was er niet met mijn gedachten bij toen ik in de winkel mijn code intikte.

Starend naar de cijfers op het kleine scherm kan ik maar één ding bedenken: dat ik dezelfde code als van mijn bankpas heb gebruikt. Ik druk op de vier cijfers en waarachtig, onmiddellijk krijg ik toegang tot de openingspagina van de telefoon.

Er is een nieuw WhatsApp-bericht van 'Belle Hélène'. Voor een seconde stokt mijn adem. Ik slik, richt mijn blik op de weg voor me en zonder het bericht te openen neem ik een besluit.

Sinds ik hier woon ben ik er nog niet geweest, en vanaf hier is het maar een klein stukje fietsen: de plek waar ik als kind ten minste één keer per maand met mijn vader kwam. Ik vraag me af hoe het er daar nu uitziet.

17

De lommerrijke Wollenweversbuurt met zijn houten huizen en weelderig begroeide tuinen ligt er mooi bij. Lenteachtige takken hangen tot bijna in het water van de Vecht. Hoewel het nog fris is en er een straffe wind waait, probeert een aarzelend zonnetje door de bewolking heen te breken.

Ik weet precies hoe het hier 's zomers kan zijn. Als de zon boven aan de hemel staat en de roeiers op de Vecht genadeloos voorziet van verbrande ledematen en rooie wangen.

Het voelt vreemd om hier na zoveel jaar weer over de smalle dijk langs de jachthaven in de richting van de molens te fietsen.

Automatisch komen er veel herinneringen naar boven. Ik zie mezelf en mijn vader weer voor me, ik hoor zijn stem en de liedjes de we samen zongen op weg naar de roeivereniging. Met mijn kleine armen om zijn stevige middel geslagen en mijn wang stijf tegen zijn rug gedrukt, zit ik op de bagagedrager van zijn fiets.

Het was het enige moment waarop ik me helemaal liet gaan en ik me niet opgelaten voelde om hem te laten merken dat we bij elkaar hoorden en dat ik van hem hield.

Net als toen zie ik nu als eerste de molenwieken en daarna het rieten dak van het gebouw van de roeivereniging opdoemen.

Ik voel mijn hartslag versnellen, ik kan nog terug. Waarom zou ik daar naar binnen gaan? Niemand kent me hier. Het zou wel heel toevallig zijn als ik daar iemand tegen het lijf loop die mijn vader nog gekend heeft.

Terwijl ik mijn gedachten de vrije loop laat, trappen mijn

benen onverminderd door. Een glimmende Kia Niro komt recht op me af en doet me remmen. Ik draai mijn fiets tussen de geparkeerde auto's en wacht totdat de automobilist voorbij is.

Net als ik weer wil wegrijden hoor ik het zware geluid van een motor achter me. Als de motor me passeert, meen ik onder de helm Pieter te herkennen. Is hij het echt of verbeeld ik me dat?

Zodra ik bij de roeiclub aankom, neem ik het gebouw in me op. De deur en de zijramen zijn nog precies hetzelfde, alleen de ruime parkeerplaats die langs de hele breedte van het pand loopt is nieuw.

Er staan twee auto's en een motor geparkeerd. Bij het zien van de motor aarzel ik opnieuw. Pieter zal toch niet hier zijn? Onzin.

De deur gaat open en twee even lange meisjes stappen naar buiten. Ze zien er exact hetzelfde uit. Blonde staartjes, witte shirtjes onder bordeaux-kleurige sweaters op een zwarte trainingsbroek. Zonder op me te letten lopen ze lachend aan me voorbij.

Hun ontspannen houding geeft me de moed om mijn fiets in het rek te zetten en op de deur af te stappen.

Zodra ik binnen ben ruik ik een verflucht. Ik kijk om me heen maar zie niemand.

Ook van hieruit is alles nog hetzelfde. Een klein gangetje naast een trap leidt naar een grote ruimte die uitzicht biedt over het brede vlot.

Onder een smal afdak ligt een vijftal wherry's; de roeiboten die plaats bieden aan een of twee roeiers en een bankje hebben voor de stuur, zien er nog net zo uit als toen. Vrijwel direct daarachter strekt zich de weidsheid uit van de Vecht.

Alles oogt vertrouwd.

Ik neem de ruimte in me op. Het is kleiner dan in mijn herinnering. Een groot deel van de vloer is afgedekt met blauw zeildoek, de afgesloten blikken die daarop staan verklaren de verflucht.

Als ik me omdraai om weg te lopen hoor ik gestommel van boven komen. Iemand komt naar beneden. Afwachtend blijf ik staan.

Eerst zie ik de voeten. Blauwe sneakers met aan de zijkant de letters NB.

Meteen daarop verschijnt een spijkerbroek en de rest van een man die nu nieuwsgierig op me afloopt. Hij is lang, slank en kalend met een beginnend buikje. Ik schat hem halverwege de vijftig.

Onderzoekend kijkt hij me aan.

'U bent nieuw?' vraagt hij.

Uit zijn opmerking begrijp ik dat ik eruit moet zien als iemand die verdwaald is.

'Ik... eh, nee, niet nieuw... ik bedoel, ja. Dat wil zeggen...'

Snel steek ik mijn hand uit.

'Ik ben Maud Mulder, ik kwam hier vroeger vaak met mijn vader. Bart... Misschien kent u hem?'

De man opent verbaasd zijn mond. Hij gaat niet op mijn uitgestoken hand in maar neemt me van top tot teen op. Zijn ogen verraden herkenning.

'Ik ben hier voor mijn moeder, ze is ziek. En ik dacht... volgens mij heeft ze hier vroeger geroeid. Het zou natuurlijk toeval zijn als u haar kent... maar...'

'Ik ken haar. Net als Bart.'

'O, nou, mooi, dan weet u misschien ook...'

'Het lijkt me beter dat je hier niet komt.'

Niet-begrijpend staar ik naar de man, die me nu zenuwachtig vraagt te vertrekken. Hij loopt naar de deur en doet hem voor me open.

'Maar het is voor mij heel belangrijk,' zeg ik gehaast. 'Als u weet waar ik voor kom zult u het begrijpen.'

Er valt een stilte. Ik hoor mijn eigen ademhaling, gespannen wacht ik af. Dan hoor ik boven mijn hoofd iemand een stoel verschuiven. Het getik van hakken komt in de richting van het trapgat. De man werpt een nerveuze blik naar boven. Zijn hand zoekt steun bij de deurpost alsof hij ieder moment kan omvallen.

Ik kijk hem afwachtend aan.

'Stefan?' roept een vrouwenstem naar beneden. 'Stefan, wie is daar?'

Zomer 1979

Heleen

In de loods wordt een nieuwe plaat opgezet. Heleen herkent de stem van Julio Iglesias, die al weken in de top 40 staat. Zoetgevooisd zingt hij *Quiereme mucho* en zet de dronken roeiers aan tot losbandigheid.

Sommige stelletjes die zich verschanst hebben in de hoek onder de visnetten – waar kelimkussens, dito vloerkleden en een waterpijp het oosters aandoende beeld vervolmaken – kronkelen met hun halfnaakte lichamen als gladde alen over elkaar.

Heleen is Jolante kwijt. Paniekerig kijkt ze om zich heen, zoekend naar de nieuwe jongen die ze niet kon bijbenen op haar hoge hakken.

In een poging door de rokerige en schaars verlichte ruimte een glimp op te vangen van haar zus, veegt ze driftig het haar uit haar gezicht. Maar waar ze ook kijkt, nergens ziet ze Jolante.

Moeizaam tracht ze zich door de dansende en bewegende massa te wurmen. Ze voelt zich onvast. De vele biertjes die ze de afgelopen uren heeft gedronken maken haar licht in het hoofd. Ze is het niet gewend te drinken. Niet zoals Jolante en Bart dat doen, en zeker geen sterkedrank.

Julio's stem wint aan kracht, hij haalt ermee uit als een tijger, grommend en opwindend: *Cuando se quiere de veras...*

Heleen wankelt verder, ze moet de plek daar achterin zien te bereiken. Onder de vlieringtrap, vlak naast de riemen waar een groepje jongens bij elkaar staat. Ze hoort ze brallen, ze meent Bart aan zijn brede rug te herkennen en Stefan aan zijn lange, golvende haar. Ze moet ze waarschuwen. Jolante is ontvoerd, door die nieuwe jongen, die griezel met die duistere blik, zou ze moeten zeggen.

Como te quiero yo a ti es imposible…

Ze is er bijna. Haar voetzolen branden pijnlijk in de krappe schoenen en als ze haar mond opent om te roepen naar Stefan moet ze abrupt hoesten van alle rook die ze inademt.

Ze houdt haar pas in en kromt kuchend haar rug. Vanuit haar ooghoek ziet ze iemand op haar aflopen. Helblauwe sportschoenen met witte veters steken fel af onder de wijde pijpen van zijn lichte broek. Dat is hem, die nieuwe jongen. Hij heeft grote voeten en een bijpassende tred.

Meteen staat ze weer rechtop. Een hand grijpt haar nu bij haar arm. Van schrik laat ze de schoenen van Jolante los die ze al die tijd met zich meegesleept heeft.

Nu ze ervan bevrijd is voelt ze zich stukken lichter. Nog lichter. Haar hoofd tolt. Achter haar ogen flitst een onverklaarbare schittering voorbij.

Ze begint te trillen, ze moet er niet aan toegeven, niet doen, niet…

De grote, krachtige jongen heeft zijn arm nu om haar heen geslagen zodat ze niet kan vallen.

'Laat me los,' protesteert ze zacht. Maar ze laat haar hoofd tegen de grote, warme borstkas rusten.

Niemand hoort haar. Niemand mist haar. Ze luistert naar de stem van Julio. Hoe hij omfloerst de woorden herhaalt, geil en opzwepend: *… tan separado vivir… tan separado vivir…*

De nieuwe jongen lacht naar haar. Witte tanden heeft hij, mooi en regelmatig. En zijn ogen lijken op die van Julio. Er ligt een duistere, verleidelijke blik in. Nu sluit hij zijn mond en kijkt hij heel ernstig, bijna grimmig.

Hongerig komt zijn mond dichterbij. Ze voelt zijn adem, en even raken zijn lippen haar wang alsof hij er een hap uit gaat nemen. Ze trilt over haar hele lichaam.

‘Wil je weten waar je zus is?’ fluistert de mond vlak boven haar oorschelp.

Ze rukt zich abrupt los. Met grote schrikogen kijkt ze omhoog naar het gezicht dat boven haar uittorent. De jongen trekt een wenkbrauw op, keert zich een halve slag en wijst grijnzend op de uitschuiftrap die naar de vliering gaat.

Heleens hart slaat als een bezetene door haar lijf, haar ogen zoeken de ruimte af naar de jongen die ze voor Bart aanzag. Hij is weg, net als Stefan; ze zijn verdwenen tussen de andere feestgangers.

Zenuwachtig kijkt ze om zich heen, ze moet ze vinden, ze móét. Weg bij deze muur van vlees die haar het uitzicht ontneemt en waar de hitte zo vanaf straalt dat die haar bijna bedwelmt.

Hij moet datzelfde voelen. Haar aandacht wordt naar zijn vingers getrokken. Langzaam knoopt hij zijn overhemd los. Ze ziet hoe zijn gespierde borstkas achter de bezwete stof op en neer gaat. Ze wil achteruit stappen om niet langer bloot te staan aan deze ondraaglijke kwelling van opwinding en angst. Maar haar voeten weigeren dienst, ze lijkt als aan de grond genageld.

En terwijl ze naar de half ontblote borstkas blijft staren moet ze aan die van Julio denken.

Weer is er de hand van de jongen, dit keer in haar rug. Hij loodst haar naar het trapgat van de zoldering. Ze laat zich meevoeren. Als ze bij de trap zijn kijkt ze naar boven. Ze hoort een stem die ze herkent. Het is Jolante. Ze kermt en zucht alsof ze pijn heeft. Geschokt draait Heleen zich om naar de jongen. Met een inktzwarte blik in zijn ogen kijkt hij haar aan.

‘Je wilde toch weten waar je zus is?’ herhaalt hij.

18

'Liever geen vragen,' zei de man zacht nadat hij mij de deur had uitgewerkt. Eenmaal buiten duwde hij me zo ver mogelijk bij de ingang vandaan en drukte me nogmaals op het hart dat het in mijn eigen belang en dat van mijn moeder was om geen dingen van vroeger op te halen.

Toen ik tegensputterde werd zijn toon ijzig. En hoewel er in zijn stem een lichte trilling lag, verhardde de uitdrukking op zijn gezicht toen ik vroeg of hij dezelfde 'Stefan' was waar mijn moeder het altijd over had.

Hij haalde zijn schouders op, schudde zijn hoofd en depte de zweetdruppels er met zijn zakdoek vanaf. Hij zei dat ik moest stoppen. Daarop keerde hij zich abrupt om en beende terug naar binnen.

Nog steeds houdt deze wonderlijke ontmoeting me bezig als ik weer bijna bij mijn moeder ben. De paar boodschappen die ik onderweg voor haar heb meegenomen rusten in de fietsmand aan het stuur. Veel fruit en verse groentes zouden mensen met haar aandoening moeten eten. Ook van belang is een regelmatig leven met voldoende nachtrust, geen alcohol en genoeg beweging, waarmee de 'vergeetziekte', zoals mijn moeder het noemt, in toom kan worden gehouden.

Ik doe mijn best om daaraan bij te dragen, en terwijl ik geërgerd naar de krop sla kijk die samen met de komkommer uit de mand dreigt te vallen, vraag ik me af of mijn moeder zou doorhebben dat ik hier vooral ben om mijn eigen probleem op te lossen.

Nog maar net heb ik mijn fiets door haar tuinhek naar binnen gereden of ik zie dat de schuurdeur wagenwijd openstaat. Niks voor mijn moeder om haar schuur niet af te sluiten.

Ik weet hoe paranoïde ze is als het gaat om dingen onder controle houden. Controleerde ze vroeger alles al dwangmatig, sinds Alzheimer haar in zijn greep heeft checkt ze wel honderd keer het deurslot, haar tas, het gas, haar telefoon... Ineens hoor ik de ringtoon uit mijn tas komen.

Meteen nadat ik opneem wordt de verbinding verbroken. Ik kijk wie er gebeld heeft; het nummer blijkt onbekend. Logisch ook, ik heb een nieuwe simkaart en zal al mijn contacten opnieuw moeten invoeren.

Een zenuwlachje schiet uit mijn mond als ik doorloop naar de schuur en ontdek dat mijn moeders fiets weg is.

Ik betrap mezelf erop dat haar vrijheid om te gaan en te staan waar ze wil, bij mij onbewust ergernis oproept. Een stekende jaloezie raakt mij midden in mijn hart. Iets wat ik maar zelden heb.

De laatste keer dat ik dit voelde was toen Erik mij tijdens een feestje voorstelde aan zijn jeugdvriendinnetje. Terwijl deze vrouw geen enkele bedreiging voor onze relatie vormde, zag ik overal beren op de weg.

De vrouw zou hem van mij kunnen afpakken, zich kunnen binnendringen in ons bedrijf, de leiding nemen, de kinderen inpalmen en tegen mij opzetten... Krankzinnige gedachten natuurlijk. Ik wist dat het niet waar was, dat het slechts hersenspinsels waren, maar toch kon ik dat gevoel van bezitsdrang niet wegdrukken. Sterker nog, het beheerste mijn denken zo erg dat ik er dagenlang van streek van was. Temeer omdat het gepaard ging met wraakfantasieën. Ik kende mezelf niet terug toen ik op internet op zoek ging naar de handel in wapens; iedereen die te dicht in de buurt van mij en mijn gezin kwam zou ik zomaar kunnen ombrengen.

Achteraf was de schaamte zo groot dat ik het nooit met Erik durfde te bespreken.

Precies datzelfde gevoel doet zich nu voor.

De gedachten zijn heel primitief. Als een opstandig kind wil ik niet dat mijn moeder nu weg is. Ze had thuis moeten zijn, er voor mij moeten zijn. Mij moeten troosten omdat iemand nare dingen schrijft over haar en mijn tante. Dingen die mij in zo'n ijzeren greep houden dat ik ze niet eens durf te delen met mijn man.

Achteraf kan ik mezelf afvragen of het verstandig is geweest om die stalker zo dichtbij te laten komen. Vanaf het moment dat hij of zij via Facebook contact met ons zocht om het pannenkoekenhuis te liken en we werden bestookt met persoonlijke berichten in de trant van: *Past goed die roodgeblokte kleedjes, echt iets voor een pannenkoekenhuis* en *Zelfbedacht die naam? In de stroperige pot?* of: *Enige plek zo dicht bij zee,* had ik er niet op moeten ingaan.

Aanvankelijk dacht ik nog met een zielige, ietwat eenzame klant te maken te hebben en daarom bedankte ik hem of haar voor de vele loftuitingen. Maar toen de toon ineens anders werd en de persoon liet doorschemeren mijn moeder en mijn overleden tante te hebben gekend, sloeg de angst me om het hart en wilde ik niet dat Erik die berichten zou lezen.

Als deze persoon dan per se iets kwijt wilde over mijn moeder en mijn verleden, dan deed hij dat maar via een WhatsApp-berichtje.

Had ik maar nooit mijn 06-nummer gegeven, denk ik nu spijtig als ik weer stilsta bij de heftigheid van dat ene appje waarin mijn stalker schreef dat mijn tante geen zelfmoord had gepleegd maar was vermoord.

Meteen drongen de vragen over mijn moeder zich aan me op. Wat wist mijn moeder daarvan? Beweerde ze daarom tegenover die vriendin dat mijn tante voor de trein was geduwd? Was het huwelijk van mijn ouders daarom zo slecht, omdat ze moesten leven met een leugen? De leugen dat tante Jo met een motor was verongelukt?

Hoe goed ken ik mijn moeder eigenlijk?

Wilde ze mij wel? Of wilde ze mijn vader?

Deze gedachten waren er eerder. Toen ik laatst in die telefoonwinkel stond, ging het door me heen dat mijn moeder misschien haar zinnen op de verloofde van haar zus had gezet en dat ze daarom zwanger van hem raakte. Om hem aan zich te binden.

Nu ik weet dat mijn vader en tante Jo verkering hadden, vraag ik me ook meteen af wat mijn stalker nog meer voor mij in petto heeft.

Want als mijn tante Jo vermoord is, wie heeft haar dan omgebracht? En waarom?

Ik voel hoe het bloed naar mijn wangen stijgt als ik daarbij stilsta. Ik kan niet anders dan concluderen dat het met mij te maken heeft. Je hoeft geen detective te zijn om te kunnen raden dat mijn moeders zwangerschap misschien wel indirect met de dood van tante Jo te maken heeft gehad.

Afwezig staar ik naar de lege plek in de schuur waar mijn moeders fiets heeft gestaan, en ik huiver. Het angstzweet breekt me uit als ik me abrupt realiseer dat niet alleen de dementie van mijn moeder erfelijk kan zijn, maar ook haar bezitsdrang.

19

Ik heb net de boodschappen van mijn moeder opgeruimd en loop nog wat te talmen in haar woonkamer als mijn aandacht wordt getrokken naar een flyer die op tafel ligt.

Het betreft een aanbieding van een schoonheidssalon waar men permanente make-up kan laten aanbrengen. Een model met fraai gevormde wenkbrauwen kijkt me aan als ik de reclamefolder oppak. Als ik deze omdraai lees ik: *Opgemaakt wakker worden.*

Ik denk aan mijn eigen wenkbrauwen die, als ik ze niet maandelijks epileer, tot woeste wouden zouden doorgroeien. Een leven zonder ladyshave is voor mij ondenkbaar. Zodra Erik me plagerig zijn 'baardvrouwtje' begint te noemen, weet ik dat ik een plukbeurt rond mond en kin heb verzaakt.

Soms vraag ik me af van wie ik die extreme haargroei heb geërfd. Mijn moeder ziet er nog steeds uit als een melkblanke lelie. Mijn vader deed daar niet voor onder; ik moet het van een van mijn grootouders hebben.

Peinzend leg ik de flyer terug op tafel.

Nu mijn moeder de deur uit is, kan ik daar meteen gebruik van maken door te speuren naar foto's van vroeger. Ik werp een blik op de slaapkamerdeur.

De laatste keer dat ze niet wilde dat ik daar binnenkwam moet dat met de angst voor ontdekking te maken hebben gehad. In de linnenkast naast het bed houdt ze vast belangrijke zaken voor mij verborgen.

Mijn vermoeden is juist, want als ik de kast wil openen blijkt hij afgesloten.

Ik voel boven op de kast of daar een sleutel ligt, maar vind niets.

Ik open een paar lades van het nachtkastje. Ook daar ligt, behalve een voorraad paracetamol, zakdoeken, neusdruppels en oordoppen, niets wat lijkt op een sleutel.

Ik geef het op. Geërgerd duw ik de la net iets te hard dicht. Het kastje bonkt tegen de muur, nog net op tijd vang ik het halflege glas water op dat erop staat.

Ik slaak een vloek en weet dat mijn opstandigheid te maken heeft met de buitensluiting door mijn moeder. Net als zo-even voel ik me weer dat kind dat recht heeft op een verklaring maar die niet krijgt.

Ik zie op de wekker dat het middaguur ruim is verstreken en vind het meer dan welletjes. Ik pak mijn telefoon en tik haar nummer in. Meteen daarop gaat in de badkamer de ringtoon van een telefoon over.

'Jeetje, nee!' schreeuw ik naar de deur waarachter het geluid ergerlijk hard echoot. 'Stomme muts!'

Ik hoor mijn eigen onrustige ademhaling. Buiten dringt zich het geluid van twee passerende treinen op. Dat laatste klinkt ineens heel vertrouwd. Ik was het bijna vergeten, hoe dat geluid van het spoor bij een bepaalde windrichting tot ver over Weesp wordt gedragen.

Het brengt me weer bij de dood van tante Jo, van wie men zei dat ze voor de trein was gesprongen. Mijn moeder was zwanger van háár verloofde; genoeg reden voor een zelfmoord, zou ik denken.

Maar stel, het was een ongelukje en mijn moeder wilde niet verder met mijn vader, laat staan een kind van hem... Waarom hebben ze er dan voor gekozen om het toch te laten komen en te trouwen? Was ze te laat voor een abortus? Werd dát Jolante toen te veel? Maar waarom word ik dan bestookt met apps over een vermeende moord? En wie heeft daar belang bij?

Opnieuw stuit ik op raadsels. Ik kijk de kamer rond. In het

zijkamertje dat grenst aan de woonkamer en dienstdoet als mijn moeders studeerkamer staat een stalen bureau dat vroeger bij ons in de huiskamer stond. Het komt uit de familie van mijn moeder.

Ik weet nog dat ik als kind gefascineerd was door het knaloranje plastic pennenbakje dat erop stond. Als ik erop afloop zie ik dat er net als toen pennen en afgekloven potloden uitsteken. Onveranderd en alsof de tijd heeft stilgestaan liggen er halfvergane elastiekjes en rolletjes plakband in. Ook het stoffige zwarte bureaublad dat vol ligt met boeken en papieren lijkt al jaren niet aangeraakt.

Alles in deze kamer is in afwachting van dat ene onvermijdelijke moment waarop het net als mijn moeder voorgoed zal worden weggehaald.

Ik slik de brok die ik in mijn keel voel opkomen weg. Het gevoel dat gepaard gaat met medelijden verwart me, nooit eerder heb ik stilgestaan bij haar versnelde aftakeling. En terwijl mijn nieuwsgierigheid me nog verder in de richting van het bureau trekt, is er tegelijkertijd iets wat me ervan weerhoudt om daar te gaan kijken.

Wie weet wat ik hier tegenkom over mezelf. Een verontrustende gedachte, temeer omdat het verleden van mijn ouders me steeds onzekerder maakt.

Mijn telefoon gaat. Een onbekende beller dient zich aan. Als ik opneem vraagt een vrouwenstem of ik de dochter ben van mevrouw Jansen. Ik antwoord bevestigend op de meisjesnaam van mijn moeder.

'Uw moeder vraagt of u haar wilt komen ophalen,' zegt de vrouw, die uitlegt dat ze een schoonheidssalon heeft in de buurt van het centrum. Ze noemt de straatnaam en meteen moet ik denken aan de flyer waarop datzelfde adres staat.

'Ik ben er zo,' verzucht ik als de vrouw me vertelt dat mijn moeder in paniek is.

Daarop stop ik de telefoon in mijn tas, werp nog eenmaal een blik op mijn moeders studeerkamer en net als ik de deur wil dichttrekken zie ik vanuit mijn ooghoek een ietwat vergeelde poster hangen. Er staat een tekst op van de Franse filosoof Jean-Paul Sartre: DE HEL, DAT ZIJN DE ANDEREN, lees ik. Ik vraag me af waarom mijn moeder juist deze quote hier heeft opgehangen.

20

'Ma, wat heb je nou gedaan?' Ontzet kijk ik naar de vurige strepen in het bleke gezicht van mijn moeder. Alsof ze zichzelf met een rode ballpoint heeft bekrast staan er vlak boven haar ogen twee heel grote wenkbrauwen. De getatoeëerde lijnen hebben een onnatuurlijke bronskleur en geven mijn moeder een sinistere uitstraling. Hier en daar heeft de huid gebloed en zijn kleine wondjes ontstaan.

'Het ziet er nu wat schrijnend uit, maar het geneest snel,' zegt de vrouw die me zojuist binnenliet in haar salon. Ze draagt een witte doktersjas; verveeld kijkt ze me aan. Haar eigen gezicht is nauwelijks opgemaakt. In tegenstelling tot mijn moeder – bij wie geen oorspronkelijk wenkbrauwhaar meer te zien valt – heeft deze vrouw fraai geëpileerde arcadebogen in haar bijna symmetrische gezicht.

'Nou, mevrouw Jansen, dan zie ik u over twee weken weer terug,' vervolgt ze.

Ietwat nerveus drukt ze mijn moeder een afsprakenkaartje in haar hand. Mijn moeder stopt het meteen in haar jaszak. Ik merk aan de reactie van mijn moeder dat ze aarzelt. Afspraken maken schept verwarring. Ze moet onthouden dat ze over veertien dagen ergens moet zijn. Ze moet weten dat ze daar nu een kaartje voor heeft.

Ik begrijp dat ze daarom het kaartje weer tevoorschijn haalt en aan mij geeft.

'Niet vergeten, hè, Maud?' zegt ze streng. Alsof niet zij maar ik me hier ga laten pijnigen.

De vrouw werpt een onderzoekende blik op mij. De arcadebogen gaan omhoog en fronsen. Meteen daarop wijst ze op een pinapparaat.

'Betaalt u met pin of met creditcard?' vraagt ze. In haar stem klinkt dezelfde verveling als waarmee ze mij aankeek toen ze de deur voor me opendeed. Ze moet direct hebben ingeschat dat er aan mij niets te verdienen valt.

Mijn moeder keert zich een halve slag om. Fluisterend vraagt ze of ik haar pinpas heb meegenomen. Sinds ik hier in Weesp ben zit die standaard in mijn portemonnee. Ik haal hem tevoorschijn.

'Mijn dochter rekent af,' zegt mijn moeder.

'Prima. Dat is dan 275 euro,' zegt de vrouw terwijl ze het bedrag intoetst.

'Wat?' Ik ben stomverbaasd. 'Ma? Weet je wel wat je doet?'

Het afgelopen jaar leeft mijn moeder van een uitkering. Hoewel ze redelijk met haar parttimebaan verdiende, houdt ze tegenwoordig niet meer dan twaalfhonderd euro in de maand over. Daar gaan de hypotheek en alle vaste lasten nog vanaf.

'U kunt uw pasje daarin steken,' zegt de vrouw. Ze scrolt door het menu van haar laptop en kijkt op haar horloge. 'Mijn volgende klant kan ieder moment hier zijn. Ik wil nog even opruimen, dus als u…'

Ik reken af en pak meteen daarop mijn moeders elleboog. Zacht maar dwingend duw ik haar de deur uit.

Eenmaal buiten slik ik alle verwijten weg. Het is al erg genoeg zoals mijn moeder is toegetakeld.

Ik probeer niet naar de steeds roder wordende huid boven haar ogen te kijken, en als ze zo blij als een kind vertelt dat het om plantaardige inkt gaat en dat ze straks de wenkbrauwen heeft waar ze altijd van gedroomd heeft, kan ik niet anders doen dan ijzig knikken.

'Zo, en wat staat er vandaag nog meer op het programma?' vraagt ze.

Ik wil net antwoorden dat ze dat dan zonder mij zal moeten doen, of iemand achter ons spreekt ons aan.

'Nee maar, Heleen, dat is lang geleden.'

Mijn moeder draait zich als eerste om naar de mannenstem die mij vaag bekend voorkomt.

Als ik me ook omdraai zie ik Jaap staan. Met zijn rechterhand leunt hij zwaar op zijn kruk, in zijn andere hand houdt hij een linnen tasje vast waarop het logo staat van een sportschoenenmerk.

Hij kijkt naar mijn moeder, neemt haar goedkeurend in zich op en zegt dat ze nog even mooi is als vroeger. Hij vraagt of ze zich bezeerd heeft en gebaart naar zijn voorhoofd. Ik merk dat zijn onbeschaamde houding me opnieuw behoorlijk irriteert.

'Hoe lang is dat nou geleden?' vraagt hij.

Verkeerde vraag, ik zie mijn moeder peinzen.

'Ha, Jaap,' zeg ik vlug om de aandacht van mijn moeder af te leiden. 'Jij ook hier in de stad? Nieuwe schoenen gekocht?'

Jaaps gezicht verstrakt.

'Jaap?' herhaalt mijn moeder. Nu knijpt ze haar ogen peilend samen. Ze likt langs haar droge lippen en haalt haar schouders op. 'Ik ken geen Jaap,' zegt ze tegen mij alsof Jaap er niet bij staat.

Ik moet in mezelf lachen.

'Jaap is mijn buurman, ma. Hij woont naast me. Ik denk dat hij je met iemand anders verwart. Is het niet, Jaap?'

'Nee, dat doe ik niet. Ik zei laatst niet voor niets dat je op haar lijkt.'

Ik staar geschokt naar de witte tanden onder de grote snor waarvan ik me nu afvraag of ze echt zijn en zou willen vragen waar hij mijn moeder dan van kent.

Maar op het moment dat ik mijn mond open, haalt Jaap een telefoon uit zijn zak.

Stomverbaasd staar ik naar het gifgroene hoesje dat om de telefoon zit. Ik herken mijn eigen toestel.

Het siliconen retro-Lego-bouwsteenhoesje met twee losse 3D-stukjes erop – een roze en een gele – kreeg ik vorig jaar met Sinterklaas van de jongens, die mij zo'n typische 'Lego-moeder' noemden. Een moeder die altijd aan het passen en meten was om dingen voor elkaar te krijgen. '*Opbouwend* bedoeld, mam,' voegden ze daar schertsend in hun bijpassende gedicht aan toe.

Nu ligt het groene voorwerp in de grote knuist van Jaap. Hij drukt op een knop en zegt dat de taxi hier ieder moment kan zijn. Als hij de telefoon terug laat glijden in zijn zak vraagt hij of we een lift willen.

Mijn ademhaling stokt; niet in staat te reageren staar ik hem met open mond van verbazing aan. De stem van mijn moeder haalt me uit mijn trance. Haar blik is glazig.

'Maud, ben ik hier op de fiets naartoe gekomen?' vraagt ze.

Ik knik en trek mijn moeder mee naar het fietsenrek waarin ook mijn eigen fiets staat.

'Ik spreek jou later nog,' zeg ik tegen Jaap.

Hoewel ik kook van woede, laat ik niets merken. Jaap lacht naar me – een plagerig lachje is het. Alsof hij niet kan wachten tot ik bij hem aanbel om hem te spreken.

Zomer 1979

Heleen

Ze heeft haar schoenen uitgedaan. De aluminiumtrap naar de vliering is smal en steil, de treden voelen aangenaam koel onder haar blote voeten. Als Heleen even naar beneden in de rokerige schemerruimte kijkt, deint en golft men daar door op de maat van de muziek. Duizelig grijpt ze zich vast aan de trap en gooit haar hoofd in haar nek. Ze kan maar één kant op: omhoog. Vlak achter haar is die nieuwe jongen, J.J.

Haar gevoel zegt dat ze het niet moet doen. Dat ze niet met hem mee moet naar de vliering.

Maar haar nieuwsgierigheid is groter dan haar innerlijke raadgever, en bovendien hoort ze dat Jolante is gestopt met kreunen; Jolante lacht nu. Een harde, gierende lach, zoals Heleen dat van haar grote zus gewend is.

Ze slaakt een diepe zucht. Als Jolante boven is, kan zij ook gerust een kijkje nemen.

Halverwege de trap blijft ze echter aarzelend staan en werpt een blik achterom op de jongen die haar volgt. Een spottende blik ligt in zijn duivelse ogen. Het beangstigt haar op een vreemde, bijna aangename manier. Alsof ze door hem gehypnotiseerd wordt.

Op datzelfde moment voelt ze een hand tegen haar billen die haar dwingt door te lopen. Werktuigelijk klimt ze verder.

Haar hoofd is nu tot aan haar schouders door het trapgat. Voordat ze helemaal doorklautert kijkt ze snel om zich heen. Haar ogen moeten wennen aan de duisternis. Ze is hier nog nooit geweest, daardoor weet ze niet waar ze zich op moet focussen.

Voor een seconde gebeurt er niets. Dan hoort ze opnieuw haar zus lachen. Het komt uit de linkerhoek onder het schuine dak.

Ze draait haar hoofd in de richting van waaruit het geluid komt.

De klik van een aansteker klinkt. In het licht van het vlammetje worden twee lange schaduwen op de achterliggende wand zichtbaar. Meteen daarop is het weer donker. Er wordt weer gelachen, dit keer ook door een man. Ze ruikt de geur van een joint en hoort een zacht soppend geluid.

Iemand maakt zich nu los uit het donker. Het brandende puntje van een joint licht op. Heleen herkent in de schim die op haar knieën naar haar toe schuift haar zus Jolante.

Verbijsterd staart ze naar haar grote zus wier borsten als bij een volle melkkoe zwaar heen en weer zwiepen onder haar lichaam. Traag sleept ze haar naakte lichaam voort over de vlieringvloer.

Heleens hart staat stil. Ze moet Jolante tot de orde roepen. Weer klinkt er een klik van de aansteker; kaarslicht verspreidt zich nu over de zoldering.

Jolante kruipt verder in Heleens richting. Ze haalt de joint uit haar mond en daarvoor in de plaats begint ze als een klein meisje dat op een lolly zuigt aan haar vinger te likken.

Als ze probeert te gaan staan, helt ze vervaarlijk voorover naar het trapgat. Ze slaakt een kreet als de joint daarbij uit haar hand glijdt. Net op het nippertje duwt Heleen haar zus terug en weg bij het trapgat.

Beschaamd en angstig stapt Heleen de vliering op. Vlak achter haar is J.J. nu ook bijna boven. In zijn hand houdt hij de joint die Jolante liet vallen. Voordat hij zijn krachtige lichaam de zolder op drukt inhaleert hij diep.

De rook komt door zijn neusgaten naar buiten. Om zijn mond ligt een bevroren glimlach. Hij gaat nu vlak voor Heleen staan en beroert met zijn vingertoppen haar droge lippen.

Zwijgend en traag knoopt hij zijn overhemd verder open. Als

hij het van zijn schouders heeft laten glijden volgt ook de rest van zijn kleren.

Heleens hart klopt in haar keel als ze naar zijn blote, gespierde billen kijkt wanneer hij zich heeft omgedraaid en op Jolante afloopt.

Doodsbang om wat komen gaat, opent ze haar mond om Jolante te waarschuwen. Maar geen enkel woord schiet haar te binnen. Ze hoort haar eigen ademhaling.

Angstzweet kruipt onder haar oksels. Wat gaat J.J. met Jolante doen? Waar blijft Bart? Net hoorde ze hem nog lachen. Hij zal toch niet toestaan dat die J.J. met haar zus gaat...

Vanuit de hoek onder het lage dak hoort ze nu iemand in beweging komen, opstaan en op hen aflopen. Ze durft niet te kijken, ze weet zeker dat dat Bart is.

21

Ik kan het maar niet uit mijn hoofd zetten dat Jaap mijn telefoon in zijn hand hield. Ik vraag me af hoe ik het ding terugkrijg. Jaap zal nooit toegeven dat hij hem bewust gejat heeft. Toch denk ik niet dat hij net als mijn moeder kinds begint te worden, iets waar zijn zoon Pieter laatst op doelde.

Pieter. Misschien kan ik via hém erachter komen waarom zijn vader... Want als hij de telefoon wel met opzet heeft ontvreemd, waarom haalt hij hem dan zo opzichtig tevoorschijn in mijn bijzijn? Om me te pesten of iets uit te lokken?

Het valse lachje op zijn gezicht ontging me niet.

'Zeg, Maud, kom je nog even binnen?' vraagt mijn moeder.

We staan in haar kleine voortuin die pal aan het trottoir van de openbare weg grenst. Ze heeft zojuist haar fiets achterom gereden en vroeg mij hier te wachten.

De meeste planten die in de tuin staan zijn verdord. Eenjarigen van vorig jaar die mijn moeder toen nog met liefde had geplant. Ik vraag me af of ze daar dit jaar nog aan toekomt.

Mijn moeder trekt me aan mijn arm naar zich toe. Ik buig me voorover als ze gebaart dat ze me iets wil influisteren.

Haar ademhaling klinkt rasperig. En terwijl ze zacht tegen me praat – te zacht om te verstaan wat ze zegt – kijkt ze om de seconde over haar schouder alsof iemand ons in de gaten houdt.

Als ik begin tegen te sputteren en vraag waarom ze zo geheimzinnig doet, grijpt ze mijn hand. Hij voelt klam van het zweet.

'Het moet, Maud,' zegt ze. 'Heb jij de sleutel?'

'Goed, ma, rustig maar. Ik kom mee. Maar niet te lang.'

Ik ga voor haar uit om de voordeur te openen. Als ik in mijn tas op zoek ga naar de sleutel stuit mijn hand op iets wat aanvoelt als een boekje. Ik had er niet meer aan gedacht. Het is de brochure van de roeivereniging die gisteravond bij mij door de brievenbus is gegooid; ik had hem in mijn tas gestoken om aan mijn moeder te laten zien.

Het briefje met de uitgeknipte letters waarin de oprechtheid van mijn moeders geheugenverlies in twijfel wordt getrokken, heb ik thuisgelaten.

Voordat ik de sleutel in de deur steek, werp ik een korte blik op mijn moeder. Ze trilt als een espenblad; ik vraag me af of het van die achterlijke schoonheidsbehandeling komt en ze misschien koorts krijgt en ziek wordt.

Meteen verdring ik die gedachte – hoeveel mensen zullen er niet met nepwenkbrauwen rondlopen? Als je al die getatoeëerde lijven van tegenwoordig ziet, dan zouden de ziekenhuizen vol liggen met tattoo-slachtoffers. Zelfs mijn eigen Tim kwam op een gegeven moment thuis uit school met een vreemde plek op zijn bovenarm. Bij inspectie bleek dat hij een tattoo had laten zetten. Hij was toen net zestien geworden. Wat was ik boos. We weten nog steeds niet wat de afbeelding moet voorstellen; het houdt het midden tussen een hondenkop en een vleermuis, maar naar zijn zeggen is het een fabeldier. Zijn broers hebben hem er zo vaak mee gepest dat hij het wel uit zijn hoofd laat er nog een te nemen.

'Ma, gaat het goed met je?'

'Nee, schiet nou op met die deur.'

Ik draai de deur van het slot en loop door naar binnen. Mijn moeder volgt me op de voet. Zwaar ademend loopt ze langs me heen en gaat meteen door naar haar studeerkamer.

Ik hoor haar in zichzelf praten. Als ik over de drempel naar binnen stap, zie ik dat ze de smalle, glazen vitrinekast heeft geopend. Ook deze kast is al zolang ik me kan herinneren hermetisch afgesloten. Ze merkt niet dat ik naar haar kijk. In gedachten staart ze naar de planken die vol liggen met veelal antiquarische boeken. Dan, alsof haar ineens weer iets te binnen schiet, trekt ze abrupt een blauw metalen geldkistje achter de boeken vandaan.

Ik voel me opgelaten als ik haar daarna zo besluiteloos zie modderen. Ze geeft een klap op de deksel, het kistje wil niet open.

'Ma?'

Met een ruk draait ze zich om. En alsof ze zich nu pas realiseert dat ik in de kamer ben, kijkt ze me met grote schrikogen aan.

'Hij was het,' zegt ze. 'Ik weet het zeker, hij was het.'

'Wie, ma?'

'Die man net.'

'Ma, ken je hem? Waarvan dan?'

Mijn moeder zoekt in haar geheugen; de concentratie die ze daarvoor nodig heeft maakt alle contact tussen ons onmogelijk. Ze kijkt dwars door mij heen, starend in het niets. Ik wil dit moment vasthouden, ik ken dit soort momenten inmiddels, voordat je het weet is ze alweer overgestapt op een ander onderwerp.

In een poging haar bij de les te houden herhaal ik wat ze zojuist tegen me zei.

'Jaap, ma, die man heet Jaap. Hij woont naast me in dezelfde flat. Ken je hem nog van vroeger? Was het een vriend van papa?'

'Jaap?' vraagt ze. 'Heet hij Jaap?'

Ik knik. Zoekend naar woorden zeg ik dat hij een zoon heeft die Pieter heet. Ik vraag of ze dat weet. Ze schudt haar hoofd.

'Ma, waar ken je Jaap van?'

Nogmaals schudt mijn moeder haar hoofd. Langzaam draait ze zich om naar de kast. Het blauwe geldkistje wordt werktuigelijk teruggeplaatst op een van de planken, en alsof iemand ernaar op zoek zou kunnen gaan schuift ze het vakkundig achter een boekenstapeltje en sluit daarna de kast.

Als ze de sleutel uit de kast trekt, vraag ik of ik hem voor haar zal bewaren. Wild schudt ze met haar hoofd en maakt van de hand waarin de sleutel ligt een vuist.

Ik besluit het hierbij te laten, dwang heeft geen zin. Afleiding wel.

'Ma, wat denk je van een kop koffie? Kun je even bijkomen van deze ochtend. En, o ja, voordat ik het vergeet, ik heb iets voor je meegenomen.'

Mijn moeders gezicht ontspant. Nieuwsgierig kijkt ze me aan. Maar als ik mijn tas open om de brochure van de roeivereniging eruit te halen zie ik haar op slag terugvallen in de angstige apathie van het moment daarvoor.

'Ma, ben jij dit?' vraag ik en ik wijs op de vrouw in de skiff.

Ik negeer haar wit weggetrokken gezicht waarin de vurige tattoostrepen nu fel afsteken boven haar vochtig wordende ogen.

'Jij vertelde dat je nooit geroeid had, toch? Wie is dit dan?'

Zwijgend stapt mijn moeder langs me heen. Hoewel ze beeft, straalt ze diezelfde kracht uit die ik zo goed van haar ken. Een trotse, bijna hoogmoedige houding waarmee ze zichzelf tijdens mijn jeugd van alles en iedereen afsloot.

Ik volg haar naar de keuken, ik loop bijna tegen haar op als ze de sleutel van de kast in haar broekzak stopt en een ketel vult met water. Mijn geduld raakt op. Ik denk aan mijn stalker, aan mijn telefoon die bij Jaap ligt en aan Erik die in zijn eentje het pannenkoekenhuis moet runnen door al dit gedoe.

'Ik heb zin in thee,' zegt ze. 'Jij ook?'

'Nee, ik wil geen thee. Ik wil een antwoord. Hier, ma, dit ben jij, hè? Ik wil dat je kijkt, toe, ik wil dat je kijkt,' roep ik.

Driftig grijp ik mijn moeder bij haar schouder. Ik voel een knokig lichaamsdeel. Als ik hard knijp zou ik het zo kunnen breken. Ik zie haar aarzelen om zich los te rukken, waardoor mijn vingers zich nog dieper vastzetten in haar magere vlees. Woedend druk ik de brochure tot vlak voor haar neus. Mijn bloed kookt en mijn ademhaling versnelt als ik haar nogmaals dwingend vraag te kijken naar de afbeelding.

'Zeg het. Zeg het!' snauw ik.

Een traan rolt over mijn moeders wang. Ze slikt en opent haar mond. Bijna onverstaanbaar mompelt ze de woorden: 'Belle Hélène.'

Abrupt laat ik mijn moeder los. Mijn hart staat stil.

'Wat? Wát zeg je, ma?'

'Belle Hélène, die vrouw daar, ze noemden haar "Belle Hélène".'

22

Ik ben op weg naar boven als ik achter me de deur van het trappenhuis hoor dichtslaan. Snelle voetstappen die twee treden tegelijk nemen komen haastig achter me aan. Ik versnel mijn pas niet maar loop kalm door.

Als ik op de galerij ben en even over mijn schouder kijk, zie ik dat het Pieter is. Hij draagt dit keer geen motorjack maar een rode fleecetrui op een rafelige spijkerbroek. Daaronder heeft hij spierwitte sneakers. Zijn halflange haar heeft hij in een staartje gebonden waardoor zijn baard dikker lijkt.

'Maud, wacht even,' roept hij als ik me nu wel snel uit de voeten maak.

Ik doe net alsof ik hem niet hoor. Op dit moment wil ik niemand zien of spreken. Na de opmerking van mijn moeder over Belle Hélène, ben ik zo vlug mogelijk haar huis uit gevlucht. Ik was te perplex om mijn moeder met vragen te bestoken. Ik zag de blinde paniek die daarop zou volgen al voor me. Het zou alles nog ingewikkelder maken. Bovendien wilde ik eerst mijn eigen gedachten op een rijtje zetten.

Als ik me de rest van de dag in de flat op zou sluiten om eens flink op internet te speuren naar informatie, kon ik vanavond misschien weer gewoon contact opnemen met mijn moeder en Erik. Nu was mijn hoofd veel te vol en was ik te geëmotioneerd.

'Maud?'

Pieter heeft me ingehaald, hij staat op een armlengte achter me. Zijn stem is schor, hij kucht even om zijn keel te schrapen.

Het is dezelfde kuch als ik hier gisterochtend voor mijn voordeur hoorde. Wat moet hij toch van me?

Abrupt draai ik me om en spreek mijn gedachten hardop uit.

Even deinst hij verschrikt achteruit. Ik zie hem verstijven onder mijn woedende blik. Snel herstelt hij zich.

'Sorry, ik wil me niet opdringen, maar ik denk dat we even moeten praten.'

'Ik zie niet in waarover.'

'Over die ouwe van mij.'

Ik slik en denk aan mijn moeder die angstig op de loop ging voor Jaap. Ik zie zijn minzame grijns weer voor me toen hij ons op straat aansprak en moet meteen weer aan mijn gejatte telefoon denken. Al die dingen zou ik nu ook hardop kunnen uitschreeuwen tegen Pieter. Ik hou me in. Weifelend kijk ik omhoog naar de slungelige man die boven me uittorent. Hij doet me ineens aan Tim denken.

Ik vraag me af hoe oud hij is. Ik schat hem rond de vijfendertig, een paar jaar jonger dan Erik. Zoals me al eerder opviel heeft hij een betrokken en vriendelijk gezicht. Heel anders dan zijn vader.

'Het hoeft niet lang te duren,' zegt hij. Zijn wenkbrauwen schieten vragend omhoog. De donkere pretogen worden ernstig.

'Ik... tja... ik wilde eigenlijk...'

'Het hoeft niet nu meteen, misschien later, vanavond?'

'Vanavond?'

'Ja, ik woon in de buurt, ben vaak vanuit mijn werk op doorreis, dan wip ik even bij mijn vader langs. Na die operatie van hem wat vaker.'

'O, ja, ik begrijp het. Werk je vandaag dan niet?'

'Vandaag werk ik thuis.'

Voor een ogenblik staan Pieter en ik wat stuntelig tegenover elkaar. Ik weet niet wat ik moet zeggen. Kan ik zomaar vanavond met een wildvreemde man afspreken? Hier in mijn flat? De avond klinkt zo anders dan de ochtend of middag. 's Avonds eet je samen, drink je wijn, neem je nog een afzakkertje en duik je daarna met elkaar de koffer in. Een blos trekt abrupt over mijn wangen. Vlug verbreek ik het oogcontact.

'Liever niet 's avonds,' zeg ik gauw.

'Oké. Wanneer dan?'

'Eh, ik laat het je weten, goed?'

'Morgenochtend?' vraagt Pieter.

'Nee, 's ochtends ga ik altijd naar mijn moeder.'

'In de middag gaat mij niet lukken. Het is best belangrijk wat ik met je wil bespreken.'

De aanhouder wint, denk ik geïrriteerd; aan de andere kant ben ik ook wel benieuwd naar wat er dan zo dringend is.

'Nou goed dan, vanavond. Maar niet hier,' zeg ik er snel achteraan en ik wijs op de deur van mijn flat.

'Prima. Waar dan? Bij mij?'

'Nee, nee... ergens in de stad. Ken je 't Heertje?'

Pieter knikt. 'Hoe laat?'

'Zeven uur?'

'Goed plan, hoef ik ook niet te koken,' antwoordt hij opgelucht alsof ik niet met minder dan een vijfgangendiner genoegen zou nemen.

'Ik ben er,' zeg ik kort en draai me meteen om naar de deur zodat ik vlug onder die veel te goedlachse jongenskop kan uitkomen.

'Super, Maud. Je zult zien dat we meer met elkaar gemeen hebben dan je denkt.'

Ik open mijn mond, maar voordat ik iets kan zeggen heeft Pieter zich al omgekeerd. Met grote stappen beent hij in de richting van het trappenhuis. Ik kijk hem na en betrap mezelf erop dat ik hem eigenlijk heel leuk vind.

23

De rest van de middag vliegt om. Ik heb een grote pot thee gezet en besteed alle tijd aan mijn zoekwerk.

Als het waar is wat mijn moeder zei over die vrouw in de skiff – die zonder meer mijn moeder is – dan noemden ze haar vroeger 'Belle Hélène'. En dat weet mijn stalker ook. De vraag is waarom hij de naam heeft aangenomen die mijn moeder indertijd als bijnaam had.

Zodra ik ga zoeken naar een combinatie van deze naam en de roeivereniging uit die tijd, vind ik echter niets. Het enige wat ik terugvind op de site is dat de club is opgericht door mijn vader en Stefan.

Bij de historie staat een foto van hen uit die tijd. De polaroidfoto – zo typisch jaren zeventig met het sfeertje uit die tijd: jongens met lang haar, bakkebaarden en strakke jersey pakken – laat me voor een moment opschrikken. Niet alleen mijn vader herken ik in de mooie, stoere roeier, ook de man die ik vanochtend op de roeiclub tegen het lijf liep staat onmiskenbaar op deze foto, maar dan vijfendertig jaar jonger.

Stefan, de man over wie mijn moeder het nog steeds heeft. De ietwat verwijfde man die mij naar buiten bonjourde en zei dat ik niets te zoeken had op de roeiclub.

Waarom wil deze man niet met mij praten over mijn vader? Wat is er gebeurd tussen die twee waardoor Stefan mijn bezoek niet op prijs stelt? Heeft hij een verhouding gehad met mijn moeder? Wist mijn vader dat? Zien mijn moeder en hij elkaar daarom nog steeds?

Piekerend besluit ik eerst een appje naar Erik te sturen waarin ik hem vraag onze gezamenlijke contacten door te sturen zodat ik ze kan invoeren op mijn nieuwe telefoon.

En terwijl ik dit berichtje schrijf, zie ik een nieuw appje binnenkomen van 'Belle Hélène'.

Nu ik weet wie er vroeger achter die naam schuilging, voelt de stalker als angstig dichtbij. Mijn hand trilt als ik het bericht open.

GENOTEN VAN JE FIETSTOCHTJE LANGS DE VECHT? AL IETS MEER AAN DE WEET GEKOMEN OVER DE DOOD VAN JE TANTE? WAT DENK JE VAN EEN PIKHAAK?

Ik denk onmiddellijk aan Stefan. Alleen hij weet dat ik vanochtend op de roeiclub was. Zou hij hierachter zitten? Ik vind stalken helemaal niet bij hem passen.

Ik probeer me Stefan nog beter voor de geest te halen. Een man van midden vijftig met een potsierlijk groot horloge. Kalend, een buikje en een hoge kont zoals de meeste mannen van die leeftijd dat hebben.

Om het buikje te camoufleren droeg hij een mintgroen overhemd los over zijn spijkerbroek. Rondom zijn ogen lagen grote pigmentvlekken, zoals je vaak ziet bij iemand die lang in de tropen heeft gewoond. De huid van zijn wangen was opvallend glad, alsof de baardgroei daar nooit was doorgebroken. Alleen uit zijn kin staken een paar stoppels.

Is dit een stalker die mij op de proef wil stellen?

Als vanzelf ga ik terug naar de site van de roeivereniging en staar opnieuw naar de foto van hem en mijn vader. Ik neem de twee goedlachse mannen grondig in me op en breek mijn hoofd over hun vriendschap. Waarom heeft mijn vader nooit iets over Stefan verteld als we op papadag gingen roeien? Iemand met wie hij nota bene samen de roeiclub had opgericht. Ze moeten om welke reden dan ook voor mijn geboorte gebrouilleerd zijn geraakt. Speelde mijn moeder daar dan een rol in?

Vertwijfeld scrol ik door het menu van de roeivereniging in de hoop toch iets over mijn moeder te ontdekken. Ik vind niets.

Een pikhaak dus.

'Belle Hélène' suggereert iets over een pikhaak.

In mijn herinnering waren dat grote stokken met een vervaarlijke kromme punt. Hiermee kon je de boot afzetten onder een brug of beschermen tegen botsingen met andere boten.

Ik googel op 'dodelijke ongelukken met een pikhaak'.

Moe van het zonder resultaat zoeken, dwalen mijn gedachten af naar de kinderen en Erik. Kon ik hem maar laten delen in wat me hier overkomt.

En als ik dan toch de politie inschakel? Erik zou geen moment getwijfeld hebben en het meteen gedaan hebben. Maar Erik weet niet hoe sterk ik verlang naar antwoorden op de geheimen uit mijn jeugd.

Mijn hartslag versnelt als ik weer denk aan de kaasstolp waaronder mijn verstikkende leven met mijn ouders verliep. Heb ik geen recht om als eerste te weten wat daar de reden van was?

Ik moet nog even volhouden, straks zal Erik alles begrijpen. Voorlopig gaat dit mij alleen aan. En terwijl ik daaraan denk en opsta om naar de keuken te lopen klinkt de zoemer van mijn telefoon.

'Hoi Maudjemop, alles goed?' vraagt Erik direct als ik opneem.

'Ja, ja, en met jou?'

Mijn gedachten zijn nog bij mijn stalker. De aarzeling die daardoor in mijn stem doorklinkt, probeer ik te verbergen door even te kuchen.

'Hm, gaat wel. Ik mis je. Kun je komend weekend niet naar huis komen?' vraagt Erik op smekende toon. 'Neem je moeder mee. We hebben ruimte genoeg voor haar.'

'O, god, nee. Je wilt niet weten hoe vermoeiend ze is… vandaag heeft ze…'

Ik besluit Erik geen verslag te doen van mijn moeders wenkbrauwescapades en vraag hoe het met de jongens gaat.

'Goed, schat.'

Een zucht aan de andere kant van de lijn.

'Let je goed op ze?'

'Altijd, dat weet je. Maar kunnen we niet aan een oplossing voor je moeder gaan denken? Je bent daar nu ruim drie weken. Hoe lang gaat dit nog duren?'

Ik zwijg. Nerveus strijk ik mijn haar achter mijn oren, ik schraap mijn keel.

'Geen idee,' verzucht ik naar waarheid.

'Maar Maud, lieverd, dit kan toch zo niet doorgaan?'

'Nee, ik weet het.'

'Zal ik iemand inschakelen? Moeten we al aan een verzorgingshuis gaan denken? Ik heb me er gisteravond eens in verdiept, er zit er daar eentje vlak bij jou. Het staat goed aangeschreven... Wil je dat ik contact leg?'

'Ja, nee, ik bedoel ja, ik ken het. Nog even niet. Goed?'

Erik mist me echt, gaat het door me heen. Hij antwoordt niet. Ik luister naar zijn onregelmatige ademhaling. Ik weet dat hij nu zijn best doet zich in te houden om niet uit zijn slof te schieten.

'Niet lang, Maud. Wij willen je hier, waar je thuishoort. Op Walcheren, bij ons.'

'Stuur je me even die contacten?' vraag ik om het gesprek een wending te geven.

Ik krijg een nukkig, maar evengoed lief antwoord. Met smakkende kussen nemen we afscheid. Als de lijn daarop dood is, barst ik spontaan in snikken uit en verwens ik het leven van mijn stalker en dat van mezelf.

Ik schrik van mijn eigen diepe stem als ik grommend bezweer dat Belle Hélène er met een pikhaak aangaat.

Zomer 1979

Heleen

Het is Bart, en net als Jolante is hij naakt. Hij heeft een flink behaarde schaamstreek. Zijn penis is slap. Heleen schrikt van de grootte. Misschien dat als ze was opgegroeid met broers en neven ze het minder schokkend zou vinden.

Ze probeert van hem weg te kijken, naar de ruimte achter hem waar blijkbaar nog iemand is. Ze hoort geschuifel en gekuch.

In de tussentijd is J.J. naast Jolante op de grond gaan liggen. Heleen kan niet horen wat hij zegt, maar aan de manier waarop hij tegen haar fluistert schat ze in dat hij haar aan het liefkozen is. Even gaat er een steek van jaloezie door haar heen. Ze had gedacht dat deze nieuweling háár op het oog had. Zou hij haar niet mooi vinden?

Nu vraagt ze zich af wat Bart hiervan vindt. Moet hij het niet voor Jolante opnemen? Ze durft nog steeds niet naar hem te kijken. Vanuit haar ooghoek ziet ze hem nu naderen. Een zure lucht van zweet, bier en lichaamsvocht bereikt haar neusgaten als hij vlak voor haar gaat staan.

Zonder op Jolante te letten legt Bart zijn arm om Heleens schouder.

'Ha Heleentje, kindje,' zegt hij, en hij strijkt een pluk haar die tegen haar gezicht gekleefd zit weg.

Heleen deinst terug. Ze bevriest onder de kleffe aanraking. Haar ademhaling versnelt als Bart haar naar zich toe trekt en een kus op haar kruin geeft.

'Wil je ook?' vraagt hij, en hij drukt een glas onder haar neus.

Ze ruikt sterkedrank. Automatisch schudt ze haar hoofd. Ze wil zeggen dat ze weer gaat, dat ze hier bij toeval is beland, dat ze thuis niets zal zeggen over hem en Jolante maar dat ze nu echt moet...

Iedere rationele ingeving ten spijt, alles waarmee haar hersens bestookt worden, niets blijft overeind, alleen de angst regeert.

Bart trekt haar nog wat dichter tegen zich aan; onder de plakkerige aanrakingen voelt ze haar maag omhoogkomen.

'Nee, nee, niet doen, Bart, ik geloof dat ik... ik ben wat draaierig en...'

'Arm kindje, kom mee, kom even zitten. Hier bij ons.'

'Nee, nee, heus... ik...'

De klamme hand van Bart heeft de hare in een ijzige greep, het kaarslicht is zwak maar sterk genoeg om een tweepersoonsmatras te zien liggen. Een kratje bier staat ernaast. Twee wodkaflessen, waarvan er een leeg is, en een volle asbak staan op een sinaasappelkistje.

Er ligt iemand op het matras.

Langzaam komt hij overeind als hij Bart en Heleen hoort naderen.

Heleen herkent de jongen aan zijn vrouwelijke trekken en bewegingen. Het is Stefan.

Ook hij is bloot. Smalle schouders steken boven een even tengere borstkas uit. In tegenstelling tot de andere jongens heeft hij nauwelijks haargroei op zijn lichaam. Zijn huid is glad en blank, bijna meisjesachtig mooi. Hij lacht beminnelijk naar haar. En als Bart tegen haar zegt dat ze naast hem moet gaan zitten, trekt hij meteen zijn benen op.

Hoe bang ze ook is, dat Stefan er is stelt haar gerust.

'Kom,' zegt Bart als hij tussen hen in kruipt. 'Probeer te ontspannen, niemand doet je wat, we zijn één grote familie.'

24

Als ik na het telefoontje met Erik op de klok kijk, zie ik tot mijn schrik dat het al tegen zevenen loopt. Door al het lezen en speuren op sites ben ik de tijd vergeten. Straks kom ik te laat op mijn afspraak met Pieter.

Ik ren naar de slaapkamer en terwijl ik een keurende blik in de spiegel van de kledingkast werp, haal ik mijn koffer eruit tevoorschijn.

De meeste kleren zitten er nog net zo in als dat ik ze thuis had ingepakt. Alleen het hoogstnoodzakelijke heb ik op de planken gelegd. Ondergoed, topjes, sokken en een aantal T-shirts. Volgens de mannen thuis ben ik geboren in een jeans en zouden ze me liever wat vaker in een jurk zien. Misschien is het juist die opmerking die me – zelfs onder deze omstandigheden – op zoek doet gaan naar een jurk. Zodat ik toch nog een beetje gehoor geef aan mijn schatten.

De blauwe jurk heeft een onopvallend verendessin, is laag uitgesneden, elastisch en vormt zich daardoor perfect om mijn lichaam. Tot nu toe heb ik hem nog maar éénmaal aangehad. Met kerst. Het lastige van jurken is dat er schoenen bij moeten. Vaak schoenen met een hak. En hoewel me dat ook niet misstaat – ik ben tenslotte maar een klein wijfie, en met hakken lijken mijn benen langer – ben ik na een paar uur dat soort schoeisel alweer zat.

Ik weet nog hoe mijn mannen floten toen ik voor het eerst in deze outfit de trap afliep. Erik greep me meteen bij mijn middel en fluisterde in mijn oor dat hij een erectie had.

Ik moet daar nu ineens om lachen. In een mannengezin ben je als enige vrouw geneigd om je onopvallend te kleden en iets aan te trekken wat gemakkelijk zit: een broek en een trui.

Na die ene keer ben ik mezelf op een andere manier gaan bekijken. Minder als het schuchtere meisje dat aan haar verpeste jeugd was ontsnapt door zo kleurloos mogelijk door het leven te gaan en zich over te geven aan haar gezin. Maar meer als een zelfstandige vrouw die weet wat ze wil.

Is dat nog zo?

Ik staar naar mijn spiegelbeeld en zie een bleke vrouw met afhangende schouders en donkere kringen onder haar ogen. Mijn haar is dof en bij mijn scheiding zie ik zelfs wat grijs oplichten.

Vlug wend ik me van de spiegel af, trek de rits van de jurk open, steek mijn armen in de mouwen en werp hem over mijn hoofd. Daarop borstel ik met evenveel vaart mijn haar, stift mijn lippen, stap in mijn schoenen en check de spullen in mijn tas: telefoon, portemonnee, opvouwbaar parapluutje en sleutels.

Eenmaal buiten op de galerij zie ik een zware donderwolk boven Weesp hangen. Even aarzel ik of ik toch niet beter in een regenpak kan vertrekken dan in een kerstjurk op pumps. Maar dan betrap ik me tegelijkertijd op de gedachte dat ik al weken geen uitje heb gehad en dat ik best nieuwsgierig ben naar wat die motormuis me te vertellen heeft.

Ik heb er recht op.

Het voelt opwindend, misschien laat ik me zelfs wel dronken voeren. Al was het maar om voor even verlost te zijn van die ondraaglijke spanning die me hier al weken in zijn greep houdt.

25

Ik zie Pieter eerder dan hij mij.

En meteen nadat ik door het kleine halletje het bruine eetcafé aan de gracht ben binnengestapt krijg ik spijt. Het drukke geroezemoes aan de tafeltjes voor in de zaak lijkt me weer bij mijn positieven te brengen.

Wat doe ik hier in godsnaam?

Me pijnlijk bewust van de opzichtige kleren die ik draag voel ik me ontzettend belachelijk.

Het schijnt dat alleen ik daar last van heb. Niemand kijkt naar me, iedereen is druk in gesprek verwikkeld. Er wordt bier getapt, er wordt gelachen en een espressoapparaat maakt zoveel kabaal dat iemand zijn stem moet verheffen.

Nu heeft Pieter mij ook gezien. Hij steekt zijn hand op en wenkt me. Hij zit helemaal achterin, in een van de nissen onder de klok.

Ik voel mijn hart in mijn keel kloppen. Mijn hand omklemt het handvat van de paraplu die ik het laatste stukje op de fiets nodig had. Waarom keer ik niet om en doe ik alsof ik hem niet gezien heb?

Hij staat op en stapt uit de nis. Zigzaggend als een ervaren skiër op de slalom loopt hij om en langs de groepjes drinkers aan de volle bar. Dan is hij bijna bij mij.

'Hi, wat is het druk, hè?' roept hij over de tafeltjes.

Ik kan nog steeds omkeren. Toch doe ik niets; zonder te bewegen sta ik een beetje dommig te glimlachen.

'Ik heb een tafeltje daar achterin,' wijst hij.

Alsof ik dat niet gezien had. Denkt hij dat ik blind ben?

Hij blijft staan en wacht tot ik hem volg.

'Kom je?' Weer die heldere stem die zo ver draagt dat hij me met gemak vanuit de nis had kunnen roepen.

Ik knik, en houterig loop ik langs de bar waaraan een paar dronkenlappen zitten die me keurend opnemen. Ik hoor iemand 'lekker ding' roepen. De kroegbaas maakt een opmerking tegen een van de lallende figuren, waarop een ander begint te lachen.

Nogmaals voel ik spijt dat ik in een jurk ben gekomen.

Zodra we bij onze plek zijn gaat Pieter met zijn rug naar de cafégasten zitten en laat hij mij onder de klok plaatsnemen. Ik heb nu zicht op de hele kroeg.

Hij is galant, gaat het door me heen als hij vraagt of deze plek naar mijn zin is. 'Zal ik je jas aannemen?' vervolgt hij en hij raakt me even aan bij mijn schouders.

Als ik niet reageer gaat Pieter zitten.

Onbewust vergelijk ik hem met Erik, die meestal niet over dat soort dingen nadenkt. Bij hem gooi ik het op beroepsdeformatie. Erik gaat naar een restaurant om te eten, waar en hoe we dan zitten maakt hem niet uit.

Ik sluit me aan bij Pieters drankkeuze en neem een pilsje.

Na de eerste slokken begin ik langzaam te ontdooien. Ik trek mijn korte jasje uit en schud mijn haar los. Bij regenachtig weer heeft het de neiging om te gaan krullen.

Vroeger werd ik daarmee geplaagd. Aangezien mijn beide ouders niet over krullen beschikten, werd ik het kind van de melkboer genoemd.

Terwijl we de menukaart bestuderen vertelt Pieter wat voor werk hij doet. Hij is freelancer en werkt hier en daar binnen de IT. Hij lost problemen op bij organisaties die hem inhuren voor innovatieprojecten.

Ik knik, kijk af en toe op van de kaart en probeer dan geïnteresseerd te kijken.

'Het zegt je niet veel, hè?' zegt Pieter.

Ik voel me betrapt. Ik kuch en vraag of hij al weet wat hij wil eten.

'Wordt het iets uit het water, iets van het land of iets vegetarisch?' vraag ik naar aanleiding van de onderwerpen op de kaart.

Hij lacht zijn wittetandenlach en kiest voor het duurste op de kaart: tournedos.

Ik neem de zalmfilet. Mijn maag heeft behoefte aan iets licht verteerbaars.

'Niets vooraf?' vraagt hij.

Ik schud van nee en kijk op mijn horloge.

'Heb je haast?' Weer die heldere stem. Zowel warm als dreigend.

Nogmaals schud ik mijn hoofd. 'Nee, nee, ik moet alleen zo nog even met mijn moeder bellen, horen of alles goed is.'

'Aha, je moeder. Is ze ziek?'

'Zoiets.'

Moet ik hem over mijn moeder vertellen? Als zijn vader mijn moeder kent, is hij dan al niet op de hoogte van haar ziekte?

'Ze heeft Alzheimer,' zeg ik.

De donkere ogen nemen me nu peilend op. Er valt een stilte. Uit Pieters reactie maak ik op dat hij niets weet van mijn moeder. Hij zegt dat hij het heel erg voor me vindt.

Ik leeg mijn bierglas, wil niet over mijn moeder uitweiden en vraag of we wijn zullen bestellen bij het eten.

'En jouw vader?' vraag ik quasibelangstellend. 'Wat heeft hij, behalve zijn heup dan?'

'Mijn vader?'

'Ja, daar zitten we hier toch voor? Je wilde me iets over hem vertellen, iets wat met mij te maken had.'

'Ach ja, natuurlijk, nee, nee, hij dementeert niet, hoewel ik soms niet weet wanneer iets waar is of niet. Sommige mensen zijn notoire leugenaars, wist je dat? Hij kan mensen vaak op het verkeerde been zetten door de ene keer dit te beweren en de andere keer weer iets totaal anders. Heeft hij jou...'

'Wat?'

'Eh, nee niets. Ik...'

Pieter wordt halverwege zijn zin onderbroken door een meisje dat de bestelling komt opnemen. Ik ga over op witte wijn en Pieter houdt het bij pils.

Terwijl hij doorgaat over zijn vader neem ik hem wat beter in me op. Hij heeft mooi golvend haar dat bijna zijn schouders raakt. In zijn donkere ogen ontstaat een schittering zodra hij afdwaalt van zijn vader en over zijn passie voor motorrijden begint.

Hij vertelt dat hij pas de laatste jaren weer contact heeft gezocht met zijn vader. Na twee langdurige relaties is hij sinds kort weer single. Hij is precies één jaar jonger dan ik. Dat heb ik dus niet goed ingeschat, hij oogt jonger.

Zonder veel prijs te geven over mijn privéleven – ik zeg alleen dat ik getrouwd ben maar laat bewust niets los over mijn jongens – komt het gesprek vanzelf weer terug op mijn moeder.

'Het schijnt dat mijn vader jouw moeder goed gekend heeft,' zegt Pieter.

'Dus toch,' roep ik uit. Net iets te hard zet ik mijn wijnglas neer. Pieter kijkt me voor een tel verbaasd aan. Dan vervolgt hij zijn verhaal.

Mijn gedachten gaan onwillekeurig uit naar mijn stalker; ik kijk naar Pieter en vraag me af of hij het is. Ik hoor hem praten, maar mijn oren hebben zich voor een deel afgesloten van de inhoud. Ik denk aan de roeibrochure die bij mij door de bus is gegooid. Zit hij daarachter? Zouden die hatelijke woorden van hem of van Jaap komen?

'Zeker van het roeien,' onderbreek ik Pieter abrupt.

Pieter kijkt me opnieuw verbaasd aan. 'Roeien?' vraagt hij.

'Jouw vader, roeide hij?'

Nu begint Pieter te lachen. 'Roeien? O, god nee, ik zie mijn vader al in een roeiboot. Die durft nauwelijks in bad te stappen. Hij haat water.'

Nu is het mijn beurt om niet-begrijpend te kijken.

'Maar als je vader niet geroeid heeft, waar kent hij mijn moeder dan van?'

'Maar dat zei ik net... Was je met je gedachten er niet bij?'

Ik voel me een sukkel, ik moet beter opletten. Wat heb ik gemist?

'Country?' Pieter praat ineens tegen me alsof ik in een quiz zit en hij een voorzetje geeft voor het juiste antwoord. 'Nashville? Dolly Parton?' gaat hij verder.

Ik begin me te ergeren aan de manier waarop hij mijn oplettendheid lijkt te testen.

'Bedoel je die kutmuziek die je vader laatst had aanstaan en waar ik wakker van werd?'

Zonder een antwoord van Pieter af te wachten schuif ik driftig van de bank. Ik haal mijn telefoon uit mijn tas en zeg dat ik nu eerst even mijn moeder ga bellen omdat ik dat altijd rond dit tijdstip doe.

'Het duurt maar even, ik ben zo terug,' zeg ik tegen het meisje dat op dat moment onze borden uitserveert. 'En mag ik nog een glas wijn?'

Daarop werp ik een vluchtige blik op mijn tafelgenoot, die me nu met een tevreden grijns nakijkt.

Peinzend loop ik naar de wc, me afvragend waar die grijns op slaat: op het feit dat ik de muziek van zijn vader heb afgekraakt of op de opmerking over het roeien? Straks moet ik écht beter luisteren naar wat deze man te vertellen heeft. Hoe meer informatie ik loskrijg over mijn moeder en de mensen die zij gekend heeft, hoe sneller ik mijn stalker kan aanpakken.

26

Mijn moeder wijst me erop dat ik stoor. Ze kijkt naar een Scandinavische serie waarvan ze de naam vergeten is als ik ernaar vraag.

Ik sta in de kleine toiletruimte naast de wastafel omdat dit de enige rustige plek is waar ik me verstaanbaar kan maken. Zo nu en dan komt er iemand binnen. Dan glimlach ik vriendelijk alsof ik de schoonmaakjuffrouw van de toiletten ben en praat zachtjes door tegen mijn moeder.

'Goed, ma,' zeg ik als mijn moeder vraagt of alles met mij in orde is.

Ze wijst me erop dat ik op tijd naar bed moet. 'Je ziet er de laatste tijd slecht uit,' zegt ze.

Ze moest eens weten waar dat van komt, denk ik. Toch ontroert de opmerking me; het is me al eerder opgevallen dat mijn moeder sinds haar dementie milder lijkt te worden. Alsof ze nu opeens wel oog voor me heeft.

Ik zucht. Ik zou nu meteen over Jaap willen beginnen, zeggen dat ik hier met zijn zoon Pieter zit en of zij nog weet wie dat is. Of er belletjes gaan rinkelen als ik 'Dolly Parton' noem.

Ik zeg niets, ik zwijg. Het zou zinloos zijn en de rest van mijn avond verpesten om nu met mijn moeder aan de telefoon moeilijke dingen uit het verleden op te halen.

Daarom wens ik haar een fijne voortzetting met haar serie en begeef ik me zo vlug mogelijk terug naar mijn nisje met Pieter. Inmiddels heb ik trek gekregen en ben ik benieuwd naar ons vervolggesprek.

Ik open de deur naar de eetgelegenheid waar het licht nu sterk gedempt is en een nieuwe groep drinkers aan de bar is gearriveerd. Voor een moment versperren ze mijn doorgang naar het tafeltje in de hoek.

Onder het uiten van excuses doe ik een poging langs hen heen te komen. Ik krijg een por in mijn rug, voel een verdwaalde stomp tegen mijn arm en weet me uiteindelijk zonder al te veel kleerscheuren door de groep te worstelen.

Dan blijf ik stokstijf staan. De nis mag dan in duisternis gehuld zijn, op de plek waar Pieter zat zie ik niemand zitten.

Het eerste wat er door me heen gaat is dat hij ook naar de wc is en dat we elkaar gekruist hebben in de drukte. Ik schuif terug op de bank onder de klok.

Kaarslicht verlicht het bord dat voor me op tafel staat. Twee schaaltjes, een met gestoomde groentes en eentje met dampende frieten, staan tussen het bord van Pieter en mij in.

Pieters tournedos is onaangeroerd, net als zijn pilsje dat in tegenstelling tot mijn glas wijn wel is gebracht.

Ik kijk om me heen of ik iemand van de bediening zie, maar stuit voornamelijk op een muur aan ruggen. De zalm lonkt, de frieten ook. Ik besluit vast een klein hapje te nemen, en als na vijf minuten Pieter nog steeds niet terug is, lijkt het me zonde om het eten koud te laten worden en eet ik het overige deel van de vis ook op.

Waar blijft mijn tafelgenoot, gaat het na een kwartier door me heen. Ik staar nerveus naar het bord met koud geworden vlees, het doodgeslagen pilsje en de schaal met frieten waar ik nu de helft van heb opgegeten.

'Alles naar wens, mevrouw?'

Het meisje is terug. Ze heeft een glas witte wijn in haar hand.

'Sorry, het is nogal druk vanavond,' zegt ze als ze de wijn heeft neergezet. Nu kijkt ze naar het onaangeroerde bord van Pieter.

'Zal ik afruimen?' vraagt ze alsof het de normaalste zaak van de wereld is dat iemand eten bestelt, niet opeet en voortijdig weggaat.

'Ik eh... tja, ik weet het eigenlijk niet. Mijn...'

Aarzelend zoek ik naar de juiste woorden. Hoe moet ik Pieter noemen? Mijn vriend, kennis, buurman, bekende van mijn moeder...?

'O, dat vergat ik nog te zeggen, het komt door de drukte, ziet u... sorry...'

Het meisje praat hard om boven het rumoer van de kroeg uit te komen.

Vragend kijk ik haar aan. Ze merkt het niet, ze is gehaast. Ongemerkt heeft ze mijn bord op haar onderarm gelegd en schuift daar nu heel behendig het volle bord van Pieter overheen. Met evenveel bedrevenheid grijpt ze al het bestek bij elkaar, laat het in de schalen vallen en stapelt het op de borden.

'... ik moest van uw vriend zeggen dat hij onverwacht werd weggeroepen. Iets met zijn vader of zo?'

'Maar... en de rekening dan? Ik...?'

Stomverbaasd staar ik naar het meisje dat kennelijk niet gebukt gaat onder het gewicht van al het servies, maar routineus manoeuvrerend als een acrobaat in het Chinese staatscircus een stap opzij doet om de spullen naar de keuken te brengen.

'U kunt pinnen bij de bar,' roept ze, en voordat ik iets kan zeggen lost ze op achter de muur van ruggen.

Met open mond staar ik haar na. Zonder het glas wijn aan te raken pak ik mijn spullen en wring mezelf opnieuw door de massa.

Een jongen achter de bar overhandigt me de rekening. Ik schrik van het bedrag, en wil net vragen of dat wel klopt als ik me realiseer dat Pieter voordat ik hier arriveerde al een tijdje zat. Ik was te laat, minstens een halfuur. En omdat ik geen zin heb in schreeuwende discussies waarbij mijn stem toch voor het grootste deel verloren gaat in het lawaai, hou ik mijn pasje demonstratief omhoog.

Nu drukt de jongen mij zwijgend een pinapparaat in mijn

hand. Ik betaal en zonder te groeten stap ik zo vlug mogelijk de drukke kroeg uit. Eenmaal buiten haal ik opgelucht adem.

De buiigheid is over, de frisse avondlucht is aangenaam koel. Op de straat staan plassen, ze glinsteren in het lamplicht van de lantaarns. Iemand steekt de brug over met zijn hond. Ik haal mijn fiets van het slot en een zenuwachtig lachje ontsnapt uit mijn mond.

De appel valt niet ver van de boom met die Pieter, denk ik; blijkbaar is hij net zo gek en onberekenbaar als zijn vader.

De onrust is terug in mijn hoofd. Even twijfel ik nog of ik bij mijn moeder zal langsgaan, maar het bezoek van vanochtend ligt nog te vers in mijn geheugen.

'Belle Hélène,' fluister ik tegen mezelf. Mijn moeder, de onbevangen en mooie Heleen.

Het is jammer dat ze dat niet meer weet, en even erg is dat ze het nooit met mij gedeeld heeft in haar leven voor de dementie. Dan hadden we er nu misschien samen over kunnen praten en die gek van een stalker van repliek kunnen dienen.

27

Als ik iets later de straat naar mijn flat in fiets, zie ik nog net hoe iemand op een brancard in een ambulance wordt geschoven. Een seconde later klappen de deuren dicht en gaat het alarm op de wagen. Ik stop abrupt en wacht langs de stoeprand op wat komen gaat. De zwaailichten gaan aan en met een rotvaart scheurt de auto de stille straat uit, in de richting van het spoor.

Ademloos staar ik de auto na. Automatisch moet ik aan Jaap denken. Zou het dan toch waar zijn dat Pieter opeens naar huis moest voor zijn vader?

Gedreven door nieuwsgierigheid rij ik snel mijn fiets de box in en haast me via het trappenhuis naar boven.

Aan het eind van de galerij, in de buurt van mijn voordeur, staat een groepje mensen te praten. In een van hen herken ik Pieter. Als ik dichterbij kom ziet hij mij en maakt hij zich los uit de groep.

In het witte lamplicht van de galerij lijkt zijn gezicht nog bleker. Met grote verschrikte ogen kijkt hij me aan, zijn lippen zijn droog, een pluk nat haar zit tegen zijn wang gekleefd. Met de rug van zijn hand veegt hij het uit zijn gezicht.

'Het is die ouwe,' zegt hij. Zijn stem klinkt verontrust. Hij ademt snel, kijkt over zijn schouder naar het groepje dat nu uit elkaar gaat en waarvan een wat oudere man langs ons heen loopt en Pieter sterkte wenst.

Pieter bedankt de man.

'Buren,' zegt hij als ik hem onderzoekend aankijk.

Ik ben met stomheid geslagen. Mijn inschatting dat Pieter net als zijn vader een oplichter en aansteller zou zijn moet ik herzien.

'Sorry, ik had je nog willen waarschuwen, maar je was op het damestoilet en ik wilde je niet...'

'God, ja. Nee, ik... wat rot voor je, wat heeft hij? Moet je niet mee naar het ziekenhuis?'

Pieter schudt zijn hoofd en legt uit dat het niets ernstigs is. Zijn vader is gevallen en nu willen ze even naar zijn heup kijken of alles daar nog goed zit.

'Ze bellen me als ze klaar zijn,' zegt hij.

'O, gelukkig. Wil je in die tussentijd even binnenkomen?'

Ik voel mijn hartslag versnellen en vraag me af of deze impuls wel juist is, maar heb ondertussen de voordeur al geopend.

Ik druk de lichtschakelaar aan en loop voor Pieter uit de flat in. Met onze jassen nog aan staan we een moment zwijgend tegenover elkaar in de schemerige, kleine woonkamer. Ik ben me bewust van de aantekeningen over de roeivereniging, fotoalbums, krantenknipsels en boodschappenlijstjes van mijn moeder die over de tafel en bank verspreid liggen.

Pieter werpt er een korte blik op en vraagt of hij wat water kan drinken.

'Tuurlijk, ga je gang, wil je dat ik koffiezet?' vraag ik terwijl ik de paperassen snel bij elkaar raap tot één stapel.

Ik denk aan de tournedos die hij niet heeft opgegeten en aan de rekening die door zijn drankjes aan de hoge kant was. Misschien dat hij lichtelijk aangeschoten is?

Pieter antwoordt niet. Vanuit de keuken klinkt het geluid van stromend water. Ondertussen trek ik mijn jasje uit en net als ik dat over een van de stoelen hang, klinkt er vanuit mijn tas het gepingel van een nieuw app-berichtje.

Ik gris naar mijn tas en haal mijn telefoon tevoorschijn.

'Belle Hélène', uiteraard, ik begon me al af te vragen waarom er zoveel uren verstreken waren sinds het laatste berichtje.

NET ALS JE MOEDER, JIJ, EEN SLOERIE EN EEN SLET. DAT SOORT VROUWEN VRAAGT EROM VERKRACHT TE WORDEN.

Ik sta nog verbouwereerd naar de tekst te staren als Pieter de woonkamer in komt.

'Je moeder?' vraagt hij.

Ik schiet in een nerveuze lach.

'Tja, zo noemt hij zich wel,' antwoord ik cryptisch.

Pieter kijkt me niet-begrijpend aan. Voor een ogenblik zie ik hem aarzelen of hij wel of niet weg zal gaan.

Het ligt misschien aan het appje dat me de rillingen bezorgt, en het zou ook zomaar aan het tijdstip van de avond of de gebeurtenis met Pieters vader kunnen liggen, maar een sterk gevoel dringt zich aan me op dat ik op dit moment liever niet alleen wil blijven.

Ik bied nogmaals aan om koffie te zetten en als Pieter daarop onmiddellijk zijn hoofd schudt, wijs ik op de stoel die naast de bank staat en vraag of hij niet even wil gaan zitten om te vertellen wat er precies met Jaap gebeurd is.

Pieter knikt, trekt traag zijn jas uit en hangt hem over die van mij. Ik stop vlug mijn telefoon weg en ga op de bank zitten. Pieter neemt plaats tegenover me.

'Heb je niet iets sterkers in huis dan koffie?' vraagt hij.

Ik moet even nadenken; er staat een aangebroken fles rode wijn en Erik had vlak voor mijn vertrek hiernaartoe mijn lievelingslikeur in een van de verhuisdozen gestopt. 'Dan denk je nog eens aan me voor het slapengaan,' had hij er schalks aan toegevoegd. Volgens Erik maakt deze likeur lustgevoelens bij me los en neem ik hierdoor eerder het initiatief tot een vrijpartij.

'Ik heb Grand Marnier,' opper ik.

'Lekker.'

Met tegenzin loop ik de gang op waar de fles likeur nog tussen de verhuisspullen moet zitten. Me ergerend aan het feit dat ik Pieter zijn zin geef en niet naar mijn innerlijke stem luister die zegt: *beter geen sterkedrank met een wildvreemde man in je flat*, ruk ik de doos open.

'Hoe lang denk je hier te blijven?' vraagt Pieter als ik weer terug ben met de fles.

'Geen idee, niet lang hoop ik,' antwoord ik uit de grond van mijn hart.

Ik loop naar de keuken om glazen te halen en realiseer me dat ik geen geschikt glaswerk heb meegenomen voor dit soort drank.

'Sorry, we zullen uit deze glazen moeten drinken,' zeg ik als ik Pieter een wijnglas voorzet. 'De flat mag dan gemeubileerd verhuurd zijn, keukengerei ontbreekt.'

'Wil je dat ik iets bij mijn vader haal?'

'Nee, ben je gek. Dit heeft ook wel wat, vind je niet? Een soort kamperen.'

Ik huiver. Waarom zeg ik dit nu weer? Ik hou helemaal niet van kamperen.

Pieter lacht. En ondanks mijn tegenstrijdige gevoelens wordt de sfeer ontspannen, ík word ontspannen. Mijn wangen gaan gloeien van de likeur en mijn malende hoofd lijkt eindelijk even tot rust te komen.

'Ik denk dat die ouwe te veel gezopen had,' zegt Pieter en hij voegt eraan toe dat ziekenhuisgedoe hem nu niet echt uitkomt.

'Als ik iets kan betekenen?'

Waarom vraag ik dit nu weer? Had ik al niet genoeg aan mijn hoofd?

'Lief van je, ik laat het je weten, oké?'

Pieter leunt met zijn hoofd tegen de stoelleuning en sluit zijn ogen.

'Wat een avond,' verzucht hij.

Nippend van de likeur neem ik hem in me op. Hij is het type man dat ik mooi vind. En gek genoeg is dat een heel ander soort man dan Erik.

'Ik ben je nog geld verschuldigd voor die tournedos die ik niet heb opgegeten,' zegt Pieter abrupt. Hij heeft zijn ogen weer geopend en kijkt me aan alsof hij mijn gedachten van zojuist heeft kunnen lezen.

Ik verbreek snel het oogcontact en richt mijn blik naar de grond.

'Ben je gek, laat maar zitten,' mompel ik. 'Heet zoiets niet overmacht?'

Pieter gromt een bevestiging. Als ik weer opkijk zie ik dat hij naar me lacht. Een ontspannen lach is het. Verbeeld ik het me? Flirt hij met me?

'God, die ouders van ons,' zegt hij, en hij schudt zijn hoofd. 'Kun je je voorstellen dat die ooit jong zijn geweest?'

Ik frons mijn wenkbrauwen.

'Ouders?'

'Ja, die moeder van jou en mijn vader, vrijheid blijheid, nietwaar?'

'Ik denk niet dat ik begrijp...'

'Die tijd, hun tijd, de tijd waarin ze leefden. Vrije seks, communes, dat bedoel ik...'

'O, dat, nou, onze ouders mogen dan uit dezelfde tijd zijn...'

Ik schiet in een cynisch lachje als ik aan mijn moeder denk en aan het geïsoleerde leven dat wij vroeger thuis leidden.

'Ik kan je garanderen dat mijn moeder een zeer braaf leven heeft geleid,' zeg ik, en terwijl ik dat zeg bekruipt me ineens een groot gevoel van twijfel of dat eigenlijk wel zo is.

Zomer 1979

Heleen

Heleen heeft gezegd dat ze niet gewend is aan sterkedrank. Maar Stefan zei dat ze er even doorheen moest. Stefan is een lieve jongen, een soort broer. Ze vertrouwt hem.

Dat is ook de reden waarom ze hier is gebleven. Omdat hij erbij is, en omdat ze eigenlijk te moe is om nu nog naar huis te gaan.

Bart zei net dat ze hier bleven, dat het feest de hele nacht zou duren en dat iedereen die dat wilde hier op de vliering kon blijven slapen.

Hij en Stefan zijn de baas hier. Zij weten wat mag. Dat geeft haar het gevoel speciaal te zijn. Dat ze hier ligt bij de oprichters van de roeiclub, de grote jongens.

Stefan heeft de wodka voor haar gemixt met jus d'orange en dat smaakt al een stuk beter dan puur, waar ze net heel hevig van moest hoesten.

Ze leunt tegen Stefans blote borstkas. Ze voelt zijn kalme ademhaling en ze hoort zijn regelmatige hartslag. Ze sluit haar ogen; dromerig zakt ze weg in een halfslaap.

Iemand haalt nu het glas uit haar hand, draait haar op haar rug en legt een kussen onder haar hoofd. Dat is nog aangenamer. Nu kan ze zich helemaal overgeven aan de slaap.

Ze hoort de stem van Jolante, giechelig en bazig tegelijk. Precies zoals ze van haar zus gewend is.

'Nee, eerst haar armen,' zegt Jolante.

Welke armen? Háár armen? Over wie heeft Jolante het?

Iemand sjort nu de ceintuur die om haar overall zit los, geeft een ruk aan haar rechterarm – au, dat doet pijn – en trekt aan de knopen.

'Sodeju, dat stomme ding lijkt wel op een kuisheidsgordel.'

Dat is Bart. Ze hoort de stem van Bart. Nors en dwingend. Jolante lacht weer.

Stefan zegt dat hij niet meedoet.

Meedoet, waaraan dan?

Nu ruikt ze Bart, die bekende zweetlucht waar ze zo van gruwt. Ze voelt zijn warme adem langs haar gezicht stromen, hij trekt haar bij haar schouders naar zich toe. Ze laat het toe, ze voelt zich slap. Alsof iemand haar een slaapmiddel heeft gegeven, zo slap en moe... en... wat?

Bart trekt aan de mouwen van haar overall, eerst voorzichtig, maar naarmate dat niet lukt begint hij er wild aan te sjorren. Ze voelt een luchtstroom. De kaars dooft. Een kleine streep lamplicht van beneden verlicht alleen nog de plek rondom het trapgat.

Ze wordt bang. Haar innerlijke stem zegt dat ze had moeten vluchten toen het nog kon.

De geluiden volgen elkaar nu vliegensvlug op: stof die scheurt, knopen die springen. Ze hoort ze over de vlieringvloer rollen, een vloek, voetengeschuif... gehijg.

Diep, zwaar hijgend is de ademhaling die ze vlak bij haar oor hoort. Alsof iemand in acute ademnood verkeert.

Weer is Bart naast haar. Zijn stem is nu zacht; liefkozend fluistert hij iets in haar oor.

Dat ze mooi is, lief is, braaf is. Zijn meisje is...

Ze schudt haar hoofd, nee, nee, dat is ze niet, ze is niemands meisje. Bart hoort bij Jolante. Heleens grote zus is Barts meisje.

Ze voelt vingers over haar naakte schouders glijden, de vingers duwen haar op haar zij, maken haar bh los, de vingers duwen haar weer terug op haar rug.

Nee, dit wil ze niet. Ze moet haar borsten bedekken, maar haar armen weigeren dienst, net als haar handen die ineens zo gevoelloos aanvoelen. Alsof iemand daar iets omheen gewikkeld heeft. Alsof ze zijn vastgebonden. Waarom dan? Waarmee dan?

Gehijg vlak naast haar mond. Handen nu die haar enkels omklemmen, haar benen tegenhouden als ze haar knieën wil buigen.

Ze probeert haar hoofd op te tillen, ze moet, ze moet zien wie er aan haar slipje zit. Welke handen aan het elastiek trekken, steeds harder en woester naarmate ze laat merken dat niet te willen. Ze gilt nu dat ze moeten ophouden.

Maar haar kreet is stemloos, de keelklank wordt niet uitgestoten, haar stem is weg.

Kan dat? Kan ze haar stem kwijt zijn, zomaar, terwijl ze niet verkouden is?

Haar mond staat nog open als ze een tong langs haar lippen voelt glijden. De tong glijdt in haar mond, is dik en smaakt naar wodka. Ze moet ervan kokhalzen.

Haar lichaam schokt.

Dan ineens voelt ze een gewicht dat haar hele lichaam tegen de grond drukt. Iemand ligt boven op haar, perst alle lucht uit haar longen en stoot iets tussen haar benen haar lichaam binnen.

Ze gilt opnieuw een stille kreet.

Een hevige pijn neemt haar onderlichaam voor een seconde in zijn bezit. Alsof ze daar beneden uit elkaar wordt gescheurd, zo ondraaglijk is de pijn. Straks valt ze nog flauw.

Nee, ze kan niet vallen, ze ligt al, op het matras naast Stefan. Waar is Stefan? Waarom hoort ze hem niet? Waar is Bart? En Jolante?

Weer die tong, of is dit een andere tong? Deze smaakt anders. Naar bier en tabak.

Ze probeert haar kaken op elkaar te klemmen, de tong met haar eigen tong uit haar mond te duwen... dat lukt niet. Ze hapt naar adem. Heen en weer gaat haar lichaam.

Harder en harder drukt het zware lijf haar in het stinkende matras. Haar billen schuren pijnlijk over de ruwe stof, haar stuitje staat in brand. Een rauwe kreet doorbreekt de vreemde stilte.

Het duwen stopt. Ze wordt weer licht, het lichaam rolt van haar af, ze kan weer ademen. Het is voorbij.

Nee, het is niet voorbij. Opnieuw perst iets zich tussen haar benen naar binnen, nog ruwer en harder dit keer. De pijn is nog heviger.

Ze huilt, schreeuwt, slaat wild met haar hoofd heen en weer in een poging deze nachtmerrie te stoppen. Iemand moet dit stoppen, iemand moet haar helpen.

Jolante, Jolante, waar is Jolante?

Alle besef van tijd raakt ze kwijt als ze langzaam verdwijnt in een zwart gat dat haar lichaam overneemt tijdens die afschuwelijke schokbewegingen die keer op keer volgen en waarvan ze niet meer weet of er ooit nog een einde aan komt.

28

Halverwege de nacht schiet ik wakker. Mijn hoofd bonkt, mijn buik vertoont zoveel spasmen dat het lijkt alsof hij ieder moment uit elkaar kan knallen. Als ik opsta merk ik dat ik naakt ben. Ik slaap nooit zonder hemdje, krijg last van mijn onderrug als ik dat doe en dat is nu meteen merkbaar.

Strompelend bereik ik nog net op tijd de badkamer, waar ik mijn hele maaginhoud naar buiten kots. Ik denk aan voedselvergiftiging. Het moet die zalm geweest zijn. Rillend trek ik een trui aan en kruip op de bank. Een emmer ernaast, een deken over me heen.

Hondsberoerd zie ik vanuit mijn ooghoek een lege fles Grand Marnier staan, waaruit ik kan concluderen dat mijn ziektebeeld niets met de zalm te maken heeft maar met drank.

Ik sluit mijn ogen, en met mijn handen op mijn buik probeer ik de uren hiervoor terug te halen. Paniekerige gedachten jagen door mijn brein. Ik was hier met Pieter nadat zijn vader was afgevoerd naar een ziekenhuis.

Dat weet ik nog.

We hadden daarvoor samen gegeten, althans een poging gedaan. Nadat ik hem mee naar binnen vroeg zijn we wat gaan drinken.

God, en daarna?

Vertelde hij niet over zijn vader en Bart, hoe ze elkaar kenden, vanwege de muziek? Beiden speelden gitaar, beiden schreven eigen liedjes. Country, folk, van die dingen, een soort Nick en Simon, zei hij. En toen was hij gaan lachen, alsof alles wat hij vertelde niet waar was.

Of was dat daarvoor? Mijn hoofd bonkt achter mijn ogen.

Ik lachte mee, ik wist dat het wél waar was. Ik zie mijn vader weer voor me, eindeloos lang oefenen op akkoorden, boven bij ons op zolder. Potlood tussen zijn tanden, notenschrift, gitaar en de bandrecorder aan.

Een steek in mijn buik houdt me bij de les; eerst rustig ademen en die kater verdrijven door stil te blijven liggen.

Ik vroeg Pieter waarom ik me zijn vader dan niet kon herinneren. Hij vertelde dat het door mijn moeder kwam. Ze wilde niet dat Bart en hij bij haar thuis muziek maakten.

Ik begreep onmiddellijk waarop hij doelde. 'Bij mij thuis kwam nooit iemand over de vloer,' zei ik tegen Pieter. 'Wij leefden onder een kaasstolp.'

En toen ik hem daarna over mijn eenzame jeugd vertelde, haalde hij een paar maal nerveus adem.

Hij moet het ook geweten hebben, ging het door me heen. En ik voelde weer diezelfde woede aan me trekken die ik zo lang als een zware rugzak met me had meegesjouwd.

Toen kregen we het over Erik, hoe ik hem ontmoet had en dat ik al vrij snel daarna moeder werd. En wat ik aanvankelijk niet van plan was te doen, deed ik toch: ik vertelde Pieter over mijn jongens.

Ik weet nog dat ik het met een zekere verontschuldiging in mijn stem vertelde, alsof ik me ervoor schaamde zo jong al aan het gezinsleven te zijn begonnen. Nooit een andere man gehad, geen studie gedaan, meteen bij mijn man in de zaak gaan werken... Had ik wel een eigen identiteit?

Was ik daarom hier, om voor het eerst te ervaren hoe het is om alleen te wonen?

Die vraag stelde Pieter mij.

En ik meen dat ik daar geen antwoord op gaf. Want binnen het antwoord had ik dan moeten uitleggen dat ik hier was omdat ik door iemand gestalkt word.

Ik open abrupt mijn ogen als ik me realiseer dat een groot deel van de avond weg is uit mijn geheugen. Wanneer stapte Pieter op? Was dat voor of nadat ik in mijn bed belandde? Waarom werd ik wakker zonder kleren, heb ik die zelf uitgedaan of…?

Ik vervloek het drinkgelag waaraan ik me heb bezondigd. Sinds de komst van de kinderen kwam het nog maar sporadisch voor dat Erik en ik zo doorzakten dat we stomdronken ons bed opzochten. Kinderen geven regelmaat en eisen aandacht, die willen 's ochtends vroeg geen ouders met een kater aan het ontbijt.

En terwijl ik hier nu lig in het donker van de nacht in deze kale, onaantrekkelijke flat waar de lucht van alcohol hangt en ik vrees dat ik tegenover Pieter dingen heb losgelaten over mijn stalker, komen de tranen vanzelf.

Ik mis ze, mijn onstuimige, warme zonen.

Langzaam kom ik overeind. Voetje voor voetje – iedere stap die ik zet dreunt als een roffel op een trommel boven mijn ogen – loop ik naar de keuken om een glas water te pakken.

Gulzig laat ik het koele vocht langs mijn pijnlijke keel glijden. Pas als ik voor een derde keer mijn glas vul, zie ik het briefje naast het koffiezetapparaat liggen. Mijn hart staat stil als ik de tekst lees: *Je bent een goddelijke vrouw, dank voor deze avond. Warme kus, Pieter.*

29

'Maud, kind, ben je ziek?'

'Nee, ma, het gaat wel, slecht geslapen, meer niet.'

Ik zit bij mijn moeder op de bank en probeer me op haar te concentreren.

Mijn gedachten dwalen telkens af naar het laatste whatsappje dat ik vanochtend van mijn stalker ontving: WEET JE MAN AL WAAR JE MEE BEZIG BENT?

Een hoge dosis ibuprofen en een extra lange douche konden de angstvisioenen die gepaard gingen met dat bericht en de tekst op Pieters briefje niet verdrijven.

'Weet je wat ik vanochtend dacht?'

Mijn moeder kijkt me met glinsterende ogen aan. Haar gekunstelde wenkbrauwen zien er minder schrijnend uit dan gisteren. Het valt me op dat ze zich sinds haar dementie vaak als mijn kleine zusje gedraagt. Zusjes die stoute dingen doen. Dingen die hun ouders verbieden. Meteen doet me dat weer aan die opmerking van Pieter denken: 'Van jouw moeder mochten mijn vader en Bart niet bij haar thuis muziek maken.'

'Nou, ma?'

'Dat ik weer eens een reisje ga maken, en dat jij dan meegaat. Wat vind je daarvan?'

Mijn moeders gezicht straalt.

'Niet ver hoor, gewoon hier in Nederland, een Waddeneiland of zo, of Zeeland?'

Als ze Zeeland noemt zie ik haar peinzen. Haar ogen dwalen af naar de studeerkamer.

'Ik moet nog foto's hebben van Zeeland,' zegt ze.

Ze staat op en vraagt of ik vast koffiezet. 'Er liggen Weespermoppen in de broodtrommel. Heb ik gisteren gehaald,' roept ze.

'Goed, ma. Wat feestelijk, hebben we iets te vieren?' roep ik belangstellend. Ik hoop met die vraag weer iets uit haar geheugen te persen dat naar de achtergrond is verdwenen. En juist omdat de sfeer zo ontspannen is en mijn eigen hoofd zo onscherp aanvoelt, besluit ik me niets van mijn moeders wazigheid aan te trekken en straks gewoon door te vragen als het gesprek stokt.

'Ik heb ze,' roept mijn moeder vanuit de zijkamer.

'Mooi, ma, laat maar zien.'

Ik zet het koffiezetapparaat aan, pak een bordje voor de koekjes en open de broodtrommel. Maar behalve een pakje groen uitgeslagen roggebrood is de trommel leeg.

Ik zeg er niets over, mik het beschimmelde roggebrood in de vuilnisbak, zet koffie en loop daar net mee de woonkamer in als mijn moeder een grote schoenendoos opent. Deze doos ken ik niet; ik ben benieuwd waar ze dit keer mee aankomt.

'Lekker, kon je de moppen niet vinden, Maud?'

'Nee, maar geeft niet, ma. Ik moet een beetje aan mijn lijn denken. En jij trouwens ook,' zeg ik plagend.

We giechelen als twee schoolmeiden die weten dat er niets mis is met onze lijn.

Het heeft iets intiems. Een gevoel dat ik nooit eerder met mijn moeder gedeeld heb. Bijna krijg ik de neiging haar over mijn toestand van gisteravond in te lichten. Maar nog net op tijd slik ik de woorden in. Ik ben hier voor haar, en alleen via haar kan ik iets aan mijn toestand proberen te doen.

'Goed, kind,' zegt ze en ze haalt een stapeltje krantenknipsels tevoorschijn.

Het vergeelde papier moet er jaren geleden in gelegd zijn en daarna nooit meer herlezen zijn.

'Hier, kijk, dat was toen.' Zonder dat ze zelf naar de knipsels kijkt schuift ze de schoenendoos over de tafel naar me toe. De knipsels komen uit de Weesperkrant, bij sommige staat met ballpoint een datum erboven geschreven.

'Ze zijn eigenlijk van Jolante en Bart,' fluistert mijn moeder alsof die nog leven en we iets stiekems doen.

Ik vouw een van de artikelen open en lees iets over de sluiting van een openluchtbad aan de Utrechtseweg. Er is nog geen nieuwe bestemming voor het bad. De gemeente is in onderhandeling met diverse belangstellenden, twee daarvan zijn een paar jonge knapen die een roeivereniging willen oprichten.

Bij een ander stukje over hetzelfde onderwerp staat een foto; ik herken het plaatje. Het is dezelfde foto van mijn vader en Stefan die ik eerder bij de historie op de site van de roeivereniging heb gezien.

'Ma, dit gaat over de roeiclub. Wat moet jij met die knipsels? Gister zei je nog dat je nooit geroeid had. Weet je nog? Dat meisje in die skiff dat ik je liet zien? Je vertelde dat ze haar "Belle Hélène" noemden. Hoe weet je dat allemaal als je nooit geroeid hebt?'

Mijn moeders ogen gaan spontaan glimmen.

'Ja, ja, de jongens vonden me mooi. Jolante wist dat ook. Ik had gezegd: één jaar, niet langer.'

'Eén jaar?'

'Dat ik zou meeroeien. Kind, ik had daar niet de bouw voor, was net als jij heel tenger. Nee, daarom was ik graag stuur, snap je?'

Nu knijpt ze haar ogen samen tot spleetjes. 'Iedereen luisterde naar mij, geloof je dat?'

Ze grinnikt even bij die herinnering en heft trots haar hoofd. Dan ineens wordt haar gezicht weer ernstig en alsof ze zich ook weer iets anders herinnert, grijpt ze abrupt naar mijn hand.

'Behalve die ene, die nieuwe jongen.'

'O?'

'Ik heb hem pas nog gezien.' Haar verschrikte blik richt zich nu op mij. 'Dat was met jou,' roept ze uit.

Ik denk aan Jaap die we gisteren tegenkwamen.

'Ma, was het die man gisteren in de stad? Die man met die kruk? Die heet Jaap. Weet je dat nog?'

'Gisteren?'

Ik zoek naar andere woorden, wetend dat dagen en tijd heel lastig voor haar zijn. Ik kijk naar de schoenendoos en haal een foto van mijn vader en Stefan eruit. Ik wil haar testen en wijs op Stefan.

'Ma, is het deze man?' vraag ik.

Mijn moeder schudt onmiddellijk haar hoofd. De frons is weg, ze glimlacht.

'O, nee, nee, dat is Stefan. Nee...'

Nu wacht ze even. Kijkt me peilend aan of ze verder kan praten en begint dan opnieuw te fluisteren.

'... hij niet, ik denk dat hij homo is.'

Ik knik en zonder erop in te gaan, ga ik zwijgend op zoek naar een foto van Jaap. Ik vind er niet een. Weer lijkt het alsof Jaap structureel is gewist. Haast gedachteloos lees ik nog een paar artikelen over de oprichting van de roeivereniging, maar stuit niet op nieuwe informatie.

Ik slaak een diepe zucht, weer ben ik niets opgeschoten.

Mijn moeder zegt dat ik er moe uitzie. Ze vindt dat ik vandaag maar eens moet uitrusten. Ze vraagt of we vanavond samen eten en daarna naar Netflix gaan kijken. Zo van deze tijd, mijn moeder, behalve vanavond als ze weer vergeten is dat ze Netflix heeft.

Als ik knik en opsta, duwt ze me de schoenendoos in mijn hand.

'Hier, neem maar mee,' zegt ze. 'Ik heb er toch niks meer aan.'

Ze is helder, gaat het door me heen. Hoopvol open ik mijn mond om toch nog meer los te krijgen.

'Weet je dat ik iemand ken die in Zeeland woont?' zegt ze.

Tranen branden in mijn ogen als ik zwijgend naar haar knik. Ik wil verder niets meer horen.

Met de schoenendoos onder mijn arm taai ik af.

30

Traag trap ik tegen de wind in terug naar mijn flat. Mijn benen bewegen als roestige scharnieren die nodig gesmeerd moeten worden. Het liefst zou ik de raad van mijn moeder willen opvolgen en meteen mijn bed induiken, maar ik wil de rest van de dag die nog voor me ligt zo goed mogelijk besteden.

Bovendien spookt opnieuw het bericht van mijn stalker door mijn hoofd. Stel dat hij ook Erik erin betrekt?

Nerveus vervolg ik mijn weg.

Ik heb besloten opnieuw een bezoekje te brengen aan die roeivereniging. Iemand daar moet toch iets weten van mijn moeder en haar zus. Iemand moet mijn vader gekend hebben; een man als hij die zo betrokken was bij het verenigingsleven en ook nog jaren als huisschilder zijn bedrijf hier had, kan niet onopgemerkt blijven. Het lijkt me sterk dat ik daar niets loskrijg. Bovendien wil ik uitzoeken wat Jaap voor rol gespeeld heeft bij die club.

Ik weet bijna zeker dat mijn moeder hem bedoelde met 'de nieuwe jongen'.

En waarom was ze toch zo schrikachtig bij hem?

En wat me nog meer verbaast, is dat Pieter beweerde dat Jaap en mijn moeder elkaar van de muziek kennen, niet van het roeien.

Zou hij niet weten dat zijn vader geroeid heeft? Roeide zijn vader misschien voordat hij geboren werd en speelde Jaap pas later met mijn vader samen? Ik kan me niet herinneren dat ik mijn vader ooit met iemand samen heb zien of horen musiceren.

Ik vraag me sowieso af of ik op al deze vragen ooit nog antwoord krijg en of het belangrijk is voor mijn onderzoek naar de dood van tante Jo en mijn moeders mogelijke aandeel daarin.

Ik denk dat ik het eerder bij die Stefan moet zoeken.

Liever zie ik Pieter nooit meer. Na wat zich gisteravond in mijn flat heeft afgespeeld wil ik hem zo snel mogelijk uit mijn leven bannen. Aan de andere kant zou ik juist van hem hulp kunnen verwachten; hij is de enige hier die iets over mijn verleden weet en zich betrokken bij mij toont.

Arme Erik. Hij moest eens weten wat ik hier allemaal uitvreet en voor hem verzwijg. Hoe schuldig voelde ik me al niet na het lezen van dat stomme briefje vanochtend. Mijn stalker zal toch niet weten dat ik Pieter op bezoek had? Mijn ademhaling stokt bij die gedachte.

Jezus, ik, Maud, die nog nooit een andere man dan Erik in haar leven heeft liefgehad, die door het vuur gaat voor haar gezin; ik zou vannacht met die Pieter naar bed zijn geweest?

Deze gedachten bezorgen me bijna een hartstilstand.

Als ik de hoek om fiets naar mijn flat ben ik extra op mijn hoede om de man die me in dit parket heeft gebracht niet tegen het lijf te lopen.

Bewust plaats ik mijn fiets in een rek aan de overkant van de flat. Trek de capuchon van mijn regenjack over mijn hoofd en pas als ik er zeker van ben dat ik geen motor zie staan, steek ik met de schoenendoos onder mijn arm op een drafje de straat over naar het trappenhuis.

Even snel vlieg ik de galerij over, open de deur van mijn flat, schiet naar binnen en druk me daarna tegen de dichte deur.

Buiten adem staar ik naar mijn sneakers op de deurmat waaronder folders, een huis-aan-huiskrant en een brief liggen.

Ik stap opzij, buk me naar de brief, draai hem om en zie dat die gericht is aan Heleen Jansen. Hijgend trek ik de capuchon van mijn hoofd en scheur de brief open. Het is maar een kort briefje, maar mijn hart staat stil als ik de inhoud tot me laat doordringen.

Ik denk meteen aan Erik. Dat ik hem moet bellen, dat ik moet praten met iemand die ik kan vertrouwen.

Ik wil Eriks rustige stem horen. Eriks lieve, kalende hoofd met die immer verliefde blik zien. Ik mis hem zo hevig dat ik mijn rug krom alsof ik een buikpijnaanval krijg.

Met alle kracht die ik in me heb, sleep ik me daarop naar de tafel en open mijn laptop.

Als ik verbinding zoek met Skype, hoor ik tegelijkertijd de toon van een appje dat binnenkomt.

Als aan de grond genageld blijf ik staan. Besluiteloos staar ik naar de telefoon die naast de brief op tafel ligt. Wanneer ik Erik bel en hem vertel wat er in die brief staat, moet ik alles vertellen. Alles van begin af aan. Kan ik dat? Nu al?

O, god, ik weet het niet meer. Ik denk aan Stefan, aan mijn moeder en aan Jaap. En in de laatste plaats denk ik aan mijn vader. Juist hij, waarom hij? Waarom is hij met mijn moeder getrouwd?

Ik stoot een droge snik uit en sluit mijn laptop.

Opnieuw laat ik de woorden van de brief tot me doordringen. De schok is te groot om aan te nemen dat het waar is, want als het klopt wat er in deze brief staat, dan is de man van wie ik mijn hele leven gedacht heb dat hij mijn vader was, niet mijn biologische vader.

Zomer 1979

Heleen

Jolante heeft gezegd dat ze haar bek moet houden. Iedereen was dronken en stoned, zij ook. Had ze maar niet zo moeten flirten met Bart. Eigen schuld dikke bult. Ze mag hem hebben, vindt Jolante. Zelf is ze toch al op hem uitgekeken.

Jolante heeft haar oog op die nieuwe jongen laten vallen. J.J., zoals hij zichzelf noemt, maar voluit heet hij Jan Jaap. Godallemachtig, wat een beest is dat. Jolante houdt van dat soort jongens, zegt ze. Hij schuwt geen meisjes zoals zij, een meisje dat niet vies van seks is. 'Heel anders dan dat stijve zusje van je,' had hij gezegd.

Heleen vroeg zich af of het waar was wat Jolante beweerde, of dat het voornamelijk haar eigen opvatting was over die J.J.

'Je bent een stomme preutse trut,' had Jolante tegen haar geschreeuwd toen ze de volgende dag huilend bij haar grote zus troost had gezocht na die hel daar op de vliering.

En Jolante had haar op het hart gedrukt haar mond te houden tegenover hun ouders. Ze hadden de hele nacht doorgefeest en daarna bij een roeivriendinnetje geslapen, dat moest Heleen goed in haar oren knopen.

Jolante was overtuigend. Hun ouders stelden verder geen vragen.

Volgens Jolante was Heleen niet van deze tijd. 'Jij hoort thuis in het victoriaanse tijdperk, achterlijk wezen,' zei ze. 'We leven in de jaren zeventig. Wij zijn vrij. Iedereen mag het met iedereen doen. Vrije seks, heet zoiets, minkukel.'

Zo was ze nog een tijdje doorgegaan. Net zo lang totdat Heleen aan zichzelf begon te twijfelen. En hoewel ze even grote twijfels had bij de woorden van Jolante over seks – die niet eens zo lang geleden eruit had geflapt nog maagd te zijn – vroeg Heleen zich af of dat andere wel waar was.

Dat het haar eigen schuld was.

Was ze niet vrijwillig op dat matras beland? Had ze niet moeten giechelen om Bart toen hij zei haar leuker te vinden dan Jolante? Toen hij haar 'zijn meisje' noemde. Moedigde ze hem daarmee juist niet aan om verder te gaan?

En Stefan dan? Had hij er uiteindelijk ook aan meegedaan? Ze kon het niet geloven.

Kon ze het zich nog maar herinneren. Maar daarvoor was ze te ver heen geweest. Het enige wat ze nog weet is dat het maar doorging. Hoe heviger zij riep om genade en dat ze moesten stoppen, hoe harder ze haar aanpakten.

Na de derde keer – of was het de vierde keer? – was ze slap geworden en had ze geen verzet meer geboden.

Pas toen had iemand haar armen losgemaakt en had ze haar enkels weer kunnen bewegen. Ze had haar benen opgetrokken en daar vocht tussen gevoeld. Haar billen waren zo nat dat het leek alsof ze geplast had. Haar schaamhaar plakte aan elkaar en het matras moest doorweekt zijn. Een smerig idee, vond ze dat, temeer omdat ze erop in slaap was gevallen.

Tegen de ochtend, toen het buiten licht werd en er van beneden uit de loods geluiden klonken van roeiers die een wherry naar buiten droegen, had ze het opgedroogde bloed tussen haar benen ontdekt.

Ze was alleen. De vliering was leeg. Geen Jolante, geen Bart. Ook de andere jongens waren verdwenen. Alsof de hele gebeurtenis nooit had plaatsgevonden. Alsof het één grote boze droom was geweest; een gruwelijke nachtmerrie.

En als de lege flessen en volle asbakken er niet gestaan hadden, en ze haar paarse overall niet kapot teruggevonden had tussen haar bevuilde ondergoed dat op de grond lag, had ze dat idee misschien nog overeind kunnen houden.

Maar het was wel gebeurd. Het was geen droom.

Heleen was meerdere keren en door verschillende jongens hier op de vliering verkracht. En haar grote zus Jolante had erbij gestaan en niets gedaan.

31

Vol ongeloof staar ik naar het app-berichtje van 'Belle Hélène':

Ik heb je gewaarschuwd: het is niet leuk wat ik weet en het wordt alleen maar erger. Moord verjaart niet, dame. Ook niet als iemand zich verschuilt achter Alzheimer...

Happend naar adem voel ik mijn hartslag versnellen. Wat moet ik doen? Mijn moeder confronteren met deze berichten? Haar die brief laten zien waarin staat dat ik een bastaard ben en dat er bewijzen zijn dat Bart niet mijn echte vader is?

Moet ik haar vragen of het waar is? Heeft zij, nee, hebben zij en mijn vader me daarom altijd voorgelogen en...? Was er daarom altijd ruzie? Omdat mijn moeder het met iemand anders had gedaan? Kwamen ze daar tijdens hun huwelijk achter?

Ik breek mijn hoofd over al die vragen.

Uiteindelijk kom ik tot maar één conclusie: mijn moeder heeft mijn vader – Bart – verleid en was al zwanger van iemand anders. Toen is mijn vader zo goed geweest om met haar te trouwen, omdat hij in de veronderstelling leefde dat ik van hem was. Jolante werd het allemaal te veel en zij pleegde zelfmoord.

Mij vertelden ze dat ze was verongelukt met haar motor. Maar naar wat ik zo langzamerhand van mijn stalker heb begrepen zit het heel anders en werd Jolante vermoord.

Mijn hart staat stil. Stel, het is waar?

Jolante was eerder met Bart, ze was verliefd op hem, wat me logisch lijkt als je verloofd bent, en kreeg stennis met mijn moeder over haar zwangerschap. Jolante dreigde bekend te maken wie mijn echte vader was. Zou mijn moeder dan haar zus daarvoor hebben omgebracht?

Ik kan het niet geloven. Net zoals ik me niet kan voorstellen dat Bart niet mijn echte vader was.

Wie zou dan mijn echte vader zijn? Leeft hij nog? Waar dan? Hier in Weesp?

Met een ruk schuif ik mijn stoel naar achteren en sta op. Terwijl mijn lijf nog steeds op slot zit, tracht ik de kleine afstand naar de bank zonder omvallen te bereiken. Eenmaal daar plof ik duizelig neer, leg mijn hoofd tegen de rugleuning en sluit mijn ogen. Ik tril over mijn hele lichaam, alsof ik koorts heb.

Het enige wat als een mantra mijn hersens bezweert, is het woord 'helderheid'. Als ik geen helderheid in mijn hoofd schep, word ik gek.

Ik zál erachter komen wat er vroeger gebeurd is.

Er is iemand die mijn moeder, mijn tante én mijn biologische vader gekend heeft, en die persoon weet dat er een misdrijf gepleegd is.

De enige in mijn omgeving die weet wie daarachter zit, is mijn moeder.

Een overweldigend gevoel van woede en zelfmedelijden spoelt als een vloedgolf over me heen. Woede omdat mijn ouders me nooit de kans hebben gegeven mijn biologische vader te ontmoeten en medelijden omdat ik misschien wel nooit achter de waarheid kom omdat mijn moeders verleden nog uitsluitend uit hersenschimmen bestaat.

Minutenlang word ik heen en weer geslingerd tussen gedachten over wraak en opgeven. Maar op wie moet ik wraak nemen als ik niet eens weet wie me dit aandoet?

Terwijl de vragen beurtelings door mijn hoofd tollen en ik besluit mijn moeder er vanavond mee te confronteren, hoor ik vanachter het keukenraam gestommel op de galerij en rumoer van stemmen.

Ik doe alsof ik niet thuis ben, sluip naar het keukenraam en trek voorzichtig een deel van de overgordijnen dicht. Pas als ik me smal maak en door een kier iets probeer op te vangen van wat er gaande is, zie ik drie personen staan. Twee van hen dragen een politie-uniform. Het zijn een man en een vrouw. Ze praten luid.

Dan hoor ik een harde klap alsof iemand een deur forceert. Meteen daarop loopt er een viertal mensen in witte pakken langs mijn raam in de richting van de flat van Jaap.

32

'Dat moet Maud zijn,' hoor ik mijn moeder zeggen.

Het loopt tegen de avond als ik bij haar de voordeur open. Vanuit de woonkamer klinkt Franstalige muziek. Muziek die mijn moeder na de scheiding van mijn vader ineens ging waarderen.

Charles Aznavour werd vanaf dat moment grijsgedraaid en ik kon mij indertijd niet aan de indruk onttrekken dat mijn moeder iets met een Fransman had. Het was in dezelfde tijd dat ze ging studeren en zich met zoveel enthousiasme op de Franse cultuur en filosofie stortte, dat ze meteen voor een jaar naar Parijs vertrok.

Ik weet nog hoe jaloers ik was. Hoewel ik toen niet veel later met heel veel liefde mijn eerste zoon baarde en zeer gelukkig was met onze Tim, stak het me dat ik nooit de kans had gehad om te studeren.

Met slechts mijn weggezakte schoolfrans begrijp ik dan ook niet veel van het chanson dat nu mijn oren streelt. Ik herken een paar woorden: liefde, vriendschap, vrijheid... de vrijheid en blijheid waar Pieter aan refereerde? Het liedje klinkt in ieder geval vrolijk.

'Bon, Eleen, dan ga ik,' zegt een vrouwenstem met een Franse tongval.

Ik vermoed dat het een van mijn moeders vriendinnen – van wie ik de helft niet ken – is.

Wat dat betreft weten mijn moeder en ik sowieso weinig van elkaars leven. Ze mag dan nu dementeren en het meeste vergeten zijn, dat gat van zeventien jaar nauwelijks contact tussen ons heeft ook zijn sporen achtergelaten. Toch meen ik de stem van de vrouw eerder gehoord te hebben.

Ik kan alleen niet plaatsen waar en wanneer.

Als ik doorloop naar de keuken en mijn boodschappentas neerzet, zie ik nog slechts een glimp van een groene regenjas, met daaronder huidkleurige nylons en platte, bruine schoenen het tuinhek uit lopen.

'Wie was dat, ma?' vraag ik als ik de woonkamer in loop. De muziek is gestopt. Mijn moeder rommelt mopperend met de cd-speler.

Ze kijkt me op haar niet-begrijpende manier aan.

'Dat je haar niet kent,' zegt ze heel verontwaardigd. 'Dat was Carla Bruni.'

'Carla Bruni? Ma, wat zeg je nu?'

'Schatrijk, dat mens, bloedmooi ook. Ik snap best dat die Sarkozy voor haar...'

'Ma, néé, ik bedoel die vrouw die hier net was, wie was dat?'

Mijn toon is scherp. Mijn moeder merkt het. Haar ontspannen lach is abrupt weg, de uitdrukking op haar gezicht verhardt als ze me aankijkt.

'Maud, heb je de boodschappen meegebracht?' vraagt ze. De toon is nu streng, zoals vroeger.

Ik knik, haal mijn tas van mijn schouder en denk: laat maar. Tenslotte ben ik hier niet om te horen met welke vriendinnen mijn moeder nog omgaat. Ik zou het haar juist moeten gunnen, ik weet inmiddels hoeveel mensen er al zijn afgehaakt nu ze weten dat ze in de war is.

Sommigen zeggen ronduit niet met Alzheimer te kunnen omgaan, anderen laten gewoon nooit meer iets van zich horen. Zo heb ik in korte tijd al heel wat namen uit mijn moeders volle adresboekje doorgestreept. Voor het geval dat haar iets overkomt of als we overlijdenskaarten moeten versturen. Niet dat het voor mijn moeder nog iets uitmaakt; de meeste bekenden hebben in haar geheugen al voorgoed afscheid genomen.

Ik loop terug naar de keuken en zeg dat ik vast de groentes ga snijden.

'Wat eten we, Maud?'

Er wordt weer muziek aangezet. Opnieuw klinkt het Frans. Dit keer een mannenstem, maar geen Charles.

'Ratatouille, waar jij zo van houdt, ma.'

Ik open een fles wijn en schenk twee glazen in. Mijn hand beeft. Ik mors wijn. Alleen alcohol kan me nog redden als ik terugdenk aan wat zich vanmiddag bij Jaap afspeelde.

Vanaf het moment dat de politie bij Jaap het huis binnendrong, hield ik me schuil. Tot tweemaal toe werd er bij me aangebeld. Ik deed niet open. Ook niet toen iemand door de brievenbus 'Politie' riep.

Ik kan er nu geen politie bij hebben.

Ik vraag me af wat ze van Jaap wilden en waar hij bij betrokken is. Politie breekt toch niet zomaar je voordeur open? En dan die mannen in die witte pakken... zou dat om een forensisch team gaan? Maar die komen toch alleen na een misdrijf?

Ik moest meteen aan Pieter denken en ik zag weer voor me hoe Jaap gisteravond de ambulance in werd geduwd. Volgens Pieter was zijn vader gevallen en moesten er foto's worden gemaakt van zijn heup. Maar als ik aan die inval van de politie denk, weet ik zeker dat er iets anders aan de hand moet zijn. Iets wat Pieter misschien ook niet weet of bewust voor mij verzweeg.

Nadat ik me een paar uur gedeisd had gehouden en alles weer stil werd op de galerij durfde ik me eindelijk te bewegen en te gaan douchen. Ik kleedde me aan, föhnde mijn haar en stopte alle spullen die met mijn stalker te maken hadden in een map.

Daarna stuurde ik een sms-berichtje aan Erik om te zeggen dat ik de hele avond bij mijn moeder was en ik morgen pas tijd had om te skypen. Na de onzekerheid over vannacht wil ik hem niet onder ogen komen.

Vervolgens belde ik mijn moeder om te zeggen dat ik onderweg was met het eten. Maar pas nadat ik eerst mijn laptop en de map in een schoudertas had gestopt. Liever lopen zeulen met deze handel dan dat er iemand achter komt dat ik word gestalkt.

'Maud?'

Ik schrik op uit mijn gepeins.

'Je ziet zo bleek, is er wat?' vraagt mijn moeder. Ze staat naast me aan het aanrecht.

Haar recente belangstelling voor mij maakt me week.

Ik schud mijn hoofd en slik de spontaan opkomende brok uit mijn keel. Mijn ogen gaan tranen als ik mijn moeder aankijk. Haar zoekende, vragende blik die zegt recht te hebben op een antwoord, verwart me nog meer.

'Is het iets met Erik of de kinderen?'

Ze is helder, gaat het door me heen. Laat ik daar gebruik van maken. Nu of nooit.

Ik schraap mijn keel. Denk goed na, zegt mijn innerlijke stem. Hoe ga je de vraag formuleren? In de tegenwoordige tijd, in het nu? En ga je dan doen alsof vroeger vandaag is?

'Mam,' zeg ik, alsof ik weer haar kind ben van toen.

Mijn stem is schor. Mijn moeder wacht, gespannen is de uitdrukking op haar gezicht. Ze wil er met haar brein graag bij blijven, dat zie ik aan haar. Daardoor besluit ik te doen alsof hij nog leeft.

'Is Bart mijn echte vader?' vraag ik.

Herfst 1979

Heleen

Iedere dag begint met opkomend maagzuur. Dan rent ze meteen naar de wc om te kotsen. Ze is afgevallen. Nog magerder dan ze al was. Behalve haar borsten, die voelen gespannen en lijken ineens te willen groeien.

Op school heeft ze er moeite mee om zich te concentreren. Komend jaar doet ze examen. Ze is intelligent, ze kan het op haar sloffen halen, maar iets in haar lijkt daar geen zin meer in te hebben.

Voordat ze in die hel daar op de vliering belandde – nu alweer drie maanden terug – droomde ze nog van een studie, reizen en andere mooie dingen die het leven van een jonge vrouw aangenaam kunnen maken.

Na die donkerste nacht van haar leven waaraan geen einde leek te komen, is de vlam van elk verlangen gedoofd.

Heleen was nooit erg spraakzaam, niet zoals Jolante dat is. Maar gisteravond vroeg haar vader of ze ziek was, hij vond dat ze te weinig at. Hij had gevraagd of ze het eten niet lekker vond. Waarop ze zwijgend haar schouders ophaalde en naar haar volle bord staarde.

Haar moeder dreigde met een arts. Haar vader wees op het gevaar van jezelf uithongeren. Jolante gaf onder de tafel een trap tegen haar scheenbeen en keek haar dreigend aan.

Om iedereen tevreden te stellen propte ze de smakeloze stamppot naar binnen.

Niets ruikt of smaakt lekker momenteel.

Daarop was het gesprek weer naar Jolante gegaan, die honderduit vertelde over haar plannen met Bart. Het is weer dik aan tussen die twee. Ze had even gedacht dat de nieuwe jongen leuker was dan Bart, maar was al snel op hem uitgekeken. Bart is toch haar grote liefde, zegt ze. Niemand die hem van haar afneemt.

Heleen had zich afgevraagd of het niet andersom was en dat die J.J. Jolante misschien niet wilde. Vol afkeer had ze naar de mond van Jolante gestaard en maar niet begrepen dat haar grote zus zoveel woorden nodig had om zo weinig interessants te zeggen.

En haar gedachten waren opnieuw afgedwaald naar het eindexamen en naar sport en automatisch had ze toen weer aan de roeiclub moeten denken.

Ze had zich na de verkrachting daar niet meer laten zien.

Jolante had een smoes voor haar bedacht, dat ze te druk was met school, of ziek was of wat dan ook.

Het kan haar geen bal schelen wat Jolante over haar vertelt. Niets kan haar meer schelen. Het liefst wil ze dood. Het leven heeft voor haar alle betekenis verloren.

33

Hoe ik ook mijn best doe iets bij mijn moeder los te peuteren over mijn biologische vader, in haar hoofd is de boel weer op slot gegaan.

En alsof er na mijn vraag ook meteen een luik voor haar ogen is gevallen, kijkt ze van me weg. Ik heb inmiddels alle boodschappen uitgepakt en de cd met de Franse zanger is afgelopen.

Mijn moeder heeft de groente gewassen. Haar handen snijden nu werktuigelijk de aubergine in kleine blokjes, en terwijl ze vertelt over haar tijd in Parijs en waar je goedkoop kan eten, gaan mijn gedachten naar Pieter en Jaap.

Ik kijk even opzij naar mijn moeder en besluit de draad weer op te pakken en verder te gaan waar vanochtend het gesprek tussen haar en mij ophield.

'Weet je nog dat we gisteren mijn buurman tegenkwamen, ma?'

Geen reactie.

'Die man met die kruk. Hij heet Jaap, had ik dat al gezegd? Jij wist wie hij was, zei je. Waar ken je hem van? Van het roeien? Of was hij bevriend met papa?'

Mijn moeder houdt haar hand waarin het mes ligt stil boven de aubergine. Ze wacht, denkt na en vraagt dan of Bart vandaag ook mee-eet.

'Bart is dood,' zeg ik geërgerd.

Geen reactie.

Ik probeer het opnieuw, nu weer vriendelijk.

'Was Bart mijn vader?'

Stilte.

Dit keer trek ik het mes uit mijn moeders hand, leg het neer en grijp haar daarop bij beide handen. Verschrikt kijkt ze op.

'Was Bart mijn echte vader, ma?'

Haar lichaam schudt door mijn wilde beweging.

Ik hoor haar ademhaling. Korte zuchten achter een ietwat ingevallen borstkas. Ik voel het dunne vlees van haar handen onder mijn vingers samentrekken. Ik kan de structuur van de onderliggende botten volgen, en wat ik vroeger nooit gedaan zou hebben, doe ik nu. Liefkozend streel ik over de paar ouderdomsvlekjes die zich daar manifesteren.

'Nee.'

Ik kijk abrupt van de handen nu in mijn moeders ogen. Er wellen tranen op, haar onderlip trilt als ze haar mond sluit.

'Echt, ma? Maar als Bart niet mijn vader was, wie dan wel?'

Haar knokige schouders schokken. Haar lichaam draait een halve slag, haar hoofd maakt een spastische beweging in de richting van de studeerkamer. Haar handen laten me los. Ze veegt over haar betraande gezicht.

'Wat, ma? Moet ik daar kijken? Iets voor je pakken? Waar moet ik dan naar zoeken, ma?'

Stilte. Een diepe zucht. Ik zie haar weer wegzakken, peinzen en zoeken naar het juiste antwoord.

'Zorg jij dat de jongens me niet vinden, Maud?'

Ze fluistert.

'Jongens, ma? Welke jongens? Wie bedoel je?'

'Allemaal. Ook Stefan… hij ook.'

'Oké.'

Ik snap niet waar ze het over heeft, maar wil juist nu doorgaan.

'En Jaap, ma?'

'Jaap?'

Ik knik, ik wil het horen, ik moet weten of mijn vermoeden juist is. Of ze de naam van Jaap bewust verdrongen heeft. Of ze daarom zo schrok toen we hem gisteren tegenkwamen. Omdat ze weet wie hij is, en hij met haar geheim te maken heeft. Iets wat ze al die jaren om welke reden dan ook goed heeft weten te verbergen. Maar wat nu, dankzij die Alzheimer, op een verwarde manier weer aan de oppervlakte komt.

'Ma, is Jaap, die man van gisteren, weet je nog, mijn biologische vader?'

Het antwoord dat ik wil horen blijft uit. Mijn moeder vraagt of ze de courgette ook zal snijden.

'We hadden nog even moeten wachten met die aubergine, moet je kijken, helemaal bruin geworden,' zegt ze.

34

De rest van de avond verloopt eentonig. Mijn moeder en ik eten voor de tv en kijken naar een Scandinavische serie met een Engelse titel: *The Bridge*.

En terwijl mijn moeder opgaat in het verhaal kan het mij niet boeien. Mijn gedachten dwalen af naar Erik en de jongens. Ik voel me schuldig omdat ik de hele dag nog niets van me heb laten horen.

Lamgeslagen en moe dommel ik in slaap op de bank van mijn moeder. Als ze me na een tijdje wakker maakt, zie ik nog net de aftiteling van de tv-serie.

'Maud? Ik ga naar bed. Blijf jij hier?'

'O, ja, nee, ma. Ik ga naar mijn flat. Heb je nog wat nodig?'

Als mijn moeder haar hoofd schudt en haar medicijnen heeft ingenomen ruim ik de vaatwasser in, haal een doek over het aanrecht en neem daarop afscheid van haar.

Niet veel later sta ik met mijn spullen buiten bij mijn fiets. Als ik op mijn horloge kijk blijkt het pas halftien te zijn. Staat het klokje stil? Voor mijn gevoel is het midden in de nacht.

Nog maar net ben ik op mijn fiets gestapt of ik krijg het idee dat iemand mij bespiedt. Niet een van de andere passanten die ik in de straat tegenkom, maar iemand die me op gepaste afstand volgt en in de gaten houdt.

Mijn hartslag versnelt als ik even een blik over mijn schouder werp en daar een andere fietser achter me aan zie komen.

Het is te donker om in een oogopslag te zien of ik met een man te maken heb, maar ik weet bijna zeker dat de figuur het op mij gemunt heeft. Zodra ik harder ga trappen, versnelt ook hij zijn vaart. En als ik abrupt besluit een straat in te slaan die niet naar mijn huis voert, rijdt hij achter me aan.

Ik fiets nu door een stil stukje Weesp, langs dicht op elkaar gebouwde flats, parkeerplaatsen en verlaten groenstroken. Hier en daar staat een lantaarn. Telkens als ik er een gepasseerd ben, kijk ik of mijn achtervolger er nog is en of ik een glimp van hem kan opvangen. Wat ik tot nu toe in een flits gezien heb, is dat hij een gemiddelde lengte heeft, donkere kleren draagt, geen verlichting op zijn fiets heeft en een muts tot diep over zijn voorhoofd heeft getrokken.

Nog iets sneller gaan mijn benen. Mijn schoudertas hangt zwaar om mijn nek. Pijnlijk drukt de inhoud tegen mijn rug. Ik hijg en trap en probeer er niet op te letten. Integendeel, ik zet de fiets in zijn zwaarste versnelling en trap zo hard ik kan.

In de verte doemt een grotere, beter verlichte straat op. Ik ken die weg en weet waar hij op uitkomt. Als ik daar eenmaal ben en in dit tempo blijf doorrijden is het nog maar een klein stukje naar mijn flat.

Ik voel even in mijn jaszak of daar mijn telefoon zit en bedenk wat ik ga doen als die gek me inhaalt. Of erger: in de spaken rijdt, of... Buiten adem werp ik nogmaals een snelle blik over mijn schouder.

Ik schrik. Achter me is de straat leeg.

Ik minder vaart om nog een keer goed te kijken, maar zie niemand. Mijn achtervolger is opgelost in het donker.

Was het wel een achtervolger, gaat het nu door me heen. Zie ik geen spoken?

Mijn mond is droog en ik hap naar adem als ik de versnelling terugzet naar een lager verzet en traag het fietspad langs de verlichte weg oprijd.

Verkeer raast langs me heen. Wit licht van de straatlantaarns wordt weerkaatst in de ramen van een tegenovergelegen kantoorgebouw.

Een tegenligger op de fiets die op haar mobiel kijkt, knalt bijna tegen me op. Het meisje roept iets, ik vermoed een verontschuldiging, maar ik kan het niet meer horen. Mijn gedachten zijn nog uitsluitend gericht op thuiskomen. Straks eerst een warme douche en daarna een warm bed, heel lang slapen, daar heeft mijn lichaam behoefte aan.

Op de automatische piloot fiets ik rustig terug naar de flat. Zonder opletten open ik de deur naar de boxruimte. Even gedachteloos stal ik mijn fiets, loop de lange gang door waar het licht van de tl-lamp onvermoeibaar doorknippert en open de deur naar het trappenhuis.

Pas als ik de deur naar de boxen achter me hoor dichtvallen, word ik me bewust van een schim buiten achter het matglas van de voordeur.

Een seconde lang hou ik mijn adem in van schrik, meteen daarop probeer ik mezelf tot kalmte te manen; door de vermoeidheid beeld ik me van alles in.

Gehaast loop ik door. De angst jaagt me op; nauwelijks in staat mijn benen te voelen neem ik toch twee treden tegelijk om niet langer hier in dat kille, betonnen trappenhuis te hoeven blijven. Zonder om te kijken ren ik naar boven.

Zodra ik op mijn galerij ben en happend naar lucht steun zoek bij de balustrade zie ik tot mijn verbijstering dezelfde figuur die me vanaf mijn moeders huis achternareed naar zijn fiets lopen.

Donkere kleren en een muts tot ver over zijn oren. Zonder achterlicht rijdt hij weg.

Huiverend laat ik de reling los en stap achteruit. Ik heb het me niet verbeeld, iemand houdt me in de gaten.

35

Meteen nadat ik de deur van mijn flat achter me sluit en mijn tas op de grond naast de kapstok laat vallen, ruik ik iets vreemds. Iets wat ik niet kan thuisbrengen maar wat me wel bekend voorkomt.

Het lijkt nog het meest op een goedkope aftershave, en ik vraag me ineens af of er misschien een huismeester in deze flat is met wie ik nog geen kennis heb gemaakt en die zomaar iemand naar binnen kan laten.

Ik denk aan de politie die hier bij Jaap was en probeer de bijbehorende complottheorieën onmiddellijk weg te drukken.

Aarzelend loop ik door naar de woonkamer. De tafel waar doorgaans mijn laptop staat, is onveranderd. Alles is keurig opgeruimd, precies zoals ik het had achtergelaten. Als mijn oog valt op de bank waaronder mijn pumps staan, moet ik meteen weer denken aan Pieter en ons bacchanaal van gisteravond.

Helder staat me ineens weer voor de geest dat hij naast me kwam zitten op de kleine tweezitsbank en dat ik toen mijn schoenen uitschopte. De sfeer was ontspannen.

We lachten om mijn opgezette voeten. Pieter pakte er spontaan eentje beet en begon hem te masseren. Hij zei iets in de trant van 'mooi zijn' en 'pijn lijden'.

Ik beweerde nog dat de schoenen nieuw waren. Dat zijn ze ook, maar wel van jaren terug, ik had er alleen nog nooit zo lang op gelopen.

In de keuken vind ik een koffiekopje waar voor een deel nog zwarte koffie in zit. Er staat een waterglas naast dat ook gebruikt is.

Heb ik dat daar neergezet? Normaal drink ik alleen koffie met melk. Twijfelend spoel ik het kopje om en zet het gedachteloos in de vaatwasser. Daar stuit ik op de wijnglazen en het overige nog vuile servies waarvan ik me weer kan herinneren ze daar vanmiddag te hebben geplaatst. Het is vreemd, alles ligt er nog net zo bij als toen ik wegging en toch lijkt dat niet zo. Ik staar naar de dichte kastdeurtjes van het keukenblok en heb weinig zin om die eerst allemaal stuk voor stuk te inspecteren. Op wat?

Ook mijn slaapkamer ligt er na controle onveranderd bij – mijn feestjurk hangt aan een hangertje aan de kastdeur en een badhanddoek ligt over de stoel. Met een zucht laat ik me op het bed vallen. Ik trek mijn schoenen los en strek me uit. Doodop sluit ik mijn ogen.

Ik ben net half in slaap als vanuit de hal mijn telefoon rinkelt.

'Nee, niet nu,' klaag ik en ik kruip onder het dekbed om de ringtoon niet te horen.

Maar de beller houdt vol. Nadat de tijd van de voicemail is verstreken belt hij opnieuw.

Moeizaam sta ik op, loop naar de kapstok en haal de telefoon uit mijn tas tevoorschijn. Het is Erik.

Meteen bel ik terug.

'Ha meis, hoe is ie? Lang niets gehoord, gaat het wel goed daar?'

'Ja, ja, ik ben wat moe, ik denk dat ik griep krijg,' lieg ik.

'Wat naar, hier had ik verse jus voor je kunnen maken. En je moeder? Hoe is die?'

'Tja, niet veel beter, vrees ik.'

'Maar, lieverd, moeten we dan niet eens aan een andere situatie voor haar gaan denken?'

'Ja, ja. Daar hebben we het al over gehad, weet je nog. Ik wil het even aanzien. Eind van de maand, geef me tot eind van de maand.'

Een zucht klinkt in mijn oor. Erik vraagt of we even kunnen skypen, maar ik verberg me achter mijn opkomende griep en dat ik er dus niet uitzie. Ik klaag over hoofdpijn – wat waar is – en beloof morgenochtend alle tijd voor hem te nemen.

Dankbaar dat hij niet blijft doorvragen wens ik hem welterusten.

Zodra ik me weer naar mijn bed begeef, druk ik eerst de telefoon uit en leg hem in de woonkamer aan de oplader. Dan kleed ik me vlug uit tot op mijn slipje en T-shirt.

Opnieuw laat ik me onder het dekbed glijden en val vrijwel meteen in een droomloze slaap.

Als ik ontwaak, meen ik voetstappen achter mijn slaapkamerdeur te horen.

Meteen zit ik rechtop in bed.

Ik herken de heldere en vriendelijke stem van Pieter.

Dat geeft me aanvankelijk vertrouwen, maar tegelijkertijd ook weer niet. Hoe komt hij hier binnen? Ik zal toch niet zo gek geweest zijn om hem de reservesleutel van mijn flat te geven?

Nu hoor ik ook een andere mannenstem. Hij praat binnensmonds en daardoor kan ik niet verstaan wat hij zegt. Ik schiet uit bed, trek mijn spijkerbroek aan en loop op mijn tenen naar de deur.

Mijn hart bonst in mijn keel als ik mijn oor tegen de deur leg. Moet ik me laten zien, of juist niet? Adrenaline zet me op scherp. Daarbinnen staat mijn laptop en ligt mijn telefoon aan de lader, ik woon hier en niemand hoort hier zomaar binnen te komen.

Ik leg mijn hand om de klink en net als ik besluit de deur te openen hoor ik Pieter zeggen dat hij niet weet waarom zijn vader en ik zo close waren. Een schok gaat door me heen. Zijn vader? Is daar iemand om vragen te stellen over mij en zijn vader?

'Ze heet Maud,' gaat Pieters heldere stem verder. 'Voor zover ik weet is ze hier tijdelijk voor haar moeder.'

De bromstem zegt iets wat ik niet kan verstaan.

'Ja, ik denk dat ze daar nu is. Nee, verder weet ik niets van haar. Mijn vader was zeer op haar gesteld. Ze had hem niet voor niets de sleutel van haar flat gegeven. Ik geloof dat ze elkaar met regelmaat zagen.'

Weer die bromstem. Verdomme, wie is dat? Hoe komen ze hier binnen? En wat loopt Pieter voor onzin over mij uit te kramen?

'Hoe lang ze hier al woont? Nee, ook geen idee. U moet weten, ik kom maar zelden bij mijn vader. Ik werk thuis in Amsterdam. Nee, sorry, ik weet echt niet of ze iets met zijn dood te maken heeft. Eerlijk gezegd kan ik me dat niet voorstellen, daar is ze veel te aardig voor.'

Herfst 1979

Stefan

Hij kan het maar niet vergeten.

Die stem van Heleen, haar hoge gekrijs, hoe ze niet ophield met smeken. Die afschuwelijke angstkreet toen ze door een van hen werd ontmaagd.

Stefan hield van een joint en van drank was hij ook niet vies, maar seks tegen iemands wil, vreselijk. Hoe konden ze?

Het was Jolantes idee geweest om Heleen bij haar armen vast te binden. Ze had hem gevraagd of hij de ceintuur van Heleens overall wilde lostrekken. Maar nadat hij zijn handen om het middel van Heleen had geslagen, had hij ineens aan de taille van zijn eigen zusje moeten denken.

Barbara, of zoals iedereen zegt: Babs. Zijn beminde zusje dat als au-pair in Parijs zit.

Ook zij is slank en tenger en op haar is hij net zo dol als op Heleen. Dol, ja, maar op een broederlijke manier. En Stefan zou zijn zusje nooit zoiets verschrikkelijks aandoen.

Toch trok hij de ceintuur van Heleens middel. Achteraf gaf hij de schuld aan de drank en de wiet, maar als hij eerlijk tegenover zichzelf is, had het met iets heel anders te maken.

Liet hij zich niet gewoon meesleuren door Bart en J.J.? Wilde hij niet weten of het waar was wat hij voelde en wat men over hem zei? Dat hij niet zo van meisjes hield?

Was dit niet een mooie kans? Het zou niet opvallen. Met Bart en J.J. erbij zou hij misschien wel net zo geil als die twee worden. Dit was het moment om zich als man te bewijzen.

Maar toen het zover was en het zijn beurt was om Heleen te grijpen, liet zijn pik het afweten.

Hoe hard hij er zelf ook aan trok en hoe opzwepend de hitsige geluiden van de anderen ook klonken, bij het zien van dat naakte vrouwenlichaam werd hij bijna onpasselijk.

Goddank merkte niemand dat. Niemand hoorde hoe zijn hartslag als een bezetene tekeerging omdat hij doodsbang was door de mand te vallen.

In die luttele minuten waarop hij Heleen beklom en deed alsof zijn lichaam ook hevig naar haar verlangde, kwam het besef terwijl hij deed alsof hij klaarkwam. Luid schreeuwend en kreunend, niet vanwege een orgasme maar uit pure vreugde dat het bewijs was geleverd. Hij viel niet op meisjes maar op jongens.

Dat is nu drie maanden geleden. Hij had verwacht dat hij er snel overheen zou zijn, maar de gebeurtenis achtervolgt hem als een veelkoppig monster. In nachtmerries ziet hij steeds weer die ceintuur van Heleen die niet om haar handen maar om zíjn nek wordt geslagen. Dan bungelt hij aan die paarse stof boven een gapend gat dat als een opengesperde bek naar zijn pik hapt.

Badend in het zweet wordt hij keer op keer gillend wakker uit die afschuwelijke dromen waar hij niet mee kan leven.

Tot vorige week, toen hij bij Babs in Parijs was.

Parijs, waar alles zo anders is dan hier in dit benauwende stadje aan de Vecht. Parijs, waar niemand raar naar hem kijkt omdat hij anders gekleed gaat. Waar net zulke jongens lopen als hij, en veelal nog opzichtiger. Daar in de Franse hoofdstad voelde hij de drang om alles op te biechten. Hij moest, hij liep ervan over.

Wat luchtte het hem op om zijn zusje hierin te betrekken. Ze had hem met grote schrikogen aangekeken, maar hem uiteindelijk niet veroordeeld.

Daar was hij blij om, dat hij zo'n verstandig zusje heeft dat begrijpt dat hij geen jongen is voor een groepsverkrachting. Babs beloofde het tegen niemand te vertellen.

'Domme jongen, je was dronken,' zei ze. En ze pakte zijn hand en gaf er een kus op. 'Niet meer aan denken,' vervolgde ze toen hij begon te huilen. 'Als je bang bent of naar gedroomd hebt, bel je me maar op. Bij mij is jouw geheim veilig.'

36

Als de voordeur van mijn flat dichtslaat, durf ik weer te ademen. Niet-begrijpend staar ik naar de muur die mijn huis en de flat van Jaap scheidt. De muur waarachter nog maar zo kortgeleden knetterharde countrymuziek werd gedraaid. Wat heeft zich daar in godsnaam afgespeeld?

Waarom zegt Pieter dat ik niets met Jaaps dood te maken kan hebben? Is Jaap dan dood? Natuurlijk heb ik daar niets mee te maken, tegen wie zegt Pieter dat soort idiote dingen?

Langzaam open ik de deur van de slaapkamer. Aarzelend loop ik de gang op naar het halletje. Het is doodstil.

Als ik verder doorloop naar de woonkamer, ruik ik weer diezelfde geur als toen ik gisteravond thuiskwam. Het is een penetrante aftershavegeur.

Ik kijk de kamer in; alles staat er nog net zo bij als gisteravond. Een afgesloten laptop en mijn telefoon aan de lader. Wat nieuw is, is een paar handschoenen. Grote zwartlederen handschoenen liggen op tafel.

'Maud! Je bent er wel!'

Stokstijf blijf ik in de deuropening staan. Vanuit de keuken komt Pieter met een beker koffie aanlopen. Te verbaasd om iets te zeggen kan ik hem alleen maar aanstaren.

Zijn baard is eraf, zijn haar is nat en strak naar achteren over zijn hoofd gekamd. Hierdoor lijkt zijn gezicht ineens een stuk smaller en lijken zijn ogen boller. Het valt me nu pas op dat hij als twee druppels water op zijn vader lijkt. Hierdoor kan ik nu ook die aftershavelucht beter plaatsen. Jaap had dezelfde.

'Wat doe jij hier? Hoe ben je hier...?'

'Kom, ga even zitten, wil je koffie? Je ziet bleek. Sorry dat ik je zo heb laten schrikken. Ik dacht dat je al naar je moeder was. Meestal om deze tijd, toch? Dat vertelde je me en... daarom... toen ik...'

Pieter loopt terug naar de keuken. Hij haalt een beker uit de kast, hij vraagt of ik iets in de koffie heb. Ik hoor hem de koelkastdeur openen.

Zonder te antwoorden neem ik plaats aan tafel, pak mijn telefoon en kijk of mijn moeder gebeld heeft.

'Maud?'

Ik reageer niet, kijk bij mijn berichten.

'De politie was hier. Ze hebben de flat afgesloten voor onderzoek en vroegen naar jou.'

'Naar mij? Hoezo?'

Pieter gaat tegenover me aan tafel zitten; de beker koffie die hij me voorzet ziet eruit als chocolademelk.

'De avond dat jij thuiskwam en mijn vader naar het ziekenhuis werd gebracht ben ik niet helemaal eerlijk tegen je geweest.'

Pieters stem klinkt schuldbewust. De doorgaans stralende pretogen kijken me nu ernstig aan.

Nu zijn baard eraf is, valt het me op dat er naast zijn rechtermondhoek een klein litteken zit. Hij heeft smalle lippen. Ik moet weer denken aan onze avond samen en het briefje dat ik van hem vond... Ik zal hem toch niet gekust hebben?

Pieter lijkt mijn gedachten te lezen; hij lacht nu flirterig naar me en schraapt zijn keel. Ik neem snel een slok van de slappe koffie.

'Ik was te veel in de war om jou de waarheid te vertellen,' zegt hij.

'Kun je misschien wat duidelijker zijn? En nogmaals, hoe kom je hier binnen?'

Ik heb me hersteld.

Pieter fronst nu zijn wenkbrauwen, onderzoekend kijkt hij me aan.

'Sorry, maar je hebt me zelf jouw reservesleutel gegeven. Je had je een keer buitengesloten, zei je. Weet je nog? Daar was ik bij. En omdat je dat niet nog een keer wilde meemaken... maar, als je...'

Pieter haalt mijn sleutel tevoorschijn en legt hem op tafel.

Het verwart me. Ik kan me niet herinneren dat ik iemand die ik nog maar zo kort ken mijn voordeursleutel zou geven. Ik steek de sleutel meteen in mijn broekzak.

'Ga verder,' zeg ik stellig, zonder mijn verwarring te laten merken.

'Toen ik gebeld werd in het eetcafé en onverwacht weg moest, was dat door een van de buren. Ze hadden gestommel gehoord bij mijn vader. Ruziënde stemmen en meubels die omver werden gegooid. Iemand had de politie gebeld maar wilde mij ook alarmeren.'

'En waarom heb je dat voor mij...?'

'Toen ik hier aankwam was het kwaad al geschied. Mijn vader lag in een grote plas bloed naast het aanrecht, een van zijn krukken lag onder hem. Men ging ervan uit dat hij met zijn hoofd tegen het aanrecht was gevallen – hij leefde nog. Hij had alleen een behoorlijk groot gat in zijn hoofd. Maar ja, die pa van mij, hè, harde kop, zullen we maar zeggen.'

Pieter laat abrupt zijn hoofd hangen.

'En...?'

'Dus toen jij hier aankwam en hij naar het ziekenhuis werd afgevoerd, was ik heel erg ongerust over jou.'

Pieters ogen zijn waterig als hij weer opkijkt. Het gebeuren grijpt hem duidelijk aan.

'Maar...?'

'Je was zo lief om me binnen te vragen en nou ja, je weet dat jouw vader en de mijne vroeger...'

'Ik begrijp niet wat dat met...'

'Nee, wacht. De politie ging er aanvankelijk van uit dat mijn vader was gevallen. Misschien had hij iemand op bezoek gehad, was het tot een woordenwisseling gekomen en omdat mijn vader moeilijk liep, kon hij met gemak zijn uitgegleden. Maar gisterochtend – ik had jou hier in bed gestopt en was zelf in mijn pa's bed gaan slapen, ik was te dronken om nog naar mijn eigen huis te gaan en wilde geen misbruik maken van de situatie met jou – alhoewel dat niet gemakkelijk was want...'

Pieter kucht en likt langs zijn lippen.

Ik voel hoe een blos mijn wangen abrupt verhit. Ik verberg een deel van mijn gezicht achter de beker koffie.

'... gisterochtend belde het ziekenhuis dat mijn vader aan zijn verwondingen was overleden.'

Sprakeloos staar ik Pieter aan. Zijn woorden raken me als een keiharde klap in mijn gezicht. Hoezo misbruik maken van mij? Wat deden we dan?

Ik denk aan Erik – stel dat hij dit hoort.

'Ik weet niet wat... wat is er gebeurd? Met jou en mij,' stotter ik.

Het is het enige wat me nu bezighoudt. Dat Pieters vader hier al ruziënd door iemand tegen de grond geslagen wordt, zal me op dit moment worst wezen. Ik vervloek die Jaap, net als zijn zoon die hier nu voor me zit te miezeren. Tegelijkertijd vraag ik me af waarom hij ongerust was over mij. Zou mijn stalker iets met de dood van Jaap te maken hebben?

Mijn stem wint aan kracht als ik uitval tegen Pieter over zijn bemoeienis met mij. Ik vraag hem waarom hij hier zomaar met de politie mijn flat durft binnen te dringen.

'Waar haal je het lef vandaan?' roep ik kwaad.

'Nogmaals, dat spijt me, de man vroeg of we even binnen konden praten. Ik stelde voor om dat even bij jou te doen. Ik dacht dat je er geen bezwaar tegen zou maken. Het huis van mijn vader is verzegeld en daarom leek het me... sorry, ik had het niet moeten doen.'

'Ik hoorde wat je tegen de politie over mij vertelde,' vervolg ik. 'Waarom beweerde je dat ik je vader graag mocht en dat ik mijn sleutel aan hem had gegeven? Wat een onzin! Het is gewoon niet waar. Ik kende je vader nauwelijks.'

Pieters gezicht verstrakt. Hij staat op, pakt zijn motorhandschoenen van tafel en zegt dat ik het blijkbaar nog steeds niet begrijp.

Als hij met grote stappen op de deur afloopt en ik hem vragend nakijk, draait hij zich abrupt om en wijst me erop dat het hier niet bij zal blijven.

'Wat niet?' vraag ik nog steeds perplex.

'Mijn vader is vermoord om iets uit het verleden. En ik vermoed dat jij... of laat ik liever zeggen jouw moeder daar meer van afweet. Dat wilde ik die avond in het café met je bespreken. Of jij meer kennis hebt van hun verleden. Ik heb bewust voor jou gelogen, maar als je zo dom bent om dat niet te snappen dan...'

Nu schrik ik hevig. Ik ren achter Pieter aan.

'Wacht! Pieter... ik... alsjeblieft.'

Pieter opent de voordeur.

'Sorry, Maud.' Pieter blijft staan, hij haalt iets uit zijn jaszak. 'O, ja, dit vergat ik nog.'

Het voorwerp dat hij tevoorschijn haalt is groen en lijkt van rubber. Als hij het aan me overhandigt, zie ik dat het mijn oude telefoon met het Lego-hoesje is.

'Dit vond ik bij mijn vader. Ik ga ervan uit dat het van jou is?'

37

Minutenlang staar ik naar mijn hand waarin mijn oude telefoon ligt, me afvragend hoe ik nu verder moet.

Als Jaap om iets uit het verleden vermoord is, begrijp ik Pieters ongerustheid. Straks gaat de moordenaar één deur verder en ben ik aan de beurt.

Ik moet meteen weer aan mijn stalker denken. Hij zal toch niet Jaap vermoord hebben om mij te straffen?

Dat lijkt me krankzinnig. Toch moet er een verband zijn. Vertwijfeld loop ik terug naar de woonkamer, zet mijn laptop aan en haal mijn notities tevoorschijn.

De meeste dingen die ik in kaart heb gebracht en die direct te maken hebben met mijn moeder en Jolante komen zo langzamerhand allemaal uit bij Jaap.

Dat Bart en Jaap elkaar goed kenden staat vast, maar of ze alleen muziek met elkaar maakten is mij nog steeds niet duidelijk.

Waar ik al eerder aan gedacht heb, en wat Pieter vast niet weet, is dat mijn moeder een verhouding met Jaap moet hebben gehad. Ik vermoed zelfs dat ze met hem ging voordat mijn vader in beeld kwam.

Mijn vader.

Ik slik even, voor mij blijft Bart mijn vader. Een heel lieve vader.

Om niet weg te zakken in zelfmedelijden kijk ik vlug verder naar mijn overige notities.

Als mijn moeder zwanger raakte van Jaap… Ik voel hoe het

bloed ineens uit mijn wangen wegtrekt, ik huiver bij de gedachte dat Pieter mijn halfbroer is. Terwijl wij hier... god, nee, daar moet ik niet aan denken.

Weer dwalen mijn gedachten af naar Jaap en mijn moeder. Stel dat hij indertijd niet met haar verder wilde, zou ze dan misschien tegen Bart gezegd hebben dat het kind van hem was? Ik weet inmiddels dat mijn moeder een mooie meid was; misschien verleidde ze Bart, misschien had hij wel stiekem een oogje op haar en was dit voor haar een kans om hem aan zich te binden. Een andere theorie zou kunnen zijn dat Bart zich opofferde toen hij hoorde dat mijn moeder zwanger was en Jaap haar in de steek liet.

Jolante werd natuurlijk woedend en... Mijn hand trilt als ik met de cursor over het scherm beweeg.

Bart en mijn moeder zullen Jolante toch niet om mij hebben omgebracht?

Ik sta abrupt op uit mijn stoel; iets zegt me dat ik steeds dichter bij de waarheid kom.

Maar als dat zo is, dan maakt Pieter zich terecht zorgen over mij.

Ik vrees zelfs dat misschien mijn stalker, of iemand met wie hij samenwerkt, Jaap heeft omgebracht. Het wordt hoog tijd dat ik antwoorden vind op de vragen die nog resten.

Ik zal beter moeten zoeken in de spullen van mijn moeder, ergens moeten nog meer dingen boven tafel komen. Ze heeft vast informatie over mijn biologische vader en ik moet, zoals ik me al eerder had voorgenomen, zo snel mogelijk uitzoeken waar die Stefan woont. Hij is de enige persoon hier van wie ik zeker weet dat hij mijn ouders goed gekend heeft.

Bliksemsnel haal ik een borstel door mijn haar, zonder me te wassen pak ik mijn spullen, schiet in mijn jas en ren in de richting van het trappenhuis.

Ik ben net halverwege de trap als ik beneden iemand met veel gesteun naar boven hoor komen.

Ik werp een blik in het trapgat en zie een gezette man hijgend omhoogklimmen.

Als hij op de eerste etage is, vervloekt hij dit soort liftloze flats. Hij blijft een paar tellen staan en haalt een rinkelende telefoon tevoorschijn.

'Nee, ik heb gezegd dat je in de auto kunt blijven. Ik kan dat juffie met gemak alleen aan. Zoek jij nou maar uit waar die zoon woont. Met hem ben ik ook nog niet klaar.'

Mijn adem stokt als de man verder naar boven loopt.

Dat moet iemand van de politie zijn. In het trappenhuis waar iedere stem helder echoot door de hoge ruimte, herken ik de stem van de man die vanochtend nog lispelend bij mij in mijn flat stond.

Wat komt hij doen? Ik grijp me vast aan de trapleuning en kijk achterom naar de galerij; vluchten heeft geen zin. Hij heeft me blijkbaar opgemerkt en naar buiten zien komen.

Ik dwing mezelf om rustig te worden. Ik heb niets met de dood van Jaap te maken, ik wist niet eens dat hij dood was.

Kom maar op, vetzak, zeg ik in mezelf. En automatisch denk ik nu ook aan Pieter en aan wat hij vanochtend tegen deze man heeft gezegd.

Laat ik het spel meespelen. Ik vond mijn buurman heel aardig, hij had mijn sleutel en kon altijd van me op aan.

Dat ga ik zeggen, het is tenslotte in mijn eigen belang.

Winter 1979

Heleen

Heleen heeft ruzie gehad met Jolante. Net als de vorige keren ging het om Bart. Sinds die nacht op de vliering is het hommeles tussen Jolante en Bart. Jolante wilde weten wat Heleen gisteren met Bart heeft besproken.

En zoals gewoonlijk hield Heleen wijselijk haar mond. Hoe harder Jolante tegen haar schreeuwt, hoe stiller Heleen wordt.

Er is iets met haar lichaam. Haar menstruatie verloopt altijd onregelmatig, maar dit keer laat het wel heel lang op zich wachten. En hoewel de misselijkheid over is en ze zelfs een beetje is aangekomen, wijt ze het uitgestelde bloedverlies aan al het bloed dat ze in die afschuwelijke nacht heeft verloren.

Vanaf dat vreselijke moment dat haar lichaam uiteen werd gereten en er in haar hoofd een doffe, duistere wolk alle scherpte om helder te kunnen denken had vertroebeld, heeft ze niet meer naar zichzelf in de spiegel durven kijken. 's Avonds voor het slapengaan kleedt ze zich in het donker uit en 's ochtends bij het opstaan laat ze in de badkamer pas haar nachtkleding van haar lichaam glijden. Dan stapt ze zo vlug mogelijk onder de douche en met gesloten ogen laat ze het water over haar naakte lijf lopen zonder dat ze haar lichaam aanraakt.

Ze kan haar lichaam niet onder ogen komen. Het is niet meer hetzelfde, want het voelt niet meer als het oude. Dat mooie ranke lijf dat ze had voordat haar dit overkwam.

Ze draagt nog uitsluitend wijde broeken met daarover lange verhullende vesten of truien die nu in de mode zijn. Zodat niemand haar borsten of billen hoeft te zien.

Ze wil niet aantrekkelijk gevonden worden, nooit meer, door niemand.

Gisteren liep ze na school Bart tegen het lijf. Hij had op haar staan wachten, liet zich niet afpoeieren, zei hij.

Hij had vreselijk veel spijt van alles, gooide het op drank en hasj en verklaarde dat als zij het wou hij naar de politie zou stappen om zichzelf aan te geven.

Ze had haar schouders opgehaald en hem aangestaard. Wat maakt het nog uit als jij je aangeeft, had ze gezegd. Kreeg ze daar haar onschuld mee terug?

Ze had tegen hem gezegd dat ze alles verloren had.

En dat gold niet alleen voor het leven van een jonge vrouw dat in de kiem was gesmoord, maar ook voor haar toekomst op de universiteit en daarna. Ze is bang voor mannen geworden. Die vreselijke nachtmerrie beheerst haar zo hevig dat ze denkt er nooit overheen te komen.

Hij had spijtig geknikt. Zonder nog iets te zeggen waren ze uit elkaar gegaan.

Het is nu bijna kerst, Jolante is druk met inkopen doen. Papa en mama geven een groot diner voor de familie. Heleen heeft gezegd dat ze zich niet lekker voelt; ze gooide het op griep en ontloopt op die manier alle feestelijkheden.

Ze heeft een kerstkaart van Bart gekregen. Het is een hele speciale, eentje met een engel erop, de engel noemt hij 'Belle Hélène'. Hij schrijft dat hij voor haar zal zorgen als het zover is. Hij is het aan haar verplicht, vindt hij.

Ze weet precies wat hij daarmee bedoelt. En hoewel ze de gedachte aan wat komen gaat liever verdringt en hoopt dat alles vanzelf over gaat, zegt haar lichaam het tegenovergestelde. Ze wordt moeder.

38

'Ah, mevrouw Mulder, is het niet?'

'Dat klopt.'

De dikke man neemt net de laatste traptrede als ik wil doorlopen. Als een drenkeling trekt hij zichzelf omhoog aan de leuning en zegt zijn naam, die ik niet versta vanwege zijn binnensmonds gemompel.

Buiten adem geeft hij me een hand die heel kleverig aanvoelt.

'Ik ben van de recherche,' mompelt hij.

Hij veegt het zweet van zijn voorhoofd en kijkt me vanonder zijn opstaande wenkbrauwen vriendelijk aan. Zijn mond krult net als zijn wenkbrauwen op een natuurlijke manier omhoog. Hij ziet eruit als een tevreden man.

'We onderzoeken de moord op uw buurman. Komt het gelegen dat we daar even iets over uitwisselen?'

Wat kan ik zeggen tegen deze gezellige dikzak die blij is dat hij de tweede etage gehaald heeft. *Nee, komt u later maar terug?*

'Prima, ik was alleen wel op weg naar een afspraak. Gaat het lang duren denkt u?'

'Nee, nee, dat hangt van u af. Of u mij veel te vertellen hebt.'

Ik draai me om en loop terug naar boven in de richting van mijn galerij. De dikke man schommelt hijgend achter me aan. Ik kan het niet laten mijn pas te versnellen.

Zodra hij bij mijn voordeur is en ik hem voorga naar binnen, haalt hij een zakje met citroenzuurtjes uit zijn jaszak en peutert er eentje uit. Nadat hij het zuurtje in zijn mond heeft gestopt en een voor een zijn vingers aflikt, begrijp ik waar die kleverige hand vandaan komt.

'Een trieste zaak,' begint hij als hij aan mijn tafel zit.

In afwachting van zijn vragen kijk ik hem zwijgend aan. Ik ben niet van plan deze man iets te drinken aan te bieden.

Voordat hij verdergaat verplaatst hij het zuurtje van de ene naar de andere wang. Het harde snoepje tikt tegen zijn tanden. Als hij het abrupt doorbijt bezorgt me dat spontaan kippenvel.

'U kende uw buurman goed?'

'Niet echt, wat heet goed?'

'U zag hem vaak?'

De man legt nu een telefoontje op tafel, vermaalt met zijn kaken luidruchtig de rest van het zuurtje en vraagt of hij het gesprek kan opnemen.

Ik aarzel.

'Ik ben toch niet verdacht, waarom zou u het dan opnemen?' vraag ik.

'Uitstekend, als u niet wilt, doe ik het op de ouderwetse manier.'

Nu haalt hij een blocnote tevoorschijn. De telefoon gaat terug in zijn zak, een nieuw zuurtje komt eruit tevoorschijn en weer likt hij aan zijn vingers als de gele zoetigheid achter zijn mond is weggegleden.

'Misschien kunt u eerst zeggen wat er precies met Jaap is gebeurd?'

De man gaat niet in op mijn vraag maar stelt een wedervraag: waar ik eergisteravond tussen 19.00 uur en 21.00 uur was.

'Ik was in 't Heertje,' zeg ik.

'Aha, dezelfde plek als waar de zoon van het slachtoffer was.'

'Ja, we hadden daar afgesproken om iets te eten.'

'O, mooi. U was er dus bij toen hij gebeld werd door een van de buren?'

'Ik, eh... nee. Ik, eh... op dat moment was ik naar de wc.'

'Ah, zo, en toen u terugkwam, bent u toen meteen met de heer Van der Lagenmaat meegegaan?'

'Eh, nee, hij was al weg.'

'Zo snel? Kon hij niet even op u wachten?'

'Ik was aan het bellen met mijn moeder.'

'Uw moeder?'

'Ja, mijn moeder. Maakt dat iets uit?'

'Uw moeder woont ook in Weesp, toch? Wilt u haar adres aan mij geven?'

'Ik snap niet wat mijn moeder hiermee te maken heeft.'

'Soms houden dingen met elkaar verband. Dat lijkt op het eerste gezicht niet zo, maar ik kan u zeggen: ik spreek uit ervaring.'

Ik slik even. Ik denk aan mijn moeder en wat er met haar gebeurt als ze hoort dat Jaap dood is. Ze zal aanvankelijk niet weten wie hij is, maar als dit soort politiemannen gaan wroeten in haar verleden komen er vast en zeker dingen naar boven waar ik nog geen weet van heb en waar de politie zeker niets van hoeft te weten.

'Mijn moeder is ziek, ik zou het op prijs stellen als u haar met rust laat,' zeg ik zacht.

'Wat heeft ze?'

'Alzheimer.'

Voor een tel houdt de man zijn mond. Het zuurtje heeft hij doorgeslikt. Hij verbreekt het oogcontact en staart op zijn blocnote.

'Ik neem aan dat u van de heer Van der Lagenmaat gehoord hebt hoe hij zijn vader hier bij thuiskomst vond?'

'Ik... ja... dat wil zeggen... niet precies. Hij was gevallen?'

Ik moet snel nadenken wat Pieter ook alweer gezegd heeft.

'Inderdaad. Daar leek het op. Hij had een heupoperatie ondergaan en was wankel. Dat moet de dader geweten hebben. Het lijkt erop dat er een gevecht is geweest waarbij het slachtoffer is gevallen en een hoofdwond opliep. Bij inspectie bleek dat de hoofdwond vermoedelijk door een klap is veroorzaakt. Iemand heeft hem opzettelijk neergeslagen.'

Verschrikt kijk ik de dikke man aan.

'Hebt u iemand op het oog die dit gedaan kan hebben?'

De man geeft geen antwoord. Hij begint over een voorwerp waar bloed aan zat. Bloed van zowel Jaap als van iemand anders.

'We hebben inmiddels wat wangslijm voor een DNA-onderzoek van de zoon van het slachtoffer afgenomen. Ik ga ervan uit dat het voor u ook geen probleem is om wat af te staan?'

'Ik? Waarom ik? Ik was niet eens op dat tijdstip in de buurt en...'

'De heer Van der Lagenmaat is in het ziekenhuis aan zijn verwondingen overleden. Hij kan al eerder dan 19.00 uur zijn neergeslagen. Ik neem aan dat u toen nog hier was?'

'Ja, maar ik sliep, ik heb niets gehoord.'

'U sliep.'

De worstige kleefvingers van de man schrijven mijn antwoord op. Deze man krijgt hoe dan ook geen wangslijm van mij. Hij blijft met die smerige poten uit mijn buurt.

'En waarom zou ik mijn buurman willen ombrengen?'

Nu kijkt de man me weer aan. De uitdrukking op zijn gezicht verhardt.

'Mensen maken elkaar om de stomste redenen af. Ik heb begrepen dat u veel bij uw buurman over de vloer kwam? Had u daar een reden voor misschien? Ging het om geld, familiezaken?'

'Hoe komt u dáárbij, ik ken de man nauwelijks, ik woon hier tijdelijk voor mijn moeder.'

'Maar u gaat wel uit eten met de zoon van het slachtoffer. En hij beweert dat u met regelmaat bij zijn vader kwam. Ik kan me vergissen, hoor, maar waarom zou hij daarover liegen?'

Het bloed jaagt door mijn aderen als ik naar dat cynische lachje op die bolle toet kijk. Ik zucht en denk weer aan Pieters opmerking over het verleden van zijn vader en mijn moeder en besluit dat het verstandiger is om mee te werken.

'Waar kan ik mijn wangslijm afstaan?' vraag ik.

Nogmaals graait de dikzak in zijn zak. Dit keer komen er een paar plastic handschoenen en een smal buisje met een spatel uit.

'Bij mij, mevrouw Mulder,' zegt hij grijnzend.

39

Zodra de kerel weg is, pak ik mijn laptop en ga ik op zoek naar berichten over mijn dode buurman. Er zal zeker iets over in het nieuws geweest zijn. Misschien kan ik achterhalen of het waar is wat hij hier over de dood van Jaap beweerde.

Maar kennelijk is het geen schokkend wereldnieuws geweest. Er werd alleen heel kort aandacht aan besteed op Nu.nl. En meer dan dat Jaap onder verdachte omstandigheden om het leven is gekomen en dat er tien rechercheurs op zitten... Tien...? Ik schiet in de lach. Er zouden met gemak tien dunne politiemannen in die ene vetzak passen.

Het lachen vergaat me al snel als er een app-berichtje van 'Belle Hélène' binnenkomt:

LEKKER BEZIG ZEG, KAN GEEN TOEVAL ZIJN DAT JIJ NAAST EEN DODELIJK SLACHTOFFER WOONT. JE BEGINT AL AARDIG OP JE MOEDER TE LIJKEN. IK DENK DAT DE POLITIE STRAKS HEEL BENIEUWD IS NAAR JOUW ACHTERGROND. HOE ZAL ERIK DEZE ONTWIKKELING VINDEN?

Ik voel het bloed uit mijn gezicht wegtrekken als ik het appje een aantal keren herlees. Maar hoe geschokt ik ook ben, de angst maakt al snel plaats voor woede. Gehaast veer ik op van de bank. Nerveus scrol ik door het menu van mijn contacten. De enige die me momenteel te binnen schiet om me hierin bij te staan en die de situatie kent, is Pieter. Dan realiseer ik me dat we geen telefoonnummers hebben uitgewisseld.

Hoe zou ik hem moeten bereiken? Mijn oog valt op mijn oude toestel dat Pieter hier heeft achtergelaten. Ik moet meteen terugdenken aan Jaap toen hij daarmee stond te bellen op het moment dat mijn moeder en ik hem tegenkwamen op straat.

Dat betekent dat hij de simkaart vervangen heeft nadat ik hem geblokkeerd had. Toen belde hij een taxi; hij zal vast ook met Pieter gebeld hebben.

Ik open het Lego-hoesje, maar als ik bij 'recent gebeld' kijk, ontdek ik dat de laatste personen met wie er gebeld is, mijn moeder en Erik zijn. Met grote ogen staar ik naar de data waaraan valt af te lezen dat Jaap niets met het toestel gedaan heeft.

Alweer nam hij me in de maling, net als die keer bij hem thuis toen hij zogenaamd de slotenmaker zou bellen.

Terwijl ik mijn hersens laat kraken over wat hierachter kan zitten, gaat op hetzelfde moment mijn andere telefoon. Als ik nog steeds in gedachten opneem, hoor ik de stem van mijn moeder. Ze klinkt paniekerig en vraagt zich af welke dag het is. Ze moet haar medicijnen innemen en alle vakjes voor de rest van de week zijn nog vol.

'O, god, ma… ik ben je helemaal vergeten,' zeg ik spijtig.

Mijn moeder begint te lachen.

'Maud toch, ik dacht dat ik degene was die vergeetachtig is,' grinnikt ze.

Ik kan er niet om lachen, ben me maar al te zeer bewust van de erfelijkheid die meespeelt in haar ziekte. Zelfs mijn jongens zou ik erop kunnen laten testen. Toen mijn moeders gezondheid begon te wankelen heb ik nog even met dat idee rondgelopen, maar het vervolgens weer verworpen om geen onrust te zaaien.

Onrust, heb ik daar niet genoeg van op mijn bordje?

'Ma?'

Aan de andere kant van de lijn is het doodstil geworden.

'Ma? Ben je daar nog?'

Ik krijg geen antwoord. Ik vermoed dat ze ineens weer ergens door is afgeleid en daarom de telefoon heeft neergelegd.

Ik slaak een diepe zucht, haal een hand door mijn haar, zet de telefoon op handsfree en pak mijn spullen om zo opnieuw de deur uit te gaan. Doorpratend tegen mijn moeder loop ik de hal in naar de kapstok. Ik trek er een sjaal vanaf, werp een vluchtige blik op mijn spiegelbeeld naast de voordeur en vind mezelf er nogal pips uitzien.

Even sta ik stil te staren naar mijn rommelige haar dat nodig aan een was- en knipbeurt toe is. Hier en daar nemen steeds meer grijze haren al een voorsprong op wat me in de toekomst te wachten staat.

Mijn toekomst, hoe zal die er over een paar dagen uitzien als alles bekend wordt van mijn moeder en haar zus. Hoe zal Erik reageren? Hij is dol op me, maar is hij dat ook nog als hij weet wat ik allemaal voor hem heb verzwegen? En hoe zullen mijn kinderen reageren als zij weten dat hun oma haar eigen zus heeft omgebracht?

Om nog maar te zwijgen over mijn biologische vader van wie ik nog steeds geen idee heb wie dat is.

Weer probeer ik me iemand voor te stellen bij mijn stalker. Wat drijft hem of haar? Naarmate ik er beter over nadenk, vraag ik me zelfs af of het geen onzin is dat ik steeds maar het idee heb dat Jaap mijn biologische vader is... was.

Stel, die stalker liegt. En Bart is wel mijn echte vader. Stel, die stalker wil mij alleen maar onder druk zetten en pesten. Hij weet iets van mijn moeder, hij weet dat ze dementeert en niet meer alles van vroeger nauwkeurig paraat heeft. Hij weet waar ik tijdelijk woon en dat Erik en ik niet onbemiddeld zijn; shit, zou het om geld gaan?

Tot nu toe heb ik niet eenmaal gereageerd op de dreigementen.

Ik zou hem kunnen schrijven dat hij kan barsten. Dat hij dan maar alles bekend moet maken, maar dat ik me niet laat chanteren. Zodra hij dan over geld begint, ben ik hem voor.

Terwijl ik dit besluit, recht ik mijn rug voor de spiegel en kijk mezelf met opgeheven hoofd aan.

Daar komt de oude strijdvaardige Maud weer bovendrijven. Veel te veel heb ik me laten afleiden door de situatie. Door een of andere gek die toevallig mijn geschiedenis kent en mijn gangen nagaat. Dat is eng, doodeng, dan ben je geneigd iemand te geloven en zet je alles op alles om de waarheid te achterhalen.

Opnieuw graaf ik in mijn brein en ik denk ineens te weten waarom ik niets kon ontdekken over een moord op mijn tante. Volgens die vriendin van mijn moeder was ze voor de trein gesprongen en had ze zelfmoord gepleegd. Waarom geloofde ik dat toen niet meteen en nam ik maar klakkeloos aan dat die stalker de waarheid sprak?

Hardop vervloek ik mijn eigen gestuntel en hoor tegelijk iets op de telefoon; een mannenstem roept mijn naam.

'Maud. Maud.'

Ik snel naar binnen en pak de telefoon op.

'Hallo?'

'Ja, dag Maud, met Carel, de buurman van je moeder, weet je nog?'

'Hé, ja, Carel, hoe is het...'

'Je kunt maar beter snel hiernaartoe komen, Maud. Er is iets met je moeder en ik weet niet wat ik ermee aan moet.'

Winter 1979

Bart

Vandaag heeft Bart het uitgemaakt met Jolante. Ze hadden afgesproken op de roeiclub. In de Toko waar op dat moment van de dag niemand was. Bart had de deur afgesloten zodat hij alleen met haar kon zijn. Nerveus tapte hij twee biertjes terwijl Jolante druk uitweidde over de komende kerst.

Hij had er niet veel woorden voor nodig om de verlovingsring die ze voor hem gekocht had aan haar terug te geven. De zijne mocht ze houden. Hij was niet van plan er iets mee te doen. Het was hem allemaal veel te snel gegaan. Hij was nog lang niet klaar om zich te settelen.

Ze was in alle staten, hoe kon hij, zo vlak voor kerst terwijl iedereen bij hen zou komen eten. Ook zijn familie. Wat moest ze tegen haar ouders zeggen? Het was vreselijk, ze schaamde zich dood, dit kon hij haar niet aandoen! Ze had een speciale feestjurk gekocht, ze had cadeautjes voor iedereen, ze had verwacht dat ze een huwelijksdatum zouden kunnen noemen als verrassing... hoe kon hij zo hard zijn?

Haar schouders schokten, huilend stortte ze zich in zijn armen. Bart had haar tot bedaren proberen te brengen, hij had haar steeds heftiger schokkende lichaam tegen het zijne gedrukt. Haar volle borsten en haar zo vertrouwde geur hadden hem verward en bedwelmd.

Jolante voelde dat haarscherp aan. Haar behuilde hoofd had ze abrupt in haar nek gegooid en daarop was ze met zulke grote uithalen gaan snikken dat het gejammer niet onderdeed voor het geluid van een scheepstoeter.

Bart legde zijn hand om haar mond. Hij had de warme lippen tegen zijn handpalm voelen drukken en achter de tranen in haar ogen had hij de verleidelijke geilheid die hij zo goed van haar kende zien glimmen. God, wat maakte ze hem gek.

En toen ze aan zijn kleren begon te rukken en hem als een dolle stier met zich meetrok op een van de tafels in de Toko, had hij trillend van opwinding haar natte slipje opzij geschoven en zichzelf bij haar naar binnen geduwd. Ruw en hard neukte hij haar. Jankend kwam hij klaar. Verbitterd keek hij haar daarop aan.

Als Jo hem niet zo had opgejut, als Jolante hem en de anderen niet had aangezet tot die vreselijke daad... Hij schudde zijn hoofd. Waarom moest en zou zij per se haar zusje uitleveren aan hen? Hoe kon ze?

Nu was dit hun straf.

Gisteravond had hij de knoop definitief doorgehakt dat er een einde aan hun verkering moest komen.

Na een fikse roeitocht droegen Stefan en hij net hun boot het vlot op toen J.J. op hen kwam aflopen. Grote, zelfverzekerde stappen en op zijn gezicht diezelfde nare grijns die Bart weer aan die acteur uit die Italiaanse film deed denken. Hij kreeg de rillingen bij die vent.

Toen J.J. dichterbij kwam, zag Bart dat hij iets met zich meedroeg. Het leek op een transistorradio. In zijn andere hand hield hij iets omhoog. Triomfantelijk zwaaide hij daarmee naar hen.

Stefan zag als eerste dat het om een cassettebandje ging. Nietbegrijpend keken ze elkaar aan en lieten de boot zakken.

'Jullie weten toch dat ik een cassetterecorder heb? Zo'n nieuwerwets ding, kleiner, handzamer en compacter dan die logge bandrecorder van jou, Bart,' zei J.J. en hij toonde lachend zijn apparaat dat slechts de grootte had van een A4'tje en leek op een metalen damestasje.

J.J. drukte op een knop. Langzaam ging er een klepje open waarachter hij het cassettebandje liet glijden. Daarop drukte hij nogmaals op een knop.

Er klonk geruis en getik van schoenen, een wegrollende fles en de lach van een man.

Barts hart stond stil toen hij zichzelf in de stem herkende. Hij klonk behoorlijk aangeschoten. Nu was er een meisjesstem, hoog en ijl, bijna niet van een blije uitroep te onderscheiden, maar o zo duidelijk roepend om hulp. Het was Heleen, die op dat moment door hem verkracht werd.

Stefan had een greep gedaan naar de cassetterecorder, maar J.J. gaf hem met één hand zo'n harde duw tegen zijn borst dat Stefan bijna achterover in het water plonsde.

'Moet ik verdergaan?' had J.J. gevraagd. En toen Bart daarop zijn angstige hoofd schudde, had J.J. de cassetterecorder uitgezet.

In de stilte die viel, keek J.J. hen met zijn staalblauwe ogen aan en richtte zich daarop speciaal op Bart en zei dat hij het niet in zijn hoofd hoefde te halen hem ooit te royeren van de club. Waarop hij het bandje omhooghield en verklaarde dat daarop uitsluitend Bart, Stefan en Jolante te horen waren.

'En die arme maagd natuurlijk,' voegde hij er quasispijtig aan toe.

Zelf bleef hij buiten schot. Zo wijs was hij wel geweest. Het bandje waarop de verkrachting te horen was kon zo anoniem naar de politie. Kijken hoe hun toekomst er dan zou uitzien. O, en als iemand van hen zou zeggen dat hij ook had meegedaan, zou hij uiteraard alles ontkennen. 'Bewijs maar eens dat ik daar was,' zei hij vastberaden. En hij voegde eraan toe dat hij schijnheilige mannetjes zoals Bart en Stefan altijd gehaat had. Kregen alles voor elkaar, hoefden maar met hun vingers te knippen en hup, het geld stroomde binnen.

Bart had zich hardop afgevraagd hoe die gek aan die onzin kwam.

Maar zonder op de vraag in te gaan was J.J. daarna gaan opnoemen waar hij van droomde. Een eigen boot, wat extra geld, gratis lid van de club, gratis drank.

Zwijgend keken Bart en Stefan elkaar toen aan. Wat konden ze doen?

Niemand wilde dat iemand zou horen wat daar op de vliering was gebeurd. Ze zaten klem, en daarom stemden ze in om J.J. zijn zin te geven.

40

Nadat ik de buurman van mijn moeder gevraagd heb of hij nog even bij haar kan blijven haast ik me naar beneden, naar de box. En terwijl ik mijn fiets naar buiten rijd, voel ik me net als gisteren bespied.

Ik kijk om me heen maar zie niemand.

De grijze omgeving van flats en een paar uit blubber bestaande groenstroken zijn op een toevallige voorbijganger na volkomen uitgestorven. Toch is het de angst die regeert als ik nerveus en met bonkend hart op mijn fiets stap. Gisteravond heb ik toch echt iemand naar me zien kijken. En die persoon die me op de fiets achtervolgde, was niet gedroomd.

Deze angstgedachten worden versterkt door het verontrustende telefoontje van de buurman van mijn moeder. Ik vraag me af wat ik straks bij haar zal aantreffen.

De acute dood van Jaap jaagt me op. Hoe sterk ik ook mijn best doe niet in complottheorieën te denken, mijn moeder en Jaap waren door iets uit het verleden met elkaar verweven. Dat maakt me bang.

Tegelijkertijd probeer ik die trotse houding die ik nog maar zo kortgeleden in de spiegel zag, vast te houden.

Met zelfverzekerde tred trap ik weg van de flat in de richting van het centrum, waar ik niet veel later bij mijn moeder het tuinhek open. Zodra ik via de achterdeur naar binnen ga, merk ik dat het doodstil is in huis.

Ik roep mijn moeder, maar krijg geen antwoord. Dan roep ik de naam van de buurman en weer blijft het stil.

Ik kijk of ik iets vreemds zie. Op het aanrecht staat de geopende plastic bak met dagvakjes waarin mijn moeders medicijnen zitten. Een vol glas water staat ernaast. Verder is alles keurig opgeruimd. Niks aan de hand dus.

Ik loop door naar de woonkamer, waar ook niets bijzonders te zien valt behalve dat mijn moeders vest op de grond ligt.

Nogmaals roep ik haar.

Stilte.

Dan valt mijn oog op een doosje pleisters op de salontafel. Voor het grootste deel is het leeggeschud. Aan de hoeveelheid plastic beschermlaagjes die eraf gehaald zijn kan ik zien dat er aardig wat pleisters gebruikt moeten zijn. Vertwijfeld loop ik naar de tafel, pak het doosje op en zie nu een bloedspoor op het beige vloerkleed dat vanaf de tafel naar de gang loopt.

Ik slaak een verschrikte vloek en gooi in een reflex het pleisterdoosje terug op tafel.

'Ma?' roep ik nogmaals.

Geen antwoord.

Ik verwacht dat ze met de buurman mee is en om daar helemaal zeker van te zijn kijk ik nog even in haar slaapkamer. Ook daar is alles keurig opgeruimd.

Maar als ik terugloop om naar de buurman te gaan, wordt mijn aandacht naar de deur van mijn moeders studeerkamer getrokken.

Onder de deur ligt een dik stuk karton. Het lijkt op een enveloppe. Als ik een zetje tegen de deur geef en met mijn voet het karton probeer weg te schuiven blijft de deur steken. Automatisch duw ik iets harder maar stuit op nog meer weerstand. Het lijkt alsof iemand de deur gebarricadeerd heeft.

Niet-begrijpend steek ik mijn hoofd om de hoek, kijk naar binnen en deins abrupt achteruit.

De kamer is één grote bende. Alles, maar dan ook alles is met zoveel geweld overhoopgehaald dat er niets meer overeind staat in de kleine kamer. Lades hangen open, stoelen liggen om en bijna alle antiquarische boeken van mijn moeder zijn uit de glazen vitrinekast gehaald. Opengeslagen en losgescheurd liggen ze als een berg oud papier midden in de kamer.

Stomverbaasd staar ik naar de ravage.

Mijn hart klopt in mijn keel. Een seconde doe ik niets, dan draai ik me om en vlucht het huis uit naar de buren.

Ik bel aan. Niemand doet open. Trillend over mijn hele lijf druk ik herhaalde malen in paniek op de bel. Achter de deur blijft het stil.

Smekend werp ik een blik naar boven. Ik voel tranen branden en mijn hart steeds sneller in mijn keel kloppen. Ik zou willen gillen: 'Waar is mijn moeder?'

Maar de schrik en de angst hebben een verlammende werking op me. Als vastgenageld sta ik daar maar, bevend over mijn hele lijf.

Koortsachtig zoek ik naar een oplossing. Het enige wat ik kan verzinnen is wat ik juist niet wil doen. De politie bellen. Ik staar naar mijn hand waarin mijn telefoon ligt en adem heel diep in.

Ik hoef alleen maar het alarmnummer in te drukken.

41

'Maud! Maud!'

Ik kijk op van mijn telefoon als ik in de verte Pieter zie aankomen. Hij is op de fiets. Zijn motorjack hangt losjes om zijn lichaam, één kant van de ceintuur slaat door de wind tegen hem aan.

Driftig zwaaiend probeert hij mijn aandacht te krijgen. Ik reageer er niet op, ben afgeleid door de stem van iemand van de alarmcentrale die vraagt voor wie ik bel. 'Brandweer, ambulance of politie?'

Hoewel ik weet naar wie ik moet vragen, aarzel ik wat ik zal antwoorden.

Nogmaals somt de vrouw aan de andere kant van de lijn de drie mogelijkheden op.

'Mijn moeder is weg,' antwoord ik.

'Sorry, mevrouw?'

'Mijn moeder is verdwenen... en... haar huis is overhoopgehaald.'

'Mevrouw, waar bent u?'

'Ik... ja, ik ben hier in...' Ik kijk om me heen alsof ik de straatnaam van mijn moeder niet meer weet.

'Maud!?'

Opnieuw roept Pieter me. Haastig komt hij op me af. Als hij op een armlengte van me verwijderd is, springt hij zonder af te remmen van zijn fiets. Hij heeft een verhit gezicht. Zijn haar valt wild voor zijn ogen, hijgend grijpt hij naar mijn pols waardoor de telefoon bijna uit mijn hand glijdt. Ik schrik en deins terug.

'Ik weet waar ze is,' zegt Pieter wijzend op het huis van mijn moeder.

Meteen verbreek ik de verbinding met de alarmcentrale.

'Goddank, maar...? Hoe weet jij...? En waarom is haar hele kamer... en Carel? Waar zijn ze?'

Met grote ogen staar ik naar Pieter, die nu in een vlugge kambeweging zijn haar uit zijn gezicht veegt.

Hij kijkt bang. De greep om mijn pols versterkt. Als ik laat merken dat hij me pijn doet, laat hij me direct los. Hij opent zijn mond, zoekend naar woorden. Voor een tel staan we zwijgend tegenover elkaar.

'Sorry, ik had je moeten bellen en niet moeten weggaan.'

'Weggaan?'

'Ik kwam hier net aan toen je moeder door de buurman werd afgevoerd.'

'Afgevoerd? Jezus, wat is er met haar gebeurd?'

Ik voel hoe het bloed uit mijn gezicht wegtrekt als ik aan Pieters jas begin te rukken. Weer kijkt hij gespannen de straat in, alsof we ieder moment door iemand gepakt kunnen worden.

'Stop, stop, niet in paniek raken, het is goed,' sust hij. 'De buurman heeft je moeder gevonden en naar de Eerste Hulp gebracht. Hier, hij gaf me jouw nummer en dit nummer. Bel hem maar. Misschien weet hij al meer.'

Ik gris het telefoontje dat Pieter me aanreikt uit zijn hand en luister naar de ringtoon.

Na vier keer overgaan krijg ik een voicemail. Zwaar geïrriteerd spreek ik iets in en vraag Carel mij terug te bellen.

'Shit! Waar is ze?' schreeuw ik tegen het telefoontoestel van Pieter.

Pieter gebaart dat ik rustig moet blijven.

'Waarschijnlijk op de Eerste Hulp. Wat ik van de buurman begreep is dat ze zichzelf had bezeerd bij het opruimen van haar kamer en...'

'Opruimen? Ha. Ben je gek... als je weet hoe het er daarbinnen uitziet. Daar is niet iemand aan het opruimen geweest... dat is...' Ik ga steeds harder praten. Ik schud mijn hoofd en vloek, ik zeg dat ik nu meteen naar haar toe ga.

Weer pakt Pieter me beet. Dit keer houdt hij me tegen door aan mijn onderarm te trekken.

'Wacht nog even, Maud. Heus, ik weet zeker dat ze in goede handen is. Die buurman is oké. Je zult zien, als jij in het ziekenhuis aankomt is je moeder alweer onderweg naar huis.'

Ik slaak een zucht en haal mijn schouders op. 'Wat moet ik dán doen?' vraag ik half in tranen.

'Waarom gaan we niet naar binnen? Als het echt zo'n troep is daar kan ik je toch helpen met opruimen?'

Die heldere en vriendelijke stem van Pieter. Ik zou hem dankbaar moeten zijn dat hij er voor me is en de boel een beetje relativeert.

Mijn arm wordt slap, ik laat mijn hoofd hangen en laat Pieter zijn gang gaan als hij me voor zich uit duwt in de richting van mijn moeders voordeur.

Als ik het slot omdraai, voel ik me ineens heel kwetsbaar en bibberig. Ik gooi het op de regen aan gebeurtenissen die elkaar maar blijven opvolgen als zomerse stortbuien.

Ik ben er niet langer tegen bestand en zou het liefst willen schuilen. Voor heel even tegen iemand aan willen kruipen en me klein kunnen voelen. God, wat mis ik de troostende armen van mijn man.

Voordat ik naar binnen ga, keer ik me een halve slag om en kijk naar Pieter die vlak achter me staat. Fronsend neemt hij me in zich op. Voor een moment verwar ik hem met Erik, maar dan realiseer ik me dat dit niet de vertrouwde blik is van mijn Zeeuwse pannenkoekenman maar van de zoon van Jaap. Mijn buurman, die dood is.

'Wat kwam je hier eigenlijk doen?' vraag ik.

42

Nadat Carel mij direct na mijn telefoontje terugbelde om me gerust te stellen over mijn moeder, haalde Pieter opgelucht adem.

'Zie je nou wel?' zei hij.

Troostend gaf hij me even een knuffel waarbij ik me tot mijn eigen verbazing helemaal liet gaan. Ik legde mijn hoofd tegen zijn warme borst en ontspande. Een minuut lang stonden we doodstil tegen elkaar in het kleine halletje bij mijn moeder.

Volgens Carel was mijn moeder gevallen. Hij vermoedde dat ze op zoek was geweest naar iets in haar studeerkamer. Toen hij mij belde had hij haar daar bloedend en in paniek aangetroffen.

'Je moeder schreeuwde moord en brand,' vertelde hij.

Ze had een fikse snijwond aan haar hand en klaagde over pijn in haar nek. Carel vermoedde dat ze op haar bureaustoel was gaan staan, en dat toen die was gaan rijden zij zich ergens aan had vastgegrepen en daarna was gevallen. Op haar achterhoofd zat ook bloed.

Het was druk op de Eerste Hulp, voor de zekerheid werden er nog foto's gemaakt. Carel verwachtte na het middaguur weer thuis te zijn. Ik bedankte hem hartelijk voor zijn zorg en zei dat ik me bezwaard voelde dat ik niet eerder bij haar was. Hij wimpelde dat af door op te merken dat hij mijn moeder altijd een lieve vrouw had gevonden en dat het daarom geen enkel probleem was.

Bij die opmerking kon ik me niets voorstellen. Mijn keel sloot zich af en zwijgend verbrak ik de verbinding.

Inmiddels is het tien over een en kijk ik hoe Pieter systematisch mijn moeders spullen in haar studeerkamer rangschikt op boeken en overige papieren. Hij maakt er keurige stapeltjes van.

De grootste ravage is geruimd. In mijn eentje had ik dit nooit gekund. Het maakt te veel emoties los. De laatste keer dat ik zo'n puinhoop aantrof bij thuiskomst was na een hevige ruzie tussen mijn ouders. Een strijd die ik toen niet begreep maar waarvan ik nu denk steeds meer te snappen.

Ik til een van de vuilniszakken op. Starend naar Pieters rug bedank ik hem voor zijn hulp.

'Geen dank,' zegt hij en hij draait zich om. 'Het is jammer dat ik je moeder niet even gesproken heb voordat dit gebeurde. Ik had gehoopt dat ze me iets over mijn vader had kunnen vertellen. Nu moeten we het maar laten rusten, vind je niet?'

'Hm?' Peinzend kijk ik hem aan.

'Hoe wist je waar ze woonde?' vraag ik dan.

Onderzoekend kijkt hij me aan. Het lijkt alsof hij even moet nadenken. Dan zegt hij dat ik hem dat zelf verteld heb. 'Ben je dat vergeten?' vraagt hij.

Ik frons mijn wenkbrauwen en graaf in mijn geheugen. Het is de zoveelste keer dat ik herinnerd word aan mijn black-out na ons drinkgelag. Het ligt op het puntje van mijn tong om Pieter te vragen wat er die avond precies gebeurd is tussen ons. In plaats daarvan pak ik een van de vuilniszakken en schud vertwijfeld mijn hoofd.

'Godallemachtig, zeg, ik begrijp niet wat mijn moeder heeft gedreven om er zo'n zooi van te maken,' zeg ik.

Pieter haalt opgelucht adem als hij ziet dat ik van de zenuwen begin te lachen; zijn pretogen gaan glimmen, opgewekt kijkt hij me aan.

'Tja, aan de ene kant moet het vreselijk zijn als je de kluts kwijtraakt, maar aan de andere kant heeft het ook wel iets bevrijdends, lijkt me. Lekker alles loslaten,' zegt hij om me opnieuw gerust te stellen.

Ik knik en kijk hem onderzoekend aan. Hij is aardig, gaat het door me heen, laat ik nou niet weer meteen het ergste overal achter zoeken.

Ik hou de zak met afval omhoog. 'Jawel, heel lekker, vooral als anderen de scherven voor je opruimen,' zeg ik. En hoewel de woorden geforceerd uit mijn mond komen schiet ik wederom in een zenuwachtige lach.

We lachen nu allebei hardop.

Pieter heeft een leuke lach, een beetje hinnikend, als een jong veulen in de wei. Alle spanningen van daarvoor glijden voor een moment van me af en ik voel me weer net zo aangenaam in Pieters gezelschap als op de avond toen zijn vader naar het ziekenhuis werd gebracht. Ik realiseer me dat het heel moeilijk voor hem moet zijn dat zijn vader niet meer leeft.

'Mis je hem?' vraag ik.

Niet-begrijpend kijkt hij me aan. Hij glimlacht nog steeds.

'Je vader,' zeg ik.

'O, ja, tuurlijk. Die ouwe, ja. Niet de gemakkelijkste vader, kan ik je zeggen.'

'O? In welk opzicht?'

Pieter verbreekt het oogcontact. Hij focust zich op de glazen vitrinekast van mijn moeder die als enige nog rechtop staat en behalve een paar omgevallen boeken die erin liggen nog helemaal ongehavend is. Blijkbaar heeft ze eraan staan schudden nadat ze hem had geopend, want er is een stapeltje papier op een van de planken verschoven waardoor het blauwe geldkistje zichtbaar wordt. Ik vraag me ineens af waarom ze dat daar laatst zo geheimzinnig achter wegmoffelde.

Vanuit mijn ooghoek zie ik hoe Pieter zich weer omdraait naar mij. Ik hoor hem iets zeggen, maar mijn gedachten blijven steken bij het kistje waarvan ik de inhoud niet ken maar dat me wel triggert. Nog net vang ik de laatste woorden op van wat hij zegt:

'... meer van zijn dochter.'

43

Als een paar minuten later de auto van Carel voor de deur stopt ben ik het gesprek over Jaap alweer vergeten.

Ik ren op de voordeur af en schiet naar de auto. Carel houdt op dat moment het portier voor mijn moeder open. Hij buigt zich naar voren om haar te helpen met uitstappen. Eerst zie ik haar grijze achterhoofd waarvan een deel uit een gaasje met pleisters bestaat, dan haar smalle gelaatstrekken met de ingevallen wangen die extra fragiel ogen door de hoge nekband die ze draagt.

'Ha ma,' zeg ik.

Om mijn schrik te verbergen probeer ik heel opgewekt te klinken.

Als een robot draait mijn moeder haar hoofd boven de strakke band. Ze lacht naar me, maar haar blik is even leeg als haar motoriek. Zonder zich ergens op te focussen bewegen haar ogen schokkerig heen en weer onder haar getatoeëerde wenkbrauwen.

'Ma? Gaat het?' vraag ik.

Geen antwoord. Mijn moeder heeft haar hand, waarvan de pink is verbonden, in die van Carel gelegd en laat zich door hem leiden. Als een bruid die door haar vader naar het altaar wordt gebracht, schrijdt mijn moeder stijf rechtop aan zijn zijde naar de ingang van het huis.

Ik volg met haar tas, die Carel in het voorbijgaan aan mij heeft overhandigd. De tas hangt open. Naast haar portemonnee, een zakdoek, een kam en een doosje met pijnstillers, zie ik mijn moeders agenda die ik nog niet zo lang geleden voor haar heb gekocht.

Het leek me beter om bij iedere dag notities te maken over het verloop van haar ziektebeeld. Ik wilde dat samen met haar doen, om haar zo veel mogelijk bij de les te houden, maar eigenlijk meer voor mezelf, zodat ik het als bewijs aan een arts kon laten zien wanneer mijn moeder niet langer zelfstandig zou kunnen wonen.

Wat mij betreft is die fase nu al aangebroken. En als ik klaar was met mijn stalker, had ik misschien vandaag al de knoop doorgehakt en dit incident opgevoerd als voorbeeld dat haar situatie voor de familie niet langer handelbaar is.

Eenmaal binnen vraagt Carel of hij mijn moeder naar haar slaapkamer moet brengen, of dat ik het doe.

'Het is beter dat ze rust,' zegt hij als mijn moeder op haar tv-stoel afloopt.

'Ja, ja, uiteraard,' antwoord ik en ik neem mijn moeder van hem over.

'Kom, ma, je gaat even dutten,' zeg ik. En terwijl ik haar zachtjes in haar rug duw in de richting van de slaapkamer voel ik hevige weerstand. Meteen laat ik haar los. Ik ken haar eigenzinnigheid als het om mijn bemoeienis gaat maar al te goed.

Houterig beweegt ze nu naar de kledingkast en haalt daar een pyjama uit. Afwachtend volg ik de trage handelingen: pyjama op het bed, kastdeur dicht, sprei omslaan, gaan zitten, schoenveters los... maar dan, als ze zich naar haar voeten wil buigen, gebeurt het. Ik zie haar ineens van kleur verschieten. Haar ogen schieten wild heen en weer.

'Ma? Heb je iets nodig?'

Geen antwoord. De ademhaling van mijn moeder versnelt. Paniekerig begint ze met haar armen te zwaaien alsof er iemand vlak naast haar zit en haar ieder moment iets kan aandoen.

'Hij moet weg,' zegt ze. 'Hij moet weg.'

'Ma, er is niemand hier. Ik ben er, Carel en...' Ineens realiseer ik me dat ik Pieter niet meer gehoord heb. Door de commotie rondom mijn moeder ben ik hem helemaal vergeten. Hij moet nog in haar studeerkamer zijn.

In gedachten staar ik naar mijn moeder die mij nu met grote angstogen aankijkt.

'Ma, rustig maar. Wie moet er weg?'

Geen antwoord. Uit de angstogen spreekt nu twijfel.

'Ma, ik geef je iets kalmerends en dan ga je slapen, oké?'

Kordaat loop ik op het bed af, pak een voor een haar voeten beet en trek de schoenen uit. Daarop schuif ik de pyjama opzij, schud de kussens op, pak mijn moeder beet en dwing haar zonder zich eerst om te kleden te gaan liggen.

'Zo, en dan ga je nu eerst slapen. Hier,' zeg ik als ik meteen daarop een slaappil en een glas water uit de badkamer heb gehaald. 'Hier, neem in.'

Mijn moeder doet dit keer gedwee wat haar wordt opgedragen. Nadat ze de pil heeft doorgeslikt, legt ze haar hoofd voorzichtig tegen het kussen en sluit haar ogen. Ik sla de sprei over haar heen en blijf voor een moment naar haar lichaam staren dat zich nu langzaam ontspant.

Met een zucht sluit ik de slaapkamerdeur. Als ik de woonkamer in loop vraagt Carel of alles onder controle is. Ik knik. En als ik hem wederom bedank voor zijn zorgen zegt hij dat het geen moeite was. Wat kan ik zeggen, dat ik geen pasklaar antwoord heb op zoveel naastenliefde? Dat ik niet weet hoe het verder moet met mijn moeder als ik binnenkort vertrek? Dat ik doodmoe ben, word gestalkt en me ontzettend alleen voel zonder mijn gezin?

'Sterkte, meid. Als er iets is, bel je maar,' zegt Carel en hij geeft me een briefje waarop hij zijn nummer heeft geschreven.

Nogmaals bedank ik hem, de deur valt achter hem in het slot en meteen daarop wordt het doodstil. Ik draai me om naar de studeerkamer en vraag me af waarom Pieter zich al die tijd niet heeft laten zien.

Ik druk tegen de deur. Niets herinnert nog aan de chaos die hier vanochtend was. De papieren zijn secuur doorgenomen en gesorteerd.

De volle vuilniszak die ik naast de deur had laten staan toen mijn moeder thuiskwam, is weg. Net als Pieter.

Voorjaar 1980

Heleen

De afgelopen maanden waren koud en lang. Het was de ergste winter die Heleen zich kon voorstellen, nog nooit had ze zich zo eenzaam en verloren gevoeld.

Ze had gehoopt dat als ze het maar zou wegdenken, het vanzelf zou verdwijnen. Niets is minder waar. Mama vroeg deze week verheugd of ze was aangekomen. En papa zei: 'Ons Heleentje krijgt eindelijk eens wat vet op de heupen.'

Jolante had er niet om kunnen lachen, stampvoetend was ze de kamer uitgelopen. Papa had haar verbaasd nagestaard en lachend opgemerkt dat zijn oudste van twintig aan een verlate puberteit leed – werd het niet eens tijd dat ze het huis uit ging, had hij zich hardop afgevraagd. Wilde ze niet gaan trouwen met Bart?

Bart en Jolante hebben een knipperlichtrelatie. Aan, uit, aan, uit, niemand begrijpt waarom het jonge stel, dat volgens iedereen voor elkaar geschapen is, zo moeilijk doet. Telkens als Bart bij toeval Heleen thuis aantreft, verandert de stemming tussen hem en Jolante.

Heleen begrijpt het maar al te goed. Bart worstelt met zijn hunkering naar Jolante en zijn schuldgevoel jegens Heleen. Sinds zijn bijdrage aan die verschrikkelijke nacht op de vliering, is Bart van een vrolijke, ontspannen knaap veranderd in een schichtige jongeman die gebukt gaat onder zijn zware lot.

Heleen hoorde van Jolante dat hij zich nog nauwelijks heeft laten zien op de roeiclub. Jolante doet daar dan heel verbaasd over, alsof ze niet weet waardoor dat komt. Heleen vermoedt dat het Barts geweten is dat opspeelt. Daar heeft Jolante geen last van.

Zij rijdt tegenwoordig motor. Iedere ochtend, nog voordat de rest van de familie is opgestaan, gaat ze naar Amsterdam waar ze een baan heeft gevonden bij een kledingwinkel.

Heleen kan zich niet herinneren dat Jolante ooit iets met mode heeft gehad, maar blijkbaar heeft ze zich daarin vergist. Wat haar betreft krijgt Jolante een ongeluk met die motor. Ze haat haar zus.

De zussen wisselen sowieso behalve stekelige blikken nog maar weinig uit. Waren ze vroeger al geen dikke vriendinnen, tegenwoordig proberen ze elkaar zo veel mogelijk te mijden. En toen mama laatst aan tafel vroeg of Heleen al plannen had voor na haar eindexamen – of ze ging werken of verder wilde leren – barstte Jolante in een hysterische lachbui uit en ging er daarna als een speer vandoor.

Heleen had haar moeder niet durven aankijken. Zwijgend had ze haar bord leeggegeten en onder het mom van huiswerk dat wachtte was ze niet veel later ook naar boven vertrokken.

Hoewel haar hoofd er bijna niet toe in staat is, probeert ze door te gaan met school. Met alles wat ze in zich heeft wil ze net doen alsof haar straks uitsluitend een diploma te wachten staat en geen ongewenst kind.

Soms ligt ze op haar rug in bed en wrijft ze over haar onrustige buik. Dan voelt ze hoe het schoppen afneemt en haar buik weer zacht en soepel wordt. Dan lijkt het voor heel even dat het niet haar maar iemand anders betreft. Ze weet dat het niet waar is, dat ze het straks niet langer voor haar ouders zal kunnen verbergen. Doodsbang is ze voor de vraag die onherroepelijk gaat komen: wie is de vader?

Ze moet dan zeggen dat ze het niet weet.

Huilend valt ze iedere avond in slaap. Bang voor wat straks komen gaat. Bang voor het oordeel van haar ouders, bang voor uitstoting en nog veel banger voor dat kind.

44

Nadat Carel me verzekerd had dat ik met een gerust hart kon gaan – mijn moeder slaapt en buiten de hechtingen in haar hoofd, de tijdelijke kraag en het verband om haar pink is er verder niets mis met haar – ben ik op de fiets gestapt om boodschappen te gaan doen.

Ik heb besloten alle boodschappen mee te nemen naar mijn flat om ze vervolgens daar te sorteren, zodat ik aan het eind van de middag weer terug kan naar mijn moeder.

In gedachten verzonken loop ik de trap op naar de galerij.

Boven is alles nog hetzelfde. Het politielint dat voor Jaaps deur zit moet alles hermetisch buitensluiten. Ik vraag me af wanneer het wordt weggehaald, en of die rechercheur dan weer bij me langskomt.

Zuchtend draai ik mijn deur open. Als ik van tevoren geweten had wat me hier in deze flat te wachten stond, was ik er nooit gaan wonen.

En dat allemaal door de thuishulp van mijn moeder. 'Een gouden tip', had mijn moeder gezegd toen ik aangaf tijdelijk iets in Weesp te zoeken.

Ik vraag me af of ik die thuishulp ooit nog te zien krijg; het liefst zou ik haar... ach, al die wraakgedachten, wat kan dat arme mens eraan doen dat ik hier met iemand als Jaap te maken kreeg.

Het heeft gewoon zo moeten zijn.

Straks Erik bellen. Ik neem me voor het kort te houden, ook wat betreft het ongeval met mijn moeder. En wat ik al eerder van plan was, wil ik nu zo snel mogelijk uitvoeren. Ik ga nogmaals contact zoeken met die Stefan en daarna Pieter bellen om meer aan de weet te komen over zijn bemoeienis met mijn moeder. Waarom was hij ineens zo snel weg?

En wat te denken van dat blauwe geldkistje. Ik brand van nieuwsgierigheid naar de inhoud.

Ik heb zo'n vermoeden dat daarin weleens het antwoord kan zitten op de vraag wie mijn biologische vader is. Brieven, foto's, geld... Ik heb nog geen idee, maar mijn moeder houdt het niet voor niets verstopt.

Mijn flat ruikt nog steeds naar de goedkope aftershave van Pieter. Ik gooi een balkondeur open, sorteer de boodschappen en open ondertussen mijn laptop. Met een handvol aan fruit en groentes zie ik dat er nieuwe berichten in mijn mailbox staan. Ze komen van Erik, Carel, de politie en Jaap.

Geschokt laat ik de spullen uit mijn handen op tafel vallen en open meteen het bericht van Jaap.

Het bericht blijkt vanuit zijn account te zijn verstuurd en komt van Pieter. Hij verontschuldigt zich voor zijn haastige vertrek; hij was gebeld door een collega en vond het niet gepast om de slaapkamer van mijn moeder in te gaan om afscheid te nemen. Hij vraagt of het uitkomt om elkaar vanavond even te zien. Op neutraal terrein lijkt hem prima.

Zonder te reageren open ik het bericht van de politie, die me uitnodigt voor een gesprek morgen op het bureau. Ik heb de keuze uit diverse tijdstippen. Het betreft een aantal routinevragen met betrekking tot de dood van mijn buurman. Of ik wil aangeven wanneer het schikt.

Langzaam trek ik een stoel onder de tafel vandaan en laat me erop vallen. Als ik eenmaal zit, voel ik pas hoe moe ik ben.

Ik staar naar het bericht van Erik dat ik nota bene als laatste heb geopend. Mijn man vraagt of alles goed gaat met *ons*. Hij heeft me al een paar keer appjes gestuurd, schrijft hij, en vraagt waarom ik niet reageer. Iets met het nieuwe toestel?

Ons, denk ik. Hij en ik.

Wat kan ik antwoorden? Dat 'ons' op dit moment voornamelijk bestaat uit mijn moeder en ik? Dat ze net terug is uit het ziekenhuis waar ze een gat in haar hoofd hebben dichtgenaaid? Dat haar studeerkamer één woeste bende was, en dat als ze niet zo'n aardige en betrokken buurman had gehad, ik haar daar misschien wel doodgebloed op de grond had aangetroffen? Moet ik Erik dat laten weten?

Mijn hand gaat automatisch naar de muis. Maar zonder iets aan te klikken blijft hij daar roerloos op liggen.

Ik wil even helemaal niets moeten. Geen vragen beantwoorden, geen verklaringen afleggen op het politiebureau over wildvreemde dooie medeflatbewoners, geen flauwekulverhaal ophangen tegenover mijn man dat alles goed met 'ons' gaat, en zeker niets hoeven uitleggen aan een bezorgde Carel waarom ik nog geen maatregelen heb getroffen voor mijn moeder.

De enige die ik op dit moment wil zien, is Pieter.

Zelfs als ik mijn best doe die gedachte te verdringen kan ik hem niet uit mijn hoofd zetten.

Ik moet weer denken aan dat korte moment van vanochtend toen we even samen waren in mijn moeders kamer om de boel op te ruimen. We lachten om dezelfde dingen. Het voelde gek genoeg vertrouwd en ontspannen, alsof we al heel lang bevriend waren.

Mijn hand klikt zijn bericht aan. Mijn vingers tikken snel een antwoord: *Ja, ik kan vanavond. En liever bij mij thuis dan ergens anders*, schrijf ik en voeg er kort en zakelijk een tijdstip aan toe.

Zodra ik het bericht verstuurd heb, beantwoord ik de oproep van de politie. Ik noteer het tijdstip dat ik heb uitgekozen op een randje van de krant en ruim de rest van de boodschappen op. Daarna zet ik een pot thee, en net als ik helemaal geïnstalleerd ben voor de laptop om te skypen met Erik gaat de deurbel.

Ik schrik en hou mijn adem in. Ik denk aan het laatste bezoekje van de dikke politieman en zou me het liefst niet thuis willen houden.

Nogmaals gaat de bel. Indringend schelt dit keer het geluid door de stille ruimte van mijn flat, alsof de bezoeker zijn hand erop houdt en niet meer wil loslaten.

Driftig schuif ik mijn stoel naar achteren. Met grote stappen loop ik op de voordeur af en trek hem met een zwaai open.

'Hé, wat doet u hier?' vraag ik verbaasd als ik in het door pigmentvlekken bezaaide gezicht kijk van de man die ik op de roeivereniging trof en die Stefan uit mijn moeders verleden moet zijn.

De man transpireert hevig en zijn ademhaling gaat onregelmatig. Met zijn hand zoekt hij steun bij de deurknop als ik een stap opzij doe om hem naar binnen te laten.

'Gaat het wel goed met u?' vraag ik als hij kortademig voor me uit zwalkt en zich op de eerste de beste stoel laat vallen.

Hij schudt zijn hoofd en grijpt naar zijn keel. 'Benauwd,' zegt hij.

Hij trekt aan de boord van zijn overhemd.

'Wilt u een glas water?'

Zonder in actie te komen kijk ik nerveus naar de hijgende man die nu iets uit de binnenzak van zijn colbertje tevoorschijn haalt.

Nogmaals schudt hij zijn bezwete hoofd, dat nu lijkbleek wordt.

IJlend murmelt hij woorden die ik niet versta. Het enige wat ik opvang uit de wartaal die hij uitslaat is: '... tegenhouden... moord... gevaar...'

Dan werpt hij het voorwerp voor me op tafel. Grijpt naar zijn borstkas, slaakt een hese kreet en klapt voorover op tafel. Kleine belletjes schuim staan op zijn lippen. Uit zijn mond loopt vocht als hij me met wagenwijd opengesperde ogen aankijkt en doodstil blijft liggen.

45

'Ambulance,' zeg ik kort. Trillend van de zenuwen heb ik de alarmcentrale aan de telefoon. Met paniek in mijn stem geef ik de regio en het adres op. De vrouw vraagt of ik weet wat eraan scheelt. Ik kan alleen maar zeggen wat ik voor me zie: een man met uitpuilende ogen, een bleek gelaat en gezwollen lippen.

'Voelt u een pols, mevrouw?' vraagt de vrouw kalm.

'Pols?' herhaal ik. Apathisch staar ik naar de man die voor een deel over mijn tafel ligt. Armen slap bungelend langs zijn lichaam, benen uit elkaar met een vochtplek ter hoogte van zijn... jezus, hij heeft toch niet in zijn broek geplast?

Weifelend kijk ik nu naar zijn pols; moet ik voelen of daar nog een hartslag is?

'Mevrouw? Hallo, bent u daar nog?'

Ik hoor mezelf huilen; droge tranen moeten dat zijn want ik voel geen vocht over mijn wangen lopen. Stamelend bevestig ik dat ik er nog ben. Ik snik, hijg en roep dat het niet waar kan zijn.

'Mevrouw... kunt u zeggen wat er is gebeurd? Moeten we ook politie sturen?' vraagt de kalme stem die me tevens geruststelt.

'Ik... weet niet... ik... ja, misschien wel. Ik... ik ben bang.'

'Mevrouw, we sturen iemand naar u toe. U hoeft niet bang te zijn. Wilt u aan de lijn blijven? Zegt u maar wat er aan de hand is.'

Ik verbreek de verbinding en ga tegenover Stefan aan tafel zitten. Starend naar de telefoon ga ik op zoek naar het nummer van Pieter dat ik nog maar zo kortgeleden heb ingevoerd als een nieuw contact.

Ik krijg een voicemail. Ik zucht en wacht net zo lang totdat de piep klinkt aan het einde van het bandje. Zonder iets in te spreken verbreek ik de verbinding.

Mijn ogen dwalen langs het roerloze lichaam van Stefan; ik zie nu wat hij uit zijn binnenzak heeft gehaald. Het is een klein, bruin, plastic voorwerp. Als ik het naar me toe trek, zie ik dat het om een ouderwets cassettebandje gaat.

Ik herken het van vroeger, uit de tijd dat mijn vader dit soort bandjes gebruikte voor zijn muziekopnames.

Waarom kwam Stefan dit brengen? Wat bedoelde hij toen hij het had over tegenhouden, gevaar en moord?

De deurbel haalt me uit mijn gepeins.

Ditmaal staan er ambulancemedewerkers voor de deur. Gelaten laat ik ze naar binnen. Vrijwel meteen wordt de dood van Stefan geconstateerd. De symptomen wijzen op een hartstilstand.

Verbijsterd volg ik de handelingen van het ambulancepersoneel. Een van hen loopt op me af, het is een vrouw. Ze vraagt hoe het met me gaat en of ik kan zeggen wie de overledene is. Ze vraagt of het mijn man is. Ik schud mijn hoofd.

'Ik weet het niet, ik... weet niet wat hij kwam doen,' zeg ik naar waarheid, zonder iets prijs te geven over de oude vriend van mijn moeder, omdat ik veel te bang ben dat ze haar straks vragen gaan stellen.

Ik staar naar de vrouw. Onbeweeglijk wacht ik af wat er gaat gebeuren. Dan word ik me bewust van het cassettebandje in mijn hand. Ik aarzel geen moment en steek het bandje onmiddellijk in mijn broekzak.

De vrouw richt zich nu op haar mannelijke collega, die inmiddels de zakken van Stefan doorzoekt. De andere collega spreekt met iemand via een mobilofoon.

Uit de portemonnee komt een rijbewijs. Ik hoor ze de naam van Stefan noemen. Zijn adres en woonplaats. Ik weet waar het is, ik ken de plek, ik had niet verwacht dat hij daar zou wonen. Het behoort niet bepaald tot de betere buurt in Weesp.

Nu vraagt iemand of de politie al is ingelicht.

Ik knik. Maar niemand hoort me of let op me. Als ik zeg dat ik naar de wc ga, kijkt de vrouw heel even op en zegt dat het oké is.

Meteen daarop hoor ik gestommel in de gang.

Twee grote kerels in uniform lopen naar binnen. Ze worden op de voet gevolgd door niemand minder dan de dikke rechercheur. Puffend blijft hij voor me staan als ik zeg dat ik op weg ben naar de wc. En terwijl hij zijn voorhoofd dept met een verfrommelde zakdoek haalt hij een zuurtje uit zijn zak en stopt dat in zijn mond.

'Zo, zo, mevrouw Mulder,' zegt hij. 'Er vallen nogal wat doden in uw omgeving.'

46

Ik zit al twee uur op het bureau als er eindelijk iemand op me afloopt die zegt dat ik kan gaan.

Mijn flat is doorzocht en er zijn nog geen directe aanwijzingen dat ik iets met de dood van Stefan te maken heb. Ik ben te verbluft om te reageren. Natuurlijk heb ik niets met de dood van deze man te maken, zou ik willen uitroepen, maar ik ben te moe om iets te zeggen.

Als ik stamelend vraag wat er precies met hem aan de hand was, krijg ik een ontwijkend antwoord.

'Ik zie dat u morgen een afspraak hebt staan in verband met het onderzoek naar de heer Van der Lagenmaat?' zegt de vrouw in uniform die achter de balie op haar computerscherm kijkt.

Ik knik.

'Mooi, misschien dat we dan ook al meer weten over dit nieuwe slachtoffer en of daar een verband mee is.'

Nogmaals knik ik naar de vrouw, die nu met een lege blik in haar ogen langs me heen kijkt.

'O, en die meneer daar zit op u te wachten,' wijst ze.

Ik draai me om en zie in een van de zitjes naast de ingang Pieter zitten. Mijn hart maakt een sprongetje – eindelijk een normaal iemand, gaat het door me heen.

Ik trek mijn jas aan, hang mijn tas om mijn schouder en loop op Pieter af.

'Hi, gaat het?' vraagt hij bezorgd.

Ik knik. De tranen branden in mijn ogen, ik wil niet gaan janken en daarom loop ik zonder Pieter aan te kijken snel door naar de deur die ons naar buiten leidt.

Eenmaal buiten haal ik diep adem. Huiverend rits ik mijn jas dicht. Als Pieter merkt dat ik begin te rillen, slaat hij even een arm om me heen.

'Kom,' zegt hij, en hij trekt me met zich mee in de richting van het centrum. 'Jij bent toe aan een borrel.'

Abrupt hou ik mijn pas in en schud mijn hoofd

'Nee, nee, mijn moeder... ik moet...'

Pieter sust me door zijn vinger voor mijn mond te leggen.

'Maak je nu even niet druk over je moeder. Ik heb de buurman van je moeder ingelicht. Hij weet wat er aan de hand is.'

'Maar hoe weet jij dat ik...'

'Ik zag dat je gebeld had, ik was beneden in de box van mijn vader. Spullen uitzoeken en opruimen. Binnenkort moet de boel daar leeg zijn voor een nieuwe bewoner. In de box heb je nauwelijks bereik. Toen ik bovenkwam, zag ik de ambulance staan.'

'Wat zul je geschrokken zijn,' zeg ik.

Pieter lacht flauwtjes. Hij trekt een wenkbrauw op en zegt dat hij inderdaad niet verwacht had zo snel weer met een ambulance en politie geconfronteerd te worden.

Ik begin Pieter zo snel mogelijk in te lichten over wat er is gebeurd.

'Die man die ze bij me aantroffen heeft ook geroeid. Samen met mijn vader had hij de roeiclub opgericht, hij heet Stefan... en ik...'

'Kalm,' zegt Pieter. 'Ik hoor zo alles, je ziet erg bleek, laten we eerst even ergens gaan zitten.'

Zwijgend lopen we de Hoogstraat uit. Als we bijna bij het café zijn waar Pieter naar binnen wil, hou ik opnieuw mijn pas in.

'Ik wil naar huis,' zeg ik. 'Ik wil weten hoe het er in mijn flat uitziet.'

Pieter kijkt me verschrikt aan. 'Weet je dat zeker? Wil je niet eerst praten?'

Ik schud kordaat mijn hoofd, haal mijn telefoon tevoorschijn en bel Carel.

De man klinkt alleraardigst; hij vertelt dat mijn moeder nog steeds ligt te slapen en dat hij niet van haar zijde zal wijken zolang ik er niet ben. Hij en zijn partner hebben besloten samen met mijn moeder een hapje te eten, zodat ik me daar geen zorgen over hoef te maken.

'Als je morgen wilt komen is dat ook goed, hoor, Maud,' zegt de man. En hij wenst me veel sterkte na alle gebeurtenissen.

Gerustgesteld vervolg ik mijn weg met Pieter.

'Zal ik eerst gaan?' vraagt hij als we niet veel later op de galerij voor mijn deur staan.

Ik knik instemmend omdat me dat op dit moment beter lijkt, niet omdat ik niet naar binnen zou durven. Juist na alles wat zich hier heeft afgespeeld ben ik extra op mijn hoede. Zelfs voor de goedbedoelde bemoeienis van Pieter.

Eenmaal in de woonkamer lijkt er weinig veranderd. De tafel waarover nog maar een paar uur geleden niets minder dan het dode lichaam van een wildvreemde man heeft gelegen, ziet er onberispelijk schoon uit. Alsof de politie na haar onderzoek nog even een werkster heeft gestuurd om de boel te reinigen.

Ik vraag aan Pieter of hij vast iets te drinken wil inschenken en zeg dat ik me even ga opknappen. Daarop sluit ik mezelf op in de badkamer.

Ik draai de kraan boven de wastafel helemaal open en als het water genoeg kabaal maakt doe ik de deksel van de wc-bril naar beneden. Zodra ik erop sta, reik ik met mijn hand tot diep achter de stortbak, waar ik een paar dagen eerder bij het schoonmaken een losse tegel ontdekte.

Voorzichtig trek ik de tegel uit de voeg en leg hem op de rand van de stortbak. Nogmaals gaat mijn hand op de tast naar de plek waarachter een ondiep gat zit. Als mijn vingertoppen het plastic doosje raken, haal ik opgelucht adem.

'Goddank,' verzucht ik hardop. Het cassettebandje hebben ze niet gevonden.

47

Pieter heeft op mijn verzoek een pizza laten komen. We zitten aan de kleine salontafel bij de bank, hij in kleermakerszit op de grond, ik onderuitgezakt op een van de Ikea-stoelen.

Terwijl Pieter honderduit praat over zijn vader en zich ongerust maakt over de persoon met wie die ouwe ruzie had, draait mijn hoofd op volle toeren over de dood van Stefan.

Peinzend eet ik van mijn pizza, denkend aan wat me morgen te wachten staat bij de politie. Hoe ga ik uitleggen wat Stefan bij me kwam doen als ik dat zelf niet eens weet?

De ringtoon van mijn telefoon haalt me uit mijn gepieker en snoert Pieter abrupt de mond.

Het is Erik.

En hoewel ik tracht mijn stem normaal te laten klinken, bespeurt mijn echtgenoot dat er iets aan de hand is. Hij vraagt of ik mijn toestel op Facetime wil zetten. Als ik weiger wordt hij boos.

'Maud, lieverd, wat is er toch in godsnaam met je aan de hand? Wanneer hebben we voor het laatst geskypet? Iedere avond heb je wat. Dit kan niet langer zo doorgaan, we moeten iets doen met je moeder. Of heeft het met iets anders te maken… Je wilt me toch nog wel zien, hè?'

'Nee, nee, dat is het niet. Ik bedoel, ja, ja, tuurlijk wil ik je zien… graag zelfs, alleen…'

Ik kijk naar Pieter die is opgestaan en nu naar de keuken loopt. Hij maakt een gebaar dat hij zich even terugtrekt. Dankbaar voor zijn begrip steek ik mijn hand op en zwaai naar hem als hij achter de dichte keukendeur verdwijnt.

Meteen doe ik wat Erik vraagt, zet mijn toestel op Facetime en kijk daarop in het bezorgde gezicht van mijn echtgenoot.

Zijn voorhoofd glimt. Hij ziet er ongeschoren uit. Onder zijn ogen liggen donkere kringen die extra groot lijken nu hij zijn lenzen heeft verruild voor een bril.

'Je ziet er moe uit,' zeg ik.

Hij lacht naar me, witte tanden in een mooie mond.

'Ja, die kutverbouwing ook. Jij bent er niet, de jongens...'

'De jongens? Wat bedoel je daarmee? Wat is er met ze?'

'Niks, schat. Waarom schrik je zo?'

'Ik... niets... ik ben ook moe.'

Zuchtend sta ik op en loop naar de tafel om op mijn laptop alvast in te loggen op Skype. Om te voorkomen dat Erik straks Pieter uit de keuken ziet komen, draai ik de laptop met het beeldscherm naar de muur.

Ik schuif de stoel naar de andere kant van de tafel en neem plaats. Op dat moment komt er een app-berichtje binnen van 'Belle Hélène', en terwijl ik met een half oor naar Erik luister, lees ik: NOG MEER DODEN?

'Hier moet echt een eind aan komen, Maud,' moppert Erik.

Geschrokken – alsof Erik het bericht heeft meegelezen – knik ik naar het schokkende beeld op mijn telefoon en zeg dat we kunnen skypen.

'Lieverdje toch, je bent zo onrustig. Waar is mijn ontspannen Maudjemop? Je oogt nerveus. Is er iemand bij je?'

Ik schud mijn hoofd en moet me bedwingen om alles er niet in één keer uit te gooien. In plaats daarvan adem ik diep in en vraag hem te vertellen over de jongens en de verbouwing. Nadenkend kijkt hij me aan en vervolgt dat het verstandiger is om naar bed te gaan.

'Nog een paar dagen, Maud, en dan moeten we serieus gaan praten over een oplossing voor je moeder. Goed?'

'Goed.'

'Prima. Dan wens ik mijn mooie, moeie meisje nu een gezonde nachtrust.'

'Jij ook. Kus, kus. Tot later en knuffels voor de jongens.'

De verbinding is al verbroken. Ik staar naar het telefoonbeeld met de vele icoontjes en ben blij dat ik tot nu toe constant alle gesprekken, berichten en nummers uit mijn geschiedenis heb gewist.

'Je man?' Pieter staat in de deuropening van de keuken. Zijn pretogen nemen me uitdagend op. 'Mis je hem?' vraagt hij.

Even weet ik niet wat ik moet zeggen. Meteen daarop voel ik me schuldig, omdat ik antwoord dat Erik en ik heel goed zonder elkaar kunnen. Judas.

Ik leg de schuld bij mijn kwetsbaarheid dat ik deze opmerking maak, wat weer alles te maken heeft met mijn stalker. Niet laten merken dat je je gezin hartstochtelijk mist, had ik me voorgenomen nadat hij doorkreeg dat ik hier tijdelijk mijn intrek had genomen.

Nu heb ik lichtelijk spijt van mijn stoere opmerking. Pieter vat het op zoals het klinkt; een vrouw alleen in een flat, die haar man niet per se mist.

'Gebruik je je moeder als excuus?'

Niet-begrijpend kijk ik hem aan. Ik voel mijn hartslag versnellen als ik me blozend afvraag waar hij nu ineens op doelt. Toch niet op mijn stalker, hoop ik.

'Een korte afkoelingsperiode tussen jou en je man?'

Oké, dat denkt hij dus. Ik schud glimlachend mijn hoofd.

Pieter komt nu dichterbij. Als hij op een armlengte van me blijft staan zie ik het kleine litteken naast zijn mond verdwijnen in de glimlach die hij me terug schenkt. Hij steekt zijn linkerhand uit en streelt even met zijn vingertoppen langs mijn kaaklijn.

'God, nee, wat denk je wel niet?' roep ik en ik deins achteruit van zijn aanraking.

Pieters gezicht wordt meteen ernstig. Hij verontschuldigt

zich voor zijn opmerking, waarop ik me weer verontschuldig voor mijn felle reactie.

Daarop wordt het stil. Voor een moment staan we elkaar als onhandige pubers aan te staren.

Dan schraap ik mijn keel en leg uit dat Erik en ik elkaar weliswaar vrij laten, maar dat zoiets alleen goed gaat in een stevig huwelijk.

Pieter knikt. Hij zegt dat hij daar geen ervaring mee heeft en dat we daarom dit onderwerp beter kunnen laten rusten.

Opgelucht haal ik adem en vraag of hij nog wat wil drinken. De gedachte aan de vorige keer dat we samen waren en ik later dat cryptische briefje van hem in de keuken vond, verdring ik. Ik ben sterk genoeg om deze man met zijn charmante kop het hoofd te bieden. Sterker nog, het wordt hoog tijd dat ik eens wat beter naar hem ga luisteren om gebruik te maken van zijn kennis omtrent het verleden van onze ouders.

'Graag, Maud,' zegt hij en hij haalt onze glazen van tafel. Als hij ze daarop vult, kijkt hij me opnieuw met een warme, uitdagende blik aan.

'Je bent een bijzondere vrouw,' vervolgt hij. 'Weet je dat ik het gevoel heb dat we elkaar al heel lang kennen?'

Ik nip van de wijn en moet weer denken aan de mogelijkheid dat Jaap mijn biologische vader is.

Gebruikmakend van de relaxte sfeer trek ik Pieter aan zijn arm mee naar de bank en zeg dat ik in vertrouwen iets met hem wil delen.

Voorjaar 1980

Stefan

De laatste weken waren slopend. Stefan is er de jongen niet naar om zich te laten chanteren. Die J.J. gaat steeds verder. Het contributiegeld en de gratis consumpties die hij en Bart voor hem moesten ophoesten waren niet genoeg; meneer eiste zijn eigen skiff – van welk geld, had Bart terecht gevraagd – en als klap op de vuurpijl had die malloot toen ook nog zijn oog op Barbara laten vallen.

J.J. had haar vorige week in Stefans gezelschap aangetroffen en was gecharmeerd geraakt van de kleine, beweeglijke en altijd vrolijk babbelende Babs.

Stefan begrijpt dat. Zeker nu Babs na een jaar in Parijs zich een charmant Frans accent heeft aangemeten, wil iedereen haar wel beter leren kennen.

Ze heeft aangekondigd terug te gaan. Minstens nog één jaar wil ze doorbrengen in de lichtstad waar het leven volgens haar zoveel beter is dan in Nederland.

Het was Stefan toen al niet ontgaan dat J.J. al zijn charmes in de strijd gooide. Hij hoorde Babs uit over haar werk als au-pair. Hij vroeg haar het hemd van het lijf over de Franse gewoontes en toen hij liet doorschemeren haar graag een keer te willen opzoeken, gaf hij bij haar akkoord een vette knipoog naar Stefan.

Het klamme zweet had op Stefans rug gestaan.

Hoe kon hij zijn zus waarschuwen voor dit verachtelijke individu? Hoe kon hij haar uit de buurt houden van deze reus en verkrachter? Was ze vergeten wat hij haar had toevertrouwd? Had hij niet toen hij bij haar in Parijs was de namen van de andere jongens genoemd? Vermoedelijk niet. Daar had hij nu spijt van.

Met lede ogen moest hij aanzien hoe zijn zus beetje bij beetje door deze gladjanus werd ingepakt. Hoe ze er vol in meeging en hoe J.J. triomfeerde door later tegen hem te zeggen dat hij altijd zijn zin kreeg.

Vandaag heeft Stefan een besluit genomen en Bart gebeld. Hij wil dat ze er iets aan doen. Dit kan niet langer zo doorgaan, J.J. moet worden gestopt.

Stefan kan niet langer leven met hun vreselijke geheim. Het maakt hem radeloos. Hij vindt dat ze zichzelf moeten aangeven. Heleen heeft het verdiend. Hij wil haar zonder blikken of blozen onder ogen kunnen komen. Maar meer nog wil hij haar laten weten dat híj haar nooit heeft verkracht.

Bart maande hem tot kalmte. Hij vond dat ze geen overhaaste beslissingen moesten nemen. Hij stelde voor om eerst bij elkaar te komen om de dingen uit te praten. En niet alleen hij en Stefan, maar ook Jolante hoorde daarbij. Jolante was minstens zo verantwoordelijk voor wat er met Heleen was gebeurd als zij, vond Bart.

Stefan stemde in. Vanavond na het roeien hebben ze afgesproken met Jolante. Klokslag tien uur in de Toko.

Er moet een oplossing komen.

48

Pieter heeft een tweede fles wijn ontkurkt. Hij staat met zijn rug naar me toe bij de tafel en kijkt op zijn horloge. Zonder dat ik zelf de tijd check, ga ik ervan uit dat het tegen het eind van de avond loopt.

Buiten is het al uren donker. Het is zachtjes gaan regenen, waterdruppels lopen langs het raam en glinsteren in de weerkaatsing van het lamplicht dat uit de plafondspotjes boven de vensterbank komt. Als ik de lamellen in de woonkamer sluit, zie ik dat in de verte op datzelfde moment de verlichting van een van de sportvelden ook dooft. Een donkere vlakte strekt zich daarna uit langs het spoor.

Ik heb inmiddels een en ander over mijn moeders ziektebeeld verteld en Pieter deelgenoot gemaakt van mijn zoektocht naar foto's en verhalen uit de tijd dat ze bij de roeivereniging zat.

Tot nu toe heeft hij weinig kunnen prijsgeven over zijn vader. En behalve dat noch zijn ouders, noch de mijne een harmonieus huwelijk hadden, zijn er verder weinig overeenkomsten.

Pieter groeide op in Amsterdam. Ook zijn ouders scheidden. Jaap, die als beroepsmilitair bij de landmacht zat, was geregeld voor zijn werk in het buitenland. Pieters moeder overleed niet lang na de scheiding aan de gevolgen van een auto-ongeluk en daarna werd Pieter merendeels opgevoed door zijn grootouders van moeders kant. Hij vertelde dat zijn vader nooit hertrouwd was maar wel een dochter had bij een andere vrouw.

Toen ik hem vroeg of hij haar kende, schudde Pieter zijn

hoofd. Hij haalde zijn schouders op en zei dat hij daar ook niet benieuwd naar was. Zoals hij me al eerder vertelde, hadden hij en zijn vader pas de laatste jaren weer contact. Voor die tijd leefden beiden hun eigen leven.

'Heb jij enig idee wat voor iemand die Stefan was?' vraag ik als ik wegloop van het raam.

Ik zie nu hoe Pieters rugspieren zich aanspannen; net iets te hard zet hij de fles wijn terug op tafel. Met een ruk draait hij zich om. De uitdrukking op zijn gezicht verhardt zodra we weer oogcontact maken.

Vragend kijk ik hem aan. 'Jij weet wie hij is, hè?' zeg ik kalm.

Hij zucht en knikt. Abrupt laat hij zijn schouders zakken, en de starheid op zijn gezicht maakt plaats voor verslagenheid. Alsof hij al die tijd iets voor me verzwegen heeft maar nu op het punt staat opening van zaken te geven. Zwijgend loopt hij met de volle wijnglazen op me af.

Als hij plaatsneemt op de bank ga ik automatisch weer naast hem zitten. Ik wil dit moment van intimiteit vasthouden, het is de enige manier om meer aan de weet te komen over het verleden van mijn ouders.

Ik trek mijn been onder mijn billen en draai me schuin naar Pieter toe. Hij spiegelt zich naar mij en doet hetzelfde. Verwachtingsvol kijk ik hem aan.

'Volgens mijn vader waren jouw vader en Stefan vrienden,' begint Pieter.

'Ja, dat weet ik, ze hebben hier samen de roeivereniging opgericht.'

Pieter kijkt me even verrast aan; hij zegt dat hij zich nu herinnert dat ik dat al eerder had opgemerkt. Zonder verdere vragen te stellen gaat hij door.

'Stefan wist iets over jouw ouders, iets wat zich had afgespeeld tussen jouw moeder en haar zus.'

Ik geef geen antwoord maar neem snel een slok wijn. Dus toch, gaat het door me heen. Ik slik de wijn weg en probeer mijn onrustige hartslag te negeren door Pieter aan te moedigen verder te gaan.

'Volgens mijn vader hadden Stefan en Bart ruzie over jouw moeder. Waarschijnlijk waren ze allebei verliefd op haar. Want wat ik begreep van mijn vader was dat Stefan na het huwelijk tussen jouw ouders voor jaren verdween naar de tropen. Vermoedelijk uit liefdesverdriet.'

Nogmaals zet ik het wijnglas aan mijn mond, peinzend staar ik naar Pieter. Dit verhaal is nieuw voor me. Ik moet meteen aan mijn stalker denken en aan de opmerking over mijn biologische vader. Zou dat Stefan geweest zijn? En niet Jaap?

Zou mijn moeder het daarom nog altijd over hem hebben? Maar was hij volgens haar niet homo? Of zei ze dat misschien om een andere reden? Een paniekgevoel maakt zich van me meester; wat moet ik straks tegen haar zeggen nu hij dood is?

'Maud? Gaat het?'

Pieter kijkt me bezorgd aan. Hij pakt mijn vrije hand en legt zijn vingers eromheen.

De aanraking heeft iets geladens; alsof ik een stroomstoot krijg, trek ik mijn hand van schrik terug.

'Ik moet je iets bekennen,' zeg ik. En terwijl ik het zeg, voel ik de drang om Pieter alles te vertellen. Me niet langer aan mijn zelfopgelegde zwijgplicht te houden maar hem deelgenoot te maken van de strijd tegen mijn stalker.

'Het is heel erg, en ik weet niet goed waar ik moet beginnen, maar sinds een paar maanden word ik door iemand in de gaten gehouden,' zeg ik.

Nu fronst Pieter zijn wenkbrauwen. 'Hoe bedoel je, in de gaten gehouden?'

'Iemand volgt me, kent me, kent mijn familie, weet alles van me... hij weet ook alles van mijn moeder en...'

Ik laat mijn hoofd hangen, verder praten kost moeite. Straks weet Pieter meer van mijn situatie dan Erik. Kan ik dat wel maken tegenover mijn man?

In de stilte die valt staar ik naar mijn hand waar zojuist die van Pieter omheen lag. Onbeweeglijk zitten we tegenover elkaar. De minuten lijken opeens uren. Ik voel hoe mijn dubbelgevouwen been begint te slapen. Toch wil ik niet bewegen. Ik wil helemaal niets meer. Ik wil alleen nog horen dat iemand – hij, Pieter – me gaat helpen, zodat ik er niet langer alleen voor sta.

Maar Pieter zegt niets. Hij staat op en loopt van me weg naar de keuken. Pas als hij zijn lege glas op het aanrecht heeft neergezet, drukt hij zijn neus tegen het vensterglas om over de verlaten galerij te kijken. Dan schraapt hij zijn keel en draait zich om.

'Maud, ik denk dat we zo vlug mogelijk de politie moeten inlichten,' zegt hij.

'O, nee, nee,' roep ik. 'Nee, alsjeblieft, ik smeek je: géén politie.'

Ik sta te snel op als ik op Pieter wil afrennen. Halverwege de keuken voel ik mijn slapende been tintelen. Voor een moment is alles gevoelloos. In een poging het been te ontzien neem ik een extra grote stap met mijn andere been. Waardoor ik mijn evenwicht verlies en prompt voorover tegen Pieter aan val.

Hij houdt me staande.

En hoewel ik me bewust ben van het niet door gordijnen afgesloten keukenraam en iedereen die langs mijn flat loopt naar binnen kan kijken, geef ik me over aan de beschermende armen van Pieter.

Nogmaals smeek ik paniekerig dat de politie is uitgesloten.

'Maar, Maud, mijn vader heeft hier kortgeleden met iemand ruzie gehad,' zegt hij. 'Die ruzie heeft hij nota bene met de dood moeten bekopen. Misschien had hij wel ruzie met dezelfde persoon als diegene die jou nu volgt. Stel dat Stefan daarvan afwist? Dat hij jou kwam waarschuwen? Stefan is nu ook dood... en stel, jij bent de volgende, Maud... of... je moeder?'

Pieter kijkt me nu verschrikt aan.

'Was die persoon misschien vandaag bij je moeder? En is ze daardoor niet gevallen, zoals wij denken, maar...?'

Ik knik en zeg dat Pieter gelijk heeft. Ik roep dat ik onmiddellijk naar mijn moeder moet. Maar Pieter houdt me tegen door te zeggen dat er momenteel voor haar gezorgd wordt en dat ik er nu eerst voor mezelf moet zijn.

'O, god, ik weet het niet meer, ik weet het niet meer,' herhaal ik. 'Wat moet ik dán doen? Pieter, je hebt geen idee, het gaat om vroeger, om een moord uit het verleden. Mijn stalker zal alles aan Erik vertellen en... wat ik zelf nog niet eens weet is dat...'

Mijn stem sterft weg als mijn lijf abrupt begint te schudden. Ik denk aan de leugens over mijn echte vader die mijn jeugd hebben beheerst. Ik moet de controle terugkrijgen en me niet laten meeslepen door deze gebeurtenis.

'Sorry,' fluister ik hees.

Ik recht mijn rug en wil me losmaken van Pieter.

Maar Pieter versterkt zijn greep op mijn schouders. Sussend en fluisterend wisselt hij kleine kusjes met zoete woordjes af in mijn haar.

Rasperig haal ik adem, mijn neus sluit zich af voor lucht als ik mijn gezicht verberg in de warme omhelzing tegen Pieters borst. Terwijl mijn ratio nee zegt, blijf ik toch staan.

Ik voel de regelmatige ademhaling van Pieter in mijn haar en weet gevoelsmatig dat ik hem nu vooral niet moet aankijken. Doe ik dat wel, dan gaat het mis. Dan ga ik iets doen waar mijn hele lichaam naar hunkert.

Vechtend tegen die allesoverheersende gedachten om me niet over te geven aan een andere man dan Erik, doe ik precies wat ik niet wil doen. Ik gooi mijn hoofd achterover en wacht op het moment dat ik Pieters lippen op mijn mond zal voelen.

49

De ochtend begint zonnig. Mijn hoofd voelt zwaar als ik het optil om alles goed in me op te nemen. De overgordijnen zijn niet gesloten. Alles baadt in het zonlicht en ziet er net zo uit als anders. Een stoel die vol ligt met kleren, lege kastplanken achter een open spiegeldeur en een nachtkastje waarop behalve een reiswekker, mijn telefoon en oordoppen liggen.

Geen enkel spoor van een mannelijke logé. Ik leg mijn hoofd terug in het kussen en probeer me dat deel van de avond weer voor de geest te halen dat leidde tot die onvermijdelijke kus.

Zijn lippen voelden anders dan die van Erik. Nog nooit eerder had ik me zo door een andere man laten kussen. Warm en zacht was de aanraking. De geur van zijn aftershave – die ik eerst nog als opdringerig ervoer – prikkelde mijn neusgaten op een niet onaangename manier. Sterker nog, het wond me op.

Tot mijn eigen verrassing drukte ik me steviger tegen hem aan en gleden mijn handen gretig onder zijn overhemd om zijn lange lijf beter te kunnen voelen. Ik hoorde hem even kreunen door mijn aanmoediging, en toen het puntje van mijn tong langs zijn halfopen mond naar binnen gleed, voelde ik hem voor een seconde daaraan toegeven.

Direct daarop liet hij me los en duwde hij me van zich af. Verschrikt en beschaamd keek ik hem aan, ik maakte mijn excuses en zei oprecht dat het niet mijn gewoonte was om dit te doen. Ik legde de schuld bij de vertrouwde sfeer die tussen ons ontstaan was.

Daarop begon hij ontspannen te lachen en zei dat hij zich gevleid voelde. Hij noemde me een mooie vrouw en benijdde in dat opzicht Erik; hij wist hoe trouw ik aan mijn echtgenoot was en juist daarom wilde hij geen misbruik maken van de situatie.

Stamelend beaamde ik zijn wijze woorden.

Alle reden om verder te praten over ons gezamenlijke probleem was nu in één keer voorbij. Ik baalde van mijn slapheid, temeer omdat ik er ook weer aan herinnerd werd dat Pieter mijn halfbroer kon zijn. Wat bezielde mij, werd ik soms langzaam gek?

Pieter pakte zijn jas en vertrok.

Vlak voordat hij de deur achter zich dichttrok, keek hij me nog even indringend aan en zei dat ik me geen zorgen hoefde te maken, alles kwam goed. Maar dan moest ik wel eerlijk zijn, vond hij. Ook tegenover de politie.

Ik ging er niet op in en zei dat ik hem na het gesprek met de politie zou bellen. Uit de deuropening trok een tochtstroom langs mijn benen toen Pieter naar buiten stapte en verdween in het donker van de nacht.

Verward bleef ik achter.

Het is raar, maar nu ik daaraan terugdenk besef ik pas dat ik me op dat moment verschrikkelijk eenzaam en afgewezen voelde.

Arme Erik, ik zou hem met gemak kunnen bedriegen, denk ik nu. Achteraf mag ik dus dankbaar zijn dat Pieter zo'n goeie vent is.

Ik draai mijn hoofd in de richting van het reiswekkertje en hoewel het nog vroeg is, besluit ik op te staan en te gaan douchen. Net als ik mijn voeten naast het bed heb geplaatst, klinkt de piep van een nieuw appje.

Uit mijn ooghoek zie ik dat het van 'Belle Hélène' komt.

WEET JE MAN WAT JE UITVREET MET ANDERE MANNEN? staat er.

Woedend open ik het bericht, waar tot mijn verbazing een paar foto's aan zijn toegevoegd. Als ik erover veeg en ze tussen mijn vingers uitvergroot laat ik het telefoontoestel bijna uit mijn handen vallen.

Mijn hart staat stil als ik naar de foto's kijk. Onmiskenbaar ben ik daar diverse keren op te zien. Altijd in innige omhelzingen met Pieter.

Ik probeer de keren terug te halen wanneer dat was. Maar hoe ik ook graaf in mijn geheugen, ik kan me niet herinneren zo publiekelijk met hem te hebben gestaan.

De enige keer dat ik hem vluchtig op zijn mond kuste, was gisteravond hier voor mijn raam. Iemand moet vanaf de galerij ons op dat moment betrapt hebben. Iemand die constant op mij let. Vol ongeloof staar ik naar de kleine, veelzeggende beelden in mijn hand.

Als ik ze nog beter bekijk, zie ik dat het duidelijk om bewerkte foto's gaat. De achtergrond is aangepast, Pieter en ik zijn erin geplakt.

De telefoon glijdt uit mijn hand. Ik sluit mijn ogen en slaak een rauwe kreet van onmacht. Ik denk aan mijn gezin. Koortsachtig probeer ik een uitweg te verzinnen.

Wat moet ik in godsnaam doen als deze foto's worden doorgestuurd naar Erik?

Voorjaar 1980

Heleen

Het is zaterdagavond, en hoewel het prachtig voorjaarsweer is, heeft Heleen de dag voornamelijk binnenshuis op haar kamer doorgebracht.

Het heeft te maken met Jolante, die vanochtend witheet haar kamer binnenstormde. Met veel geweld had Jolante haar wakker geschud. Hun ouders waren weg en Jolante zag haar kans schoon om Heleen eens flink aan te pakken. Ze was des duivels en verdacht Heleen ervan met Bart en Stefan te hebben gepraat.

Nog half in slaap had Heleen haar zus nadenkend aangestaard en niet begrepen waarover die zich nu weer zo vreselijk kwaad maakte.

'Ze hebben vanavond met elkaar afgesproken, ze willen alles openbaar maken,' had Jolante gekrijst.

Toen pas realiseerde Heleen zich wat haar mogelijk te wachten stond. Ze moest er niet aan denken dat alles zou uitkomen. Wat een schande zou het voor haar ouders zijn om te moeten horen dat hun jongste dochter zich door drie jongens had laten nemen. Had ze dat? Zoals eerder wist ze niet meer of het haar eigen schuld was of dat het haar was overkomen.

Wat een vernedering zou dat worden voor haar ouders als ze ook nog hoorden dat hun dochter zwanger was... Kon ze überhaupt na deze bekentenis haar ouders nog onder ogen komen, verder leven?

Ze had een domme inschattingsfout gemaakt. Zij, die zoveel intelligenter is dan Jolante. Ze had nooit verwacht dat de jongens haar dít zouden aandoen.

Bart had gezegd dat hij voor haar zou zorgen als het zover was. Dat had haar voor even een gerust gevoel gegeven. Ze had er al min of meer op gerekend dat hij zijn belofte zou nakomen.

Tot nu toe was het haar gelukt om te doen alsof er niets aan de hand was. Het kind was klein, maar heel soms voelde ze iets bewegen, over het algemeen duurde dat nooit lang. Als dit zo doorging gebeurde er misschien wel nooit meer dan dat en bleef het kind daar net zo lang zitten totdat het vanzelf ophield te bestaan.

Dat maakte ze zichzelf wijs en dat ging goed. Tot nu toe.

Jolante schreeuwde dat het onvergeeflijk was wat ze hen had aangedaan. Ze schreeuwde dat ze moest ophoepelen, verdwijnen, en als ze daar niet toe bereid was dan wist Jolante nog wel een andere manier om van haar af te komen.

De dreigende taal ging gepaard met venijnig geknijp in haar arm. Heleen had zich los geworsteld uit de ijzeren greep van haar zus en haar een mep midden in het gezicht verkocht.

Meteen hield het geschreeuw op. Met grote ogen had Jolante haar aangekeken.

Trillend helde ze voorover, tot vlak boven het lichaam van Heleen. Iedere vezel in Heleens lichaam spande zich aan; haast werktuigelijk had ze haar armen beschermend om haar buik geslagen toen Jolante dichterbij kwam en vlak naast haar oor dreigende verwensingen begon te uiten.

'Jij gaat mee, smerig onderkruipsel. Jij gaat ervoor zorgen dat Stefan niets zegt over ons geheim. Niets, hoor je me?'

Heleen had angstig geknikt.

Bij het avondeten hadden ze zwijgzaam tegenover elkaar aan tafel gezeten. En rond de klok van negen had Jolante tegen hun moeder gezegd dat ze vanavond op de roeiclub waren. Er was een feestje, en ja, ze zouden zorgen dat ze rond middernacht weer thuis waren. Dit keer geen logeerpartij bij vriendinnen.

Heleen had met tranen in haar ogen naar haar moeder gestaard. Bang en verdrietig had ze zich gevoeld bij het zien van de nietsvermoedende vrouw.

Nu pakt ze haar lange, oranje vest en wikkelt het om zich heen. Ze schudt haar dikke haar los en werpt vlug nog een laatste blik op de spiegel. Als ze zich een halve slag draait, ziet ze dat de ronding van haar buik toch veel groter is dan ze al die tijd heeft gedacht.

Hierdoor wordt ze zich ineens bewust van de belangrijke taak die haar zo dadelijk te wachten staat. Het is waar wat Jolante zegt. Zij moet Stefan op andere gedachten brengen, maar tevens moet ze Bart voor zich proberen te winnen. Voor haar alleen.

Het moet, de tijd dringt.

50

Het is nog vroeg als ik de achterdeur open bij mijn moeder. In tegenstelling tot gisteren is alles vredig stil en opgeruimd in haar huis.

Als ik zachtjes op haar slaapkamerdeur klop, hoor ik een kreunende stem reageren.

'Ma?'

Ik open de deur. Een slaperig hoofd met witgrijs, pluizig haar ligt diep weggedoken in het kussen roerloos naar me te kijken.

Ik loop op haar af en ga op het voeteneinde van het bed zitten. Klagerig zwaait mijn moeder met haar hand boven het dekbed en vraagt wat ik midden in de nacht kom doen. Ze vraagt of er iets met Jo is.

'Jo? Nee, ma, ik ben het, Maud. Het is ochtend. Gisteren ben je gevallen, weet je nog?'

Peinzend neemt mijn moeder me in zich op alsof ze me voor het eerst ziet.

'Hoe voel je je, ma? Heb je nog last van je hoofd?'

'Mijn hoofd?'

Ik sta op en werp een blik op mijn moeders achterhoofd waar opgedroogd bloed haar haar aan elkaar heeft geplakt.

'Heb je zin om te douchen, ma?'

Mijn moeder vraagt hoe laat het is; ze heeft nog steeds het idee dat het nacht is. Ze klaagt over vermoeidheid en dat ze liever wil doorslapen.

'Goed, ma, dan ga ik vast een ontbijtje maken voor straks,' zeg ik en ik verlaat de slaapkamer.

Ik besluit van de gelegenheid gebruik te maken door eerst het blauwe geldkistje op zijn inhoud te controleren en daarna het cassettebandje te beluisteren.

Ik weet van mijn moeder dat ze nog altijd de oude apparatuur van mijn vader bewaard heeft. Toen ik haar ooit vroeg waarom ze dat spul niet wegdeed, was dat volgens haar omdat het nog prima werkte. Ik zie nog voor me hoe ze daarbij lachte en weet ineens weer waarom.

Op een van mijn 'papadagen' had ze alle muziekcomposities van mijn vader overgespoeld met haar eigen favoriete muziek. Mijn vader was woedend. Dagenlang was de ruzie niet van de lucht. En alsof er vanaf die dag een smet omheen hing, werd de cassettespeler nooit meer door mijn vader aangeraakt.

Op dit moment komt me dat goed van pas.

Meteen als ik in haar studeerkamer ben, loop ik op de glazen vitrinekast af die gelukkig niet opnieuw is afgesloten. Alles ligt nog steeds keurig gerangschikt op bankafschriften, betaalde rekeningen, reisfolders, filosofiebladen en notitieboekjes.

Ik moet weer denken aan hoe het er hier gisteren uitzag voordat Pieter en ik de boel gingen opruimen. Volgens Carel moet mijn moeder in haar verwarring zelf die rotzooi gemaakt hebben toen ze naar iets op zoek was.

Ik vraag me nu af of dit wel klopt en probeer me te herinneren wat mijn moeder precies tegen me zei toen Carel haar thuisbracht.

Ze had me met die paniekogen aangekeken die ik inmiddels van haar ken. Ze had mijn hand vastgegrepen en geroepen dat 'hij' weg moest.

Aanvankelijk dacht ik dat het weer een waanbeeld van haar was, maar nu ik er wat beter over nadenk en de woorden van Pieter nog eens goed tot me laat doordringen, kan het heel goed zijn dat mijn moeder door iemand is overvallen.

Het kan een inbreker geweest zijn – iemand die door haar op

heterdaad betrapt werd – of iemand die hier kwam om haar iets aan te doen.

Een gevoel van verslagenheid maakt zich bij die gedachte van me meester. Als ik aan mijn moeder vraag wie er hier gisteren was, zal ze dat nooit meer haarscherp weten. Het enige wat ik kan proberen is om het via omwegen en trucjes te achterhalen. En terwijl ik nadenk over hoe ik dat ga aanpakken, open ik de glazen boekenkast.

Op de plank waar het blauwe geldkistje staat, schuif ik een stapeltje tijdschriften opzij en trek een paar boeken naar voren.

Het kistje is weg.

Gehaast doorzoek ik de rest van de planken, maar daar blijkt het ook niet te zijn. Ik kijk om me heen. De overzichtelijk ingerichte kamer – die juist na gisteren extra ordelijk oogt – behoeft niet veel inspectie om te kunnen constateren dat het kistje niet op een andere plek is teruggezet.

De eerste gedachte die bij me opkomt is dat Pieter het heeft opgeruimd; ik zou hem daarover kunnen bellen. En als hij het niet geweest is, moet Carel het weten. Op hen na is hier gisteren niemand anders in huis geweest.

Nog in gedachten over het verdwenen kistje loop ik automatisch door naar de woonkamer waar de stereoapparatuur staat. Een oude platenspeler met tientallen countryplaten ernaast en het stokoude radiocassettedeck staan stoffig en ongebruikt in een laag kastje naast de bank. Mijn oog valt op de hoes van een verzamelplaat met Franse chansons. Hoewel ik weet dat mijn moeder tegenwoordig nog uitsluitend cd's op haar gettoblaster draait, lijkt het alsof de plaat hier nog maar kortgeleden is neergelegd. Iemand moet zich halverwege de handeling bedacht hebben toen hij de plaat uit de hoes haalde.

Ik besteed er verder geen aandacht aan en probeer erachter te komen hoe ik de apparatuur weer aan de praat krijg. Pas na een tijdje zie ik dat alle stekkers naast het stopcontact liggen.

Net nadat ik het bandje van Stefan in het apparaat heb gestopt en alles op scherp staat, hoor ik de slaapkamerdeur van mijn moeder opengaan en haar om hulp roepen.

Zonder aarzelen keer ik me om en schiet de kamer uit.

'Hier ben ik, ma,' roep ik als ik zie hoe mijn moeder onvast naar de badkamer loopt.

Halverwege haar gang houdt ze even in, kijkt verstrooid om en lacht naar me als ze me herkent.

'Wat fijn dat jij er bent, Maud,' zegt ze.

Gniffelend trekt ze me met zich mee.

'Ik heb zo'n wilde avond gehad gister, ik geloof dat ik iets te veel gedronken heb. Het is mijn hoofd, ik voel het aan mijn hoofd. En mijn nek,' wijst ze, en ze trekt aan de hoge kraag die tegen haar kin drukt.

'O, ja, ma? Had je een feestje dan?'

Meegaan in het verhaal en geen tegenwerpingen opgooien, denk ik.

Nadenkend kijkt ze me aan. Dan schudt ze haar hoofd. Haar gezicht wordt ineens weer ernstig, ze slaat haar ogen neer.

'Nee, hoor, geen feestje. Niet met hem erbij.'

'Met hem? Wie, ma? Bart? Stefan?'

Weer die wegkijkende blik. Nu een bibberend lachje.

'Nee, nee, die ander, die nieuwe jongen. Jan Jaap heet hij. Ze noemen hem J.J. Hij lijkt heel aardig, o, jazeker. Maar dat is ie niet. Doet hij tegen jou ook zo? Zo charmant?'

Donkere, dreigende ogen kijken me nu aan.

'Vertrouw hem niet, Maud. Nooit. Hoor je me?'

Ik vraag me af of Jan Jaap dezelfde is als Jaap.

'Was hij hier gisterochtend, ma? Toen alles daarna zo'n rommel was. Weet je dat nog?'

'Rommel?'

'Ja, die Jan Jaap, J.J., was hij toen hier?'

Mijn moeder knikt.

'Ja, hij was hier. Ik weet hoe hij is, ik ken hem door en door. Ik ken zijn geur, ik weet hoe hij ruikt.'

Mijn moeder tikt opnieuw tegen de kraag onder haar kin.

'Het is die aftershave,' zegt ze, en ze haalt met een vies gezicht haar neus op.

Mijn brein werkt snel, ik moet ineens aan de aftershave van Jaap denken die Pieter had gebruikt. Mijn moeder moet hem verward hebben met Jaap. J.J. is dus dezelfde als Jaap.

'Zeg, ma, zijn Bart en Jan Jaap niet met elkaar bevriend?' ga ik snel verder nu het nog kan. 'Ze maken toch samen muziek?'

Grote verbaasde ogen. Een harde lach die volgt.

'Nee, zeg. Hoe kom je dáár nou bij, kind? Nee, god, nee, Bart is zeker niet bevriend met J.J. Niet na wat die gek heeft gedaan... Niet nadat hij mij meenam naar de vliering en...'

'Wat, ma?'

Wegkijkende ogen weer, alsof er een doek valt. Mijn moeder opent de deur naar de badkamer en vraagt of ik al koffie heb gezet. Ze gaat zich even douchen, zegt ze, en hoopt dat de hoofdpijn straks na een paar aspirines weg is.

Ik wil nog zeggen dat ze voorzichtig moet zijn met de hechtingen in haar hoofd, maar de deur is al op slot. En als de douchekraan loopt en ik mijn moeder zachtjes in zichzelf hoor murmelen, kan ik nog maar aan één ding denken: hoe kan mijn moeder zo in paniek geweest zijn vanwege Pieter die ze voor Jaap aanzag?

Besluiteloos staar ik naar de badkamerdeur en een volgende gedachte dringt zich op: hoe kan ze Pieter hier gezien hebben?

Toen hij hier aankwam was mijn moeder al op weg naar het ziekenhuis. Pieter vertelde mij nog dat hij het jammer vond dat hij haar was misgelopen.

Tenzij...? Nee, ik schud mijn hoofd. Stel, ze heeft wel zijn aftershave geroken, dan heeft Pieter gelogen.

51

Nog maar net heb ik koffiegezet en me opnieuw geïnstalleerd voor de cassetterecorder of mijn moeders telefoon rinkelt. Als ik opneem hoor ik de vriendelijke stem van Carel.

Hij is blij mij te horen, vandaag zou het hem niet uitkomen er voor mijn moeder te zijn. Hij vraagt of alles goed met haar gaat. Als ik hem gerust heb gesteld, besluit ik maar meteen over het verdwenen geldkistje te beginnen.

'O, nee, Maud, ik heb geen idee. Toen ik hier aankwam heb ik me meteen over je moeder ontfermd. Ik ben verder niet in haar studeerkamer geweest; we zijn meteen doorgegaan naar de Eerste Hulp. Had jij niet later samen met iemand die kamer opgeruimd?'

Ik antwoord bevestigend, maar kan niet voorkomen dat ik een diepe, vermoeide zucht slaak.

'Gaat het wel, Maud?'

'Ja, nou ja, nee, eigenlijk niet, Carel. Het is nogal complex. Ik had gehoopt dat jij... Je weet misschien meer van mijn moeder en...'

'Hm, ik weet alleen dat je moeder niet lang meer zo kan doorgaan, Maud. Ze moet echt hulp hebben.'

'Ja, ja, ik weet het. Kan het zijn dat er iemand bij haar was gisterochtend?'

'Dat weet ik niet. Je bedoelt voordat ze was gevallen?'

'Ja. Zei ze tegen jou dat ze was gevallen, Carel?'

'Nee, maar dat idee kreeg ik nadat ik haar zo bloedend aantrof. Wat kan het anders geweest zijn? Maar nogmaals, Maud, kun je niet zorgen dat ze hier in dat verpleeghuis wordt ingeschreven? Zal ik anders…'

'Weet je heel zeker dat er niemand bij haar was, Carel?'

'Ja, ik… hoezo? Waarom denk je dat?'

'Niets. Ik vroeg het me af. En ja, bedankt voor je zorg. Ik ga werk maken van hulp.'

Als Carel nog blijft doorvragen, sluit ik vlug af.

Nadat de verbinding is verbroken en ik opnieuw een poging doe om het bandje af te draaien hoor ik mijn moeder binnenkomen. Haar natte haar kleeft tegen haar gezicht, ze heeft een badhanddoek om haar middel geslagen, haar borsten zijn bloot. De kraag die om haar hals zat is weg.

Even voel ik me opgelaten, ik kan me niet herinneren dat ik ooit mijn moeders borsten heb gezien. Ze zijn klein en ondanks haar leeftijd nog steeds stevig.

Zoals ze er nu uitziet oogt ze extra kwetsbaar. Eerder een klein meisje dan een vrouw van middelbare leeftijd. Alweer betrap ik mezelf erop dat ik een soort mildheid voel die ik vroeger nooit naar haar toe had kunnen opbrengen.

'Ha ma, alles goed?' vraag ik en ik loop op haar af.

Ze schudt haar hoofd en wijst op de plek waar hechtingen moeten zitten.

'Maud, daar,' zegt ze. Haar wijsvinger blijft vlak boven haar kruintje hangen. Angstig kijkt ze me aan. 'Maud, hebben ze mijn schedel opengemaakt? Is het omdat ik zoveel vergeet?'

Ik barst spontaan in lachen uit. Waardoor mijn moeder me nog schrikachtiger aankijkt.

'O, nee, nee, ma, dat zijn de hechtingen,' lach ik. 'Gisteren ben je blijkbaar gevallen. Je was op zoek naar iets, toch? Je had Carel gebeld.'

Het gezicht ontspant, peinst en klaart abrupt op.

'Nee, ik ben niet gevallen. Iemand gaf me een klap. Ja, ja, dat weet ik zeker. Het kwam van achter me. Net als toen bij Jo… o, god, wat erg…'

Weer gaat haar hand naar de plek op haar achterhoofd, ditmaal voorzichtig tastend.

Ik voel mijn hartslag versnellen als ik vraag of ze nog weet wie haar die klap verkocht heeft. Of ze die persoon nog zou kunnen herkennen.

Ze haalt haar schouders op. Er valt een stilte. Ik zie haar denken. Even blijven haar ogen rusten op het cassettedeck waar ik voor sta. Ik twijfel of ik over het bandje van Stefan moet beginnen. Maar als mijn moeder afwezig met haar hoofd schudt, besluit ik dat niet te doen.

'Geeft niet, ma, ik...'

Mijn moeder onderbreekt me. Ze vraagt of ik in haar studeerkamer heb gekeken. Zonder mijn antwoord af te wachten gaat ze op haar blote voeten de gang door naar de zijkamer.

Als ik haar volg en in de deuropening vraag of ik haar moet helpen, reageert ze verstoord. Precies zoals vroeger snauwt ze dat ze ook nooit iets aan mij kan overlaten.

'Hoe vaak heb ik je nou gezegd je niet met mijn zaken te bemoeien?' roept ze terwijl ze de glazen boekenkast opent.

'Maar, ma, ik heb hier gisteren juist alles opgeruimd voor je, het was hier één grote bende.'

Driftig zie ik de kleine armen en dito handen van mijn moeder graaien en schuiven over de planken. Ik weet vrijwel zeker dat ze op zoek is naar het kistje.

'Verdomme, het staat hier altijd. Hij moet het hebben meegenomen.'

'Wie, ma? En wat is er meegenomen?' Mijn stem klinkt hard, ik heb niet langer geduld voor dit gedoe.

'Mijn bewijs, het bewijs, alles wat met...' Mijn moeder zakt door haar knieën, gehurkt blijft ze zitten. Met haar ellebogen steunend op haar bovenbenen en haar gezicht verborgen in haar handen lijkt ze nog kleiner.

Als ik naast haar neerkniel en een arm om haar blote, schokkende schouders sla, hoor ik hoe ze zachtjes begint te huilen.

'Het is goed, ma, huil maar. We vinden het kistje wel terug,' zeg ik.

'Ik heb het niet gedaan,' zegt mijn moeder. De zachte snikken gaan over in een hysterisch gehuil. 'Bart ook niet, echt niet, geloof je me?'

Ze kijkt me nu aan. Waterige ogen en natte wangen, half opgedroogd haar boven schrijnende nepwenkbrauwen in een door onrust getekend gezicht.

'Wat niet gedaan, ma?'

'Jo, ze was een heks, maar ik heb het niet gedaan. J.J. heeft haar vermoord.'

52

Kort voor het middaguur fiets ik weg bij mijn moeder. Ze heeft een kalmerend pilletje genomen en is weer naar bed gegaan. Ik heb beloofd aan het einde van de middag terug te zijn.

Hoe ik ook mijn best deed om meer los te krijgen over Jaap en over Jolantes dood, we kwamen niet verder dan dat hij haar zo erg verwond had dat ze aan de gevolgen daarvan was overleden.

Op mijn vraag hoe Jolante dan bij het station gevonden werd en haar lichaam tientallen meters door een trein was meegenomen nadat ze daarvoor zou zijn gesprongen, had mijn moeder geen pasklaar antwoord. Dat kon ze zich niet meer herinneren.

Ik weet inmiddels hoe het werkt met de gaten in mijn moeders geheugen. Ze wisselen elkaar af; morgen kan ze weer haarscherp weten wat ze vandaag is vergeten. Het enige wat ik kan doen is berusten.

Maar dat geldt niet voor mijn stalker. Nog maar een halfuur geleden schreef hij dat hij zich al verheugde op de verbazing op het gezicht van Erik als die zou zien wat ik hier allemaal met andere kerels uitspook.

Misschien dat ik daarom wel extra haast maak om naar het politiebureau te gaan. Ik heb besloten open kaart te spelen. Niet langer wil ik me verschuilen achter valse leugens en geheimzinnigheid. Na die laatste opmerking van mijn moeder over de moord op tante Jo, weet ik vrijwel zeker dat zij niets met die dood te maken heeft.

En als het waar is wat ze zei en dat Jaap mijn tante ooit iets heeft aangedaan, dan is dat probleem ook meteen opgelost.

Jaap is dood, net als Stefan en Bart... Abrupt hou ik mijn adem in. Het zal toch niet zo zijn dat mijn vader ook... toen hij van die steiger viel?

Een tragisch ongeluk, werd het indertijd genoemd. Een arbeidsongeval. Iemand met het beroep van huisschilder liep altijd een dergelijk risico.

Ik kan het me niet voorstellen, maar toch, stel dat al die mannen vermoord zijn omdat ze allemaal iets met mijn moeder en tante Jo te maken hebben gehad, wie is dan de moordenaar? Mijn stalker?

Mijn moeder moet weten wie erachter zit.

Ze zei dat iemand haar gisteren van achteren had overvallen. Ik denk dat ik haar geloof.

Moet ik dat tegen de politie zeggen?

Mijn mond is droog. Bij iedere trap die mijn benen op de trappers maken lijkt de spierkracht langzaam minder te worden. Ik voel me week en slap, want de enige persoon die constant door mijn hoofd gaat is Pieter. En toch kan ik me niet voorstellen dat hij mijn stalker is of de moordenaar van zijn eigen vader.

Het enige wat ik kan bedenken is dat hij misschien samenwerkt met mijn stalker. Bewust of onbewust. Ook dat is mij niet duidelijk.

De foto waarop Pieter en ik elkaar kussen, is door mijn stalker gemaakt. Dat staat buiten kijf. Maar stel, Pieter heeft mijn stalker op het idee gebracht om die foto te maken? Ik probeer me de momenten met Pieter opnieuw voor de geest te halen. Was hij eropuit zo'n scène te ensceneren?

Hij was oprecht ontzet over de dood van zijn vader. Hij wilde net als ik weten wat zich vroeger tussen Jaap en mijn ouders had afgespeeld.

Ik vraag me nu nog meer af wat de reden daarvan kan zijn en moet meteen weer aan het verdwenen kistje denken. Zou Pieter bij het opruimen daarin iets ontdekt hebben? Hij is de enige die het kan hebben.

De vragen tuimelen over elkaar door mijn hoofd. Ik kom er niet uit. En hoe langer ik erover nadenk, hoe sterker ik het gevoel krijg dat de politie er ook niets mee kan.

Zonder bewijs sta ik zwak. Beter is het om af te wachten wat de politie mij vraagt en waar zij mee komen. Zolang niemand weet dat ik word gestalkt vanwege een mogelijke moord uit het verleden van mijn moeder, kan ik zeggen dat ik niets met de dood van Jaap en Stefan te maken heb. Wat waar is.

Mijn moeder zullen ze niet verhoren. Bovendien krijgen ze van haar alleen maar schimmige antwoorden.

Nee, dat wordt geen open kaart met de politie, beter van niet. Maar wel iets anders. Ik zal moeten uitzoeken of Pieter het kistje van mijn moeder heeft en of hij wel of niet bij haar was voordat Carel aankwam.

En terwijl ik het politiebureau nader, krijg ik een idee hoe ik dat ga aanpakken.

Voorjaar 1980

Jan Jaap

De voorjaarslucht belooft een aangename voortzetting na deze warme dag. Het loopt tegen tienen, de schemer heeft zich ingezet en langzaam versmelt het donkere water met het opkomende avondlicht.

Moe en bezweet helt Jan Jaap voorover in zijn skiff, de bladen liggen horizontaal op het water en de boot nadert in alle stilte het vlot. Een aangename tinteling trekt over zijn vermoeide lijf. De tocht van vanmiddag was lang, bijna tot Utrecht, maar door het zwoele windje minder uitputtend dan andere keren.

Toch heeft hij dit soort uitputting nodig. Een lichaam als dat van hem moet aan krachtmeting doen, energie kwijtraken en spierkracht opbouwen.

Als hij zijn boot onder de overkapping heeft gehangen wordt zijn aandacht naar de Toko getrokken. Een klein groepje roeiers neemt onder veel gebral afscheid, terwijl een ander clubje net plaatsneemt op de stoelen naast de deur.

Hij meent aan een van de ruggen Bart te herkennen. Als hij dichterbij komt, ziet hij ook Stefan zitten. In de hoek zit Jolante. Ze praat druk met veel gebaren. Haar ogen schieten van Bart naar Stefan; driftig slaat ze nu met haar hand op het kleine tafeltje om haar woorden kracht bij te zetten.

De jongens gaan er niet op in. Stefan staat op en haalt bier.

Jan Jaap geniet van het veelzeggende tafereel. Hij ziet de stumpers weer voor zich en hoe ze verbleekten nadat hij ze de geluidsopnames van hun verkrachting had laten horen. Wat één cassettebandje al niet teweeg kan brengen. Stelletje sukkels.

Hij vraagt zich af wat hij nog meer kan doen om ze onder druk te zetten. Aan de andere kant, heeft hij niet wat hij wou? Een eigen skiff, iedere maand een lekker extraatje op zijn bankrekening – het is niet veel, hij weet dat hij niet het onderste uit de kan hoeft te eisen, van kale kippen kun je niet plukken – het is hem toch maar gelukt om ze zo gek te krijgen geld aan hem af te staan. Hoe ze daaraan komen zal hem een zorg zijn. Hij doet het goed, hij heeft ze in de tang. Ook heeft hij dankzij die Stefan een lief vriendinnetje aan de haak geslagen. Zijn kleine Française.

Zo anders dan die Heleen. Als hij daaraan denkt voelt hij zijn pik groeien. Babs is altijd geil, zo anders dan dat maagdelijke kutje van dat argeloze wicht.

Heleentje.

Geen spijt heeft hij van die daad, zo'n soort man is hij niet.

De meeste vrouwen vragen er zelf om, hebben geen idee hoe erg ze het voor mannen maken. Halfnaakt erbij lopen, blote tieten, verleidelijk kijken en dan maar verwachten dat jou dat koud laat. Dat jij als gezonde vent je vingers thuishoudt.

Dat soort wijven vragen om een beurt.

Toch zou hij dat met Heleen... snel verwerpt hij de volgende gedachte. Eerst in militaire dienst. Daar ligt zijn toekomst. Het leger trekt hem. Wie weet later, als hij gesetteld is met Babs, ouder is en een en ander van de wereld heeft gezien, dat hij dan ooit weer eens met Heleen... Verdomme, als je het over de duvel hebt. Vanuit de schemer ziet hij haar aankomen.

Ze is op de fiets. Ze draagt een lang verhullend vest over een broek met wijde pijpen. Haar haar heeft ze in een staartje gebonden waardoor haar ronde, meisjesachtige kaaklijn nog scherper wordt geaccentueerd.

Ze ziet hem niet, en als ze zich bukt om haar fiets op slot te doen voelt hij de aandrang haar van achteren stilletjes te benaderen en te verrassen door zijn armen om haar heen te slaan.

Idiote gedachte, weet hij. Snuivend haalt hij zijn neus op.

'Zo, zo, Heleen, lang niet gezien. Waar heb jij je al die maanden schuilgehouden?'

Met grote ogen kijkt ze hem aan. Ze ademt snel, hij ziet hoe ze over haar hele lichaam begint te beven.

Even voelt hij opnieuw de drang om haar vast te pakken en te kussen. Zo'n bloedmooi wezentje. Voelt hij nu spijt omdat hij haar toen zo verschrikkelijk genaaid heeft? Te laat. Niet meer bij stilstaan. Hij denkt aan Babs, die hem sowieso wil. Nogmaals vraagt hij aan Heleen of ze hem ontwijkt.

Ze antwoordt niet, maar richt zich op de verlichte plek achter hen en stapt om hem heen naar de Toko. Zijn ogen volgen haar heupwiegende beweging. Goddomme, wat denkt die sloerie wel niet.

'Hé, ik praat tegen je. Hoor je me niet?'

Hij ziet hoe ze nu naar binnen vlucht, bij het tafeltje halt houdt en ook daar op verbazing stuit. Jolante roept iets tegen haar, het klinkt snauwerig. Bart staat op en springt tussenbeide. Hij duwt hen nu naar buiten in de richting van de meest afgelegen loods. Als ze naar buiten komen, duikt Jan Jaap achter de wherry's. Vanuit het donker houdt hij het groepje dat nu versterking van Stefan krijgt in de gaten.

Bart probeert de boel te sussen, terwijl Jolante doorgaat met snauwen. Heleen knikt naar Stefan, die met zijn handen in de zakken en zijn hoofd tussen zijn schouders meeloopt. Als ze bij de ingang van de loods zijn, opent Bart de afgesloten ruimte. Hij kijkt even achterom of iemand hen heeft gezien. Dan stappen ze naar binnen en lossen op in de loods waarin de riemen en de pikhaken hangen.

Zodra de deur achter hen dichtvalt, komt Jan Jaap uit het donker tevoorschijn. Met grote stappen beent hij in de richting van de loods; zijn hart gaat als een bezetene tekeer, benieuwd naar wat daar wordt bekokstoofd.

53

Dit keer word ik door een ietwat aarzelende, jonge – ik schat hem niet ouder dan dertig – rechercheur ontvangen. De man heeft een pluizig baardje, een bril met zwart montuur en blond stekeltjeshaar.

Hij gaat me voor naar een kamer met ruime banken en tafels. Op een van de banken vlak onder een raam zit de dikke rechercheur. Benen iets uit elkaar, blocnote op schoot en een zak zuurtjes onder handbereik. Hij staart op zijn smartphone.

Als ik de kamer binnenkom, kijkt hij niet op. Zijn jonge collega vraagt me ergens te gaan zitten.

De jongeman noemt zijn naam, stelt de dikke man aan me voor alsof ik die nog niet zou kennen en vraagt of ik op de hoogte ben van het protocol.

Ik schud mijn hoofd en merk op dat ik had begrepen dat ik hier voor enkele vragen was omtrent mijn buurman en de man die dood bij mij aan tafel zat.

'Dat klopt,' zegt de jonge rechercheur. Zonder in te gaan op het protocol begint hij me vragen te stellen.

Hoe lang ik in de flat woon, waar ik werk, of ik getrouwd ben, kinderen heb en waarom die dan niet hier bij hun moeder zijn. Na elke vraag wacht ik iets langer met antwoorden – wat gaat het deze gast aan hoe mijn privésituatie is?

'Hebt u al nagedacht over een oplossing voor uw moeder? Ik ga ervan uit dat u binnenkort weer teruggaat naar Walcheren?'

'Daar wordt aan gewerkt,' zeg ik kort.

'Mooi. Uit ons onderzoek blijkt dat de man die bij u langskwam, Stefan Weijers, hoogstwaarschijnlijk uw buurman heeft gekend. Wist u daarvan?'

'Nee,' antwoord ik naar waarheid, en ik probeer de dingen die mijn moeder over hen verteld heeft te verdringen.

'Hebt u enig idee waarom hij bij u langskwam?'

'Nee, geen idee.'

'Heeft hij daarover nog met u gesproken?'

'Nee, toen ik hem binnenliet was hij al niet meer aanspreekbaar. Hij voelde zich niet lekker en daarom bood ik hem een stoel aan.'

'U hebt hem niets anders aangeboden dan een stoel?'

'Nee, hoezo? Ik geloof dat ik vroeg of hij een glas water wilde, maar toen was hij al...'

'Uit forensisch onderzoek blijkt dat de heer Weijers is overleden aan een anafylactische shock. Ofwel, hij leed aan een notenallergie die vermoedelijk geleid heeft tot een hartstilstand. Als iemand hem op tijd adrenaline had gegeven, had hij nu nog geleefd. Wij hebben een auto-injector bij hem aangetroffen. Had hij die niet tevoorschijn gehaald toen hij bij u was?'

Niet-begrijpend kijk ik de man aan. Ik denk aan het cassettebandje dat Stefan uit zijn zak haalde, niet aan een injector.

'Mevrouw Mulder?'

'Nee, hij haalde niets tevoorschijn.'

'Oké, ik geloof u. Maar weet u zeker dat u de heer Weijers niet van de pinda's hebt laten eten?'

'Pinda's?'

'Ja, we vonden een halflege zak pinda's in uw keuken.'

'Hè? Ga weg, ik heb helemaal geen pinda's in huis!' roep ik stomverbaasd.

De man antwoordt niet maar schrijft iets op.

'Trouwens, pinda's zijn geen noten maar peulvruchten. Je kunt een pinda-allergie hebben, dat is iets anders dan een notenallergie,' zeg ik.

Voor het eerst kijkt de dikke man me nu aan. Hij vraagt hoe ik aan die kennis kom.

Ik antwoord dat je met een pannenkoekenhuis moet weten wat voor voedselallergieën mensen kunnen hebben.

Op zijn volle wangen verschijnt nu een even vette grijns. Ik voel hoe mijn nekharen abrupt overeind gaan staan bij de glazige blik die hij op me werpt. Ik heb sterk het gevoel dat ik hier word getest. Misschien dat ze daarom ook overschakelen op het volgende onderwerp.

'Mijn collega heeft u al eerder gesproken over de heer Van der Lagenmaat. U gaf toen te kennen dat u op het moment van zijn dood niet thuis was maar in het gezelschap van zijn zoon verkeerde. Klopt dat?'

Ik besluit goed op te letten in welke val ik nu weer word gelokt.

'Dat klopt. Ik had inderdaad met de zoon van mijn buurman afgesproken. Maar zoals ik al eerder tegen uw collega zei: op het moment dat hij naar zijn vader ging, was ik naar de wc om met mijn moeder te bellen.'

Er valt een stilte. Beide mannen kijken elkaar nu strak aan. De dikzak staat als eerste op. 'Wat had u te bespreken met zijn zoon?'

Mijn brein schakelt over op de hoogste versnelling als ik me probeer te herinneren wat ik daar toen over zei.

'Het zal met zijn vader te maken hebben gehad. Hij was nog niet zo lang geleden geopereerd aan zijn heup. Ik hield een oogje in het zeil, meer niet.'

'Had u daarom de sleutel van zijn huis?'

'Wat? Nee, ik had geen sleutel van zijn huis.'

Ik schrik van mijn snelle, oprechte reactie. Want als de man een plastic zakje omhooghoudt waar een sleutel in zit, besef ik dat ik beter geen ontkennend antwoord had kunnen geven.

'Hoe verklaart u dan dat wij de huissleutel van uw buurman bij u aantroffen?'

'Ik... ik heb geen idee. Ik ken die sleutel niet. Misschien heeft Pieter hem...'

'Pieter?'

'De zoon van mijn buurman.'

'O, ja, die. U denkt dat hij hem bij u heeft laten liggen?'

'Ja, dat denk ik. Wie anders?'

Weer kijken de mannen elkaar aan.

'Hebt u veel contact met Pieter?'

'Nee, niet bepaald... ik... nogmaals, ik woon pas sinds een paar weken hier en heb me voornamelijk beziggehouden met mijn moeder. Sinds de dood van mijn buurman ben ik in contact gekomen met zijn zoon.'

'Maar daarvoor kwam u toch al bij...?'

'Ja, ik bedoel, nee, dat is niet waar.' Ik reageer nu fel op dit verhoor.

De jonge man kijkt me verbaasd aan. De dikzak loopt heen en weer. Ik maan mezelf tot kalmte, wil me niet langer door deze twee laten intimideren.

'Ik was tot nu toe maar één keer bij Jaap – zo stelde mijn buurman zich aan me voor – binnen geweest. Omdat ik mezelf had buitengesloten. Dat was de enige keer. Toen ontmoette ik ook zijn zoon.'

'En net zei u nog dat u een oogje in het zeil hield?'

'Nee, ik bedoel, ja, dat zou ik doen...'

'En waarom ging u dan met zijn zoon uit eten? U bent getrouwd, u woont hier tijdelijk voor uw moeder, zei u... Gaat u altijd zo snel met wildvreemde mannen uit eten?'

'Ik, nee, tuurlijk niet... ik...'

'Of zit er meer achter, mevrouw Mulder? Weet uw man van het contact met uw buurman en deze Pieter?'

'Nee, waarom zou hij... Ik begrijp niet waar dit naartoe gaat. Ik heb niets gedaan. Beschuldigt u mij ergens van?'

Stilte. De dikzak gaat zitten, zijn collega schudt zijn hoofd.

'Nee, nee. Alleen zouden we graag zolang het onderzoek loopt met u contact willen houden, dat is alles. Dit zijn routinevragen, meer niet. U bent vrij om te gaan.'

Ik aarzel geen moment, sta meteen op en loop naar deur. De twee kerels blijven zitten, ik voel hoe ze me nakijken. Als ik de deur opendoe, hoor ik de dikzak zijn keel schrapen.

'O ja, dat vergat mijn collega nog te zeggen: op die sleutel van uw buurman zaten wel uw vingerafdrukken, mevrouw Mulder.'

54

De uren dat ik nog thuis ben na mijn bezoek aan het politiebureau besteed ik aan een kort dutje en mijn uiterlijk. Ik wil er vanavond zo goed mogelijk uitzien.

Nadat ik het bureau had verlaten schakelde ik zo vlug mogelijk over op mijn plan. Om Pieter op de proef te stellen en te kijken of hij de waarheid sprak over het bezoek aan mijn moeder, heb ik hem voor vanavond bij haar uitgenodigd een hapje mee te komen eten.

Ik merkte enige aarzeling in zijn stem toen ik hem belde. Hij wist niet of het nog zin had om met haar van gedachten te wisselen over zijn vader. Misschien moest hij het onderwerp maar laten rusten, zei hij.

Waarop ik hem hielp herinneren aan mijn stalker. Ik wees hem erop dat die gewoon zou doorgaan met zijn dreigementen. En wat te denken van die twee doden die allebei iets met mijn moeder te maken hadden; wilde Pieter niet weten hoe dat kwam? Was hij niet bang dat hem ook iets zou overkomen?

Na die vraag werd het even stil. Hij bleef erbij dat ik het aan de politie had moeten vertellen. Zelfs als mijn moeder betrokken was geweest bij de moord op mijn tante, dan zouden ze daar toch van op de hoogte moeten worden gebracht, vond hij.

Ik vroeg Pieter om geduld. 'Geef me nog een paar dagen,' zei ik. En ik vroeg hem mee te werken en voegde eraan toe dat ik alle hulp heel hard kon gebruiken.

Over de laatste berichten van mijn stalker vertelde ik hem bewust niets. Nu die over foto's van Pieter en mij beschikt, is hij ineens over geld begonnen. Mits ik hem twintigduizend euro betaal, zal hij Erik niet inlichten over mijn 'gerommel' – zoals hij dat noemt – met Pieter.

JE GAAT BETALEN, DAME. DIE MAN VAN JE HEEFT GELD GENOEG, las ik vanochtend toen ik trillend van de zenuwen een nieuw appje opende.

Net zo nerveus wachtte ik Pieters antwoord af. Na al die incidenten ben ik des te meer op mijn hoede. Als hij mijn stalker is – wat ik niet kan geloven – dan zal ik op tijd moeten ingrijpen. Ik hoorde hem zuchten en zeggen dat morgenvroeg het huis van zijn vader werd vrijgegeven. Hij moest zich voorbereiden op het leeghalen daarvan, en ook op zijn werk werkte hij naar een deadline. Bovendien had hij in geen tijden fatsoenlijk gegeten.

Daar haakte ik meteen op in; dan moest hij zich vanavond maar eens goed laten verwennen, vond ik. Bovendien hoefde het niet laat te worden. Mijn moeder ging op tijd naar bed.

Voor een seconde viel er een nieuwe stilte. Ik luisterde naar mijn eigen gespannen ademhaling. Toen vroeg hij hoe laat ik hem verwachtte. Ik probeerde niet te juichend over te komen en noemde een tijd. Halfzes bij mijn moeder. Mijn hart leek te barsten van opwinding.

Ik keur mezelf in de spiegel en vind dat ik er leuk uitzie in mijn strakke witte jeans en loshangende blouse van zwart chiffon. Niet te opvallend en toch sexy. Vooral de hooggehakte suède enkellaarsjes doen het er goed bij. 'Jij kunt met jouw lengte en postuur alles hebben,' zou Erik zeggen.

Dat ik altijd te veel kleren inpak op vakanties, zodat ik niet steeds in dezelfde jeans hoef te lopen – wat ik meestal toch doe – komt me nu goed uit.

Erik zou eens moeten weten waar ik vanavond mijn charme voor in de strijd gooi. Ik vergeef het mezelf nooit dat ik me gisteravond zo heb laten gaan.

Drie volle boodschappentassen hangen aan het stuur van mijn fiets als ik iets na vijven bij mijn moeder achterom rijd. Ik heb net een van de tassen voor de deur gezet als er een appje binnenkomt.

Met de andere tas nog aan mijn hand open ik het bericht. Ik verwacht mijn stalker, maar zie al snel dat het van Erik komt. Als ik goed en wel tot me laat doordringen wat hij schrijft, laat ik van schrik de tas uit mijn hand vallen.

Gealarmeerd door het geluid van rammelende flessen en mijn harde gevloek opent mijn moeder de achterdeur.

'Ha Maud, wat ben je laat. Hadden we niet rond de middag afgesproken?'

Wezenloos staar ik naar mijn moeder. Mijn hart klopt in mijn keel als ik denk aan de strekking van het app-berichtje. Tim heeft vrijaf gekregen van Erik en is onderweg naar Weesp. Hij miste me. Hij wil me komen helpen met oma. Echt zo typisch mijn oudste: eigenzinnig en oplossingsgericht. Soms verfoei ik mijn kind hierom, om die dwingende aanhankelijkheid, zoals nu, wanneer hij zonder overleg langskomt.

'Maud? Is er wat gebeurd? Je ziet zo bleek. Kom, laat mij iets van je aanpakken. Wat heb je veel inkopen gedaan, krijgen we bezoek? Is er iemand jarig?'

Zonder mijn moeder te antwoorden sleep ik de boodschappentassen naar binnen. Terwijl mijn moeder alvast begint uit te pakken en vertelt over haar oude thuishulp die vanmiddag langskwam voor een praatje, vraagt ze nogmaals of alles in orde is.

'Maud, er gebeuren zoveel dingen om me heen waar ik niks van snap. Er komen steeds mensen langs die ik niet kan plaatsen. Soms herken ik ze van vroeger, dan zie ik alles weer helder voor me van toen, maar de meeste keren is het weg. Hoe goed ik ook mijn best doe.'

Nu richt ik me rechtstreeks tot mijn moeder. Haar loodgrijze ogen staan helder, ze kijkt me verwachtingsvol aan, alsof ik met een toverstokje de mist in haar hoofd voorgoed kan wegtoveren.

Ik voel een diep medelijden opkomen omdat ik weet dat ze steeds verder zal wegglijden in die angstige verwarring. De enige verlossing daarvan voor haar is de dood. Ik weet dat ze dat ooit tegen me zei, lang voordat dit alles begon. 'Maud, nooit als kasplant, dan geven ze me maar een spuitje.'

Ze is nog lang geen kasplant, maar geen enkele arts zal nu meer serieus met haar over euthanasie beginnen.

'Ik weet het, ma,' zeg ik. 'En ja, we krijgen een gast. Hij heet Pieter, hij is de zoon van mijn buurman. Hij heeft me met wat kleine klusjes geholpen, ik wilde hem als tegenprestatie bedanken met een maaltijd. Het leek me wel gezellig om dat bij jou te doen.'

'O, ja hoor, prima. Moet ik me nog omkleden?'

Ze veegt over haar kobaltblauwe linnen broek en strijkt het bijpassende Bretonse streepjesshirt glad over haar heupen.

Na de scheiding en na haar Franse jaren is haar kledingkeuze nooit meer veranderd. Mijn moeder kleedt zich het liefst als een Française. Mooie truitjes, losvallende broeken of fijne jurkjes. Altijd elegant.

Als ze opkijkt zie ik de verwarring weer als een luik voor haar ogen vallen. Er komt een gast die ze niet kent, iemand die misschien wel iets van haar moet. Nerveus likt ze langs haar lippen.

Ik stel haar op haar gemak en zeg dat ze er prima uitziet.

'Kom, ma. Als jij nou vast wat gaat voorsnijden?'

Ik schuif de groentes over het aanrecht naar haar toe.

Ondertussen trek ik mijn regenjas uit en werp nogmaals een blik op het app-berichtje van Erik. Terwijl ik het opnieuw doorlees, belt hij me op. Hij vraagt of Tim al in Weesp is, hij kan hem niet bereiken. Waarschijnlijk zit onze zoon weer zonder stroom, lacht hij als ik vraag hoe laat Tim vanochtend is vertrokken.

Ik voel het bloed uit mijn gezicht wegtrekken als ik denk aan alles wat mijn kind kan overkomen nu er een stalker is die alles van mij lijkt te weten. Refereerde hij niet laatst aan mijn jongens daar op Walcheren?

'Waarom stuur je hem ook alleen op pad?' val ik fel uit tegen Erik.

Hij reageert terecht verbaasd en snauwt of ik vergeten ben dat onze oudste al vanaf zijn dertiende kriskras door Nederland treint en oud genoeg is om voor zichzelf te zorgen.

Ik val stil. Erik heeft gelijk. Ik zie nu overal spoken. Mijn stem trilt als ik hem zo kalm mogelijk beloof Tim te laten bellen zodra hij hier is.

We babbelen nog kort over het werk en als Erik weer over mijn moeder begint, laat ik hem merken dat ik daar nu niet over kan praten omdat ik naast haar sta in de keuken.

'Wie is dat, Maud?' vraagt mijn moeder bezorgd. 'Is er iets met Bart?'

Ik schud mijn hoofd en draai me om; zachtjes zeg ik tegen Erik dat we ons gesprek nu moeten beëindigen en dat ik later op de avond terugbel.

De verbinding wordt verbroken. Net als ik me weer op mijn moeder concentreer, gaat de deurbel.

Verstrooid kijk ik de gang in. 'Daar zal je Pieter hebben,' zeg ik. 'Ik doe wel open.'

Nog steeds in gedachten over mijn zoon die straks voor een dichte deur en zonder bereik bij mijn flat staat, trek ik met een zwaai de deur open voor Pieter.

Ik knipper met mijn ogen als ik niet Pieter zie staan, maar een kleine, frêle vrouw met Zuid-Europese trekken. Ze doet me aan iemand denken. Iemand die ik me niet zo snel voor de geest kan halen, maar nog niet zo lang geleden gezien heb.

'Allo,' zegt ze met een gemaakt Frans accent en ze steekt haar smalle hand uit. 'Jij moet Maud zijn.'

Ik knik en leg automatisch mijn hand in de hare.

'Barbara, de oude thuishulp van je moeder,' zegt ze. 'Maar iedereen noemt me Babs.'

Voorjaar 1980

Bart

'Over mijn lijk,' krijst Jolante. 'Nooit, nooit, zal ik jou opgeven voor haar, die hoer, die slet...'

'Je moet, Jo. Alles staat hierop, alles, hoor je me? Alles, ook jij, ook jouw stem is duidelijk hoorbaar. Reken maar dat J.J. een kopie heeft. We moeten ermee naar de politie. We kunnen ons niet langer laten afpersen door die klootzak.'

Jolante schudt haar hoofd, ze werpt zich op Bart en grijpt naar het cassettebandje dat hij in zijn hand houdt. Haar hand omsluit zijn pols, haar nagels krabben het vlees onder zijn mouwen open. Hij slaakt een kreet van pijn en werpt het bandje impulsief naar Stefan, die het opvangt en wegstopt tussen zijn kleren.

Hij ziet hoe Stefan nu naar Heleen kijkt en volgt zijn blik.

Met moeite houdt ze zich staande tussen de riemen en pikhaken. Bevend en met verschrikte ogen in een doodsbang gezicht blijft ze hen aanstaren. Ze ziet bleek, ze roept dat ze moeten stoppen. Dat ze niets van hen wil, behalve dat ze stoppen.

Bart geeft Jolante een zet en roept naar Heleen dat het goed komt, dat ze niet bang hoeft te zijn. Dat hij zijn belofte zal nakomen en voor haar en het kind zal zorgen.

Dat maakt Jolante nog woester. Witheet gilt ze dat niemand Bart van haar afneemt. 'Wij zijn voor elkaar geschapen,' roept ze. 'Jullie snappen er niets van, stelletje dombo's, niemand drijft Bart en mij uit elkaar. Niemand!'

Ze gromt en hijgt, en als een wild dier dat bloed ruikt, duikt ze op Heleen af.

Wanneer Heleen begint te gillen komt Stefan in actie en

grijpt naar Jolante. Maar zodra hij haar beet heeft, slaat Jolante als een bezetene om zich heen. Ze trapt naar Stefan en scheldt hem uit voor smerige homofiel. Ze gilt naar Bart waarom hij geen poot uitsteekt om haar te helpen en vindt dat hij een lafaard is die niet eens voor haar wil vechten.

Ze vloekt en tiert. Dan weer tegen Stefan, dan weer tegen Bart.

Sjorrend aan de kleren van Stefan gaat ze op zoek naar het cassettebandje. Verlamd en roerloos kijkt Bart toe, niet in staat om in te grijpen.

In de volgende seconde meent hij dat de deur van de loods wordt opengeschoven. Hij draait zich om en spitst zijn oren. Maar dan ineens is het geluid alweer weg. Behalve zijn eigen versnelde ademhaling en de ruziënde stemmen hoort hij niets. Hij legt de schuld bij de wind die aan het loodshout trekt en de sponningen van de deuren doet kreunen.

Hij keert zich weer om naar Stefan, die nog steeds in gevecht is met Jolante. Hij kent zijn vriendin, een feeks is het als ze door het lint gaat.

Vanuit zijn ooghoek ziet hij Heleen nu in beweging komen. Ze heeft een van de pikhaken van de wand gehaald en houdt hem in haar handen zoals ze hem op een mooie zomerse dag tijdens een toertocht vasthoudt; strak omklemd en scherp gefocust om gevaarlijke botsingen met andere boten te voorkomen.

Bart ziet haar nu op Jolante aflopen. Kordaat en zelfverzekerd is haar pas.

Als Bart begrijpt wat ze van plan is, is hij in twee stappen bij haar. Hij roept dat ze de pikhaak moet loslaten, trekt haar bij haar middel en schudt haar door elkaar als ze niet wil luisteren.

De pikhaak valt uit haar handen en klettert tegen de betonnen vloer.

Jolante kijkt op, ze laat Stefan los en als ze doorkrijgt wat haar zusje van plan was, bukt ze zich naar de pikhaak en richt hem nu dreigend op Heleen.

Tot schrik van Bart verroert Heleen zich niet. Integendeel.

Uitdagend blijft ze staan, haar buik vooruit en met het kind als wapen roept ze dat het haar niet meer uitmaakt of ze hier zal sterven.

In paniek werpt Bart zich tussen de twee zusjes.

Jolante wankelt, trekt en duwt en komt uiteindelijk met de vervaarlijke punt van de stok nu recht op hem af. Midden in het gevecht verliest Jolante de grip op de stok. Hij glijdt uit haar vingers en als een ongeleid projectiel vliegt hij door de lucht.

Bart duikt weg, maar als hij de stok niet hoort vallen beseft hij dat iemand hem vanuit de lucht moet hebben opgevangen.

Stefan is het niet, die trekt zijn kleren recht, klagend over uitgescheurde zakken.

Verbaasd richt Bart zich verder op. Net als hij ziet wat er achter hem gebeurt en hij zijn handen om zijn hoofd legt om het te beschermen, voelt hij een windvlaag langs zijn lichaam suizen. Een korte slag volgt. Jolante slaakt een kreet.

Bart laat abrupt zijn handen zakken. Automatisch kijkt hij om naar Jolante, die voor zijn voeten in elkaar zakt.

Alsof ze opeens topzwaar is geworden slaat ze recht voorover met haar borsten tegen de grond. Haar hoofd schudt vreemd op haar romp en uit haar keel komen slechts hese klanken. Roerloos blijft ze liggen.

Als verlamd staart Bart naar de donkere plas bloed die onder Jolantes hoofd vandaan vloeit.

Hier voor hem op de grond ligt het meisje met wie hij een paar maanden geleden nog langs de Vecht in het gras lag. Zijn vriendinnetje met wie hij zo heerlijk kon vrijen en die met kerst nog over hem sprak als haar toekomstige verloofde.

Hij spreekt haar naam uit, maar krijgt geen antwoord. Jolante kijkt hem aan zonder hem te zien. Het licht in haar ogen is gedoofd.

Jolante is dood.

55

'Babs, ben je terug? Wat fijn voor Maud. Ik heb je zo gemist.'

Mijn moeder staat vlak achter me in de gang. Opgetogen lacht ze naar de kleine vrouw die weifelend voor me in de deuropening staat; ze vraagt waarom Babs niet binnenkomt.

De vrouw kijkt mij onderzoekend aan en zegt dat het misschien nu niet gelegen komt. Ze verontschuldigt zich voor het feit dat ze eerder op de dag iets vergeten was af te geven aan mijn moeder. Ze rommelt in haar schoudertas en haalt er dan een zwart etui met een rits uit.

Als vanzelf pak ik het aan als ze het aan mij overhandigt.

'Je moeder vindt het fijn om over het verleden te praten,' zegt ze. 'En daar hoort deze inhoud bij,' vervolgt ze.

Ik knik en werp een blik over mijn schouder naar mijn moeder, die nog steeds stralend achter me staat.

'Kom binnen, Babs, wat sta je daar nou?' zegt ze en ze duwt mij aan de kant om haar oude thuishulp binnen te laten.

De vrouw zegt iets in het Frans, waarop mijn moeder automatisch overgaat op de taal die ze zo graag spreekt maar met bijna niemand kan delen.

Ik kan ze niet volgen, het gaat me te snel en bovendien dwalen mijn gedachten af naar Tim. Ik vraag me af of hij al bij mij voor de deur staat. Geërgerd over zijn onbereikbaarheid besluit ik niet de hele avond hier in spanning af te wachten, maar eerst naar mijn flat te gaan en dan pas te gaan koken. Nu mijn moeder gezelschap heeft, hoef ik me daar niet bezwaard over te voelen. Als Pieter zo aanbelt wacht hij maar even.

'Zeg, ma,' roep ik naar mijn moeder, die inmiddels met haar hulp in de woonkamer nog steeds druk in het Frans zit te babbelen. 'Ik bedenk opeens dat ik een belangrijk ingrediënt mis, ik ben nog even naar de supermarkt, goed?'

Het lijkt me niet verstandig om nu over haar kleinzoon te beginnen. Dat zou alleen maar tot meer verwarring leiden. Als ik Tim straks tref, kan hij kiezen of hij meegaat naar oma of in mijn flat tv gaat kijken.

Mijn moeder antwoordt met een *très bien, mon chérie*, en keuvelt daarop vrolijk verder.

Voor een moment voel ik me beledigd, maar dan wordt mijn aandacht naar het etui in mijn hand getrokken en begrijp ik uit het verhaal van Babs dat zij waarschijnlijk dezelfde vrouw is die ik een paar dagen eerder hier zag weggaan. De oude thuishulp van mijn moeder, diezelfde vrouw die mijn moeder getipt had over de flat waar ik nu tijdelijk woon.

Na al die incidenten daar heb ik haar meerdere keren vervloekt. Ik blijf even stilstaan voor de deur waarachter het vrolijke gelach van de twee vrouwen heel gemoedelijk klinkt. Ik zal mijn oordeel moeten bijstellen.

En hoewel ik op weg ben naar buiten overwint mijn nieuwsgierigheid het en ruk ik het etui los om te kijken wat daarin zit.

Ik stuit op diverse foto's.

Nerveus graaien mijn vingers door een kleine hoeveelheid afbeeldingen van mijn moeder als meisje en later als volwassen vrouw. Ik zie evenzoveel foto's van mijn vader en mij. Foto's waarvan ik me niet kan herinneren dat ze ooit door iemand zijn genomen.

Ik zie roeifoto's van mensen die ik niet ken, een man in een uniform, mijn vader met een baard en lang haar, mijn moeder in een paarse overall, en een lange, stevige vrouw in een motorjack met een helm. Dat moet tante Jo zijn.

Dan ontdek ik tussen al die verkleurde kiekjes een paar foto's van recenter data. Ik haal ze naar boven en meteen gaat er een lichte schok door me heen. Blijkbaar had ik het verdrongen, maar mijn moeder is natuurlijk in het bezit van foto's van mijn gezin.

De jongens als baby's en kleuters. Hun eerste schoolfoto, klassenfoto en de puberale pasfoto's van Tim. Ons pannenkoekenhuis nadat het ons eigendom werd. Erik en ik, de kozijnen kwastend en onder de verf, lachend naar Lucas die alles met zijn eerste camera per se moest vastleggen.

'Maud?'

Verschrikt kijk ik op. Mijn hand trilt.

'We dachten dat je al weg was. Sorry, je ziet er geschrokken uit. Ik hoop dat je mijn bezoek niet als een overval beschouwt?'

De kleine vrouw met het gemaakte accent neemt me met een glimlach op. Ze vraagt of ik nog dingen herken op de foto's. Het is een doodgewone vraag voor iemand die zojuist heeft uitgelegd dat ze deze foto's gebruikt om mijn moeder bij te staan in haar proces van vergeten.

Ik zou deze vrouw dankbaar moeten zijn. Ik zou dat tegen haar moeten zeggen; *bedankt voor alles wat je doet voor mijn moeder, en bedankt dat je mij aan een tijdelijke flat hebt geholpen*. Al die vriendelijke bekommernis, waar vind je dat nog in deze tijd?

Ik proef de woorden op mijn tong, ik hoef ze alleen nog maar uit te spreken.

Waarom krijg ik ze dan niet over mijn lippen? En waarom duw ik de foto's dan zo snel mogelijk terug in hun etui? Wat is er mis met mij dat ik iedereen om mij heen wantrouw en voor mijn stalker aanzie, zelfs deze vriendelijke vrouw.

De deurbel haalt me opnieuw uit mijn gepeins. Dat moet Pieter zijn.

Zonder na te denken schiet ik door naar de keuken. Eerst mijn zoon, dan de rest.

'Maud?' hoor ik mijn moeder nog net roepen. 'Krijgen we weer bezoek?'

56

De invallende schemer gaat gepaard met een miezerige motregen. Gehaast fiets ik naar de buurt met flats die ik inmiddels wel kan dromen. Zo handig gelegen op een steenworp afstand van mijn moeder en het centrum, wat leek me dat praktisch in mijn zoektocht naar de waarheid.

Ik had het allemaal zo goed uitgedacht: even stevig wroeten in mijn moeders verleden, hier en daar informatie inwinnen omtrent de dood van mijn tante door wat bezoekjes aan de roeiclub. Het leek me voldoende om in een paar weken tijd achter het ware verhaal van haar dood te komen en zo mijn stalker voor te zijn.

Hoe naïef.

De enige persoon van wie ik zeker wist dat hij kon zeggen of het om zelfmoord of moord ging, was Stefan. Nu erger ik me nog meer aan mijn terughoudendheid.

Waarom zette ik die middag op de roeiclub niet door? Als ik dat wel gedaan had, was ik er waarschijnlijk ook veel eerder achter gekomen dat Jaap een oude bekende van mijn moeder was.

Ik was er zo dichtbij, ik zat er met mijn neus bovenop… verdomme.

Hardop vraag ik me af of het nu eigenlijk nog iets uitmaakt. 'Waarom stop ik er niet mee?'

Als ik open kaart speel tegenover Erik is het afgelopen met de invloed van die gek. Laat hij maar met die kutfoto's van Pieter en mij komen, hij kan barsten. Inmiddels ben ik sterk genoeg om Erik de waarheid te vertellen.

Tante Jo is gecremeerd en het politieonderzoek uit die tijd wees uit dat het om zelfmoord ging. Had die vriendin van mijn moeder niet hetzelfde gezegd toen ze die keer samen op het politiebureau waren?

Waarom heb ik me toch zo laten meeslepen door die gek? Was het omdat hij zei dat er meer was, ging dat niet om mijn biologische vader? Alsof me dat nog iets kan schelen.

Ondanks al die gedachten over opgeven, blijft de vraag aan me knagen waarom juist in zo'n korte tijd de enige twee mensen die erbij betrokken waren nu dood zijn.

Terwijl ik niet veel later mijn fiets op slot zet voor mijn flat zie ik nog net vanuit mijn ooghoek iemand op mijn galerij wegrennen naar het trappenhuis. Het is al te donker om van hieruit te zien wie het is. Maar als ik me niet vergis en het postuur goed in me opneem, is het dezelfde persoon die me al die tijd al in de gaten houdt.

Niet gehinderd door enige aarzeling, maar juist gedreven door mijn eerdere gedachten over afrekenen met dit gedoe, schiet ik zo vlug mogelijk het trappenhuis in. Met twee treden tegelijk ren ik naar boven. Als ik snel ben kan ik de persoon nog inhalen.

Halverwege de tweede etage hoor ik opeens een deur dichtklappen. Ik grijp naar mijn telefoon en zet hem klaar om op te nemen.

Op de tweede is weinig licht. Anders dan op mijn galerij staan er bovendien veel plantenbakken waardoor het zicht me voor het grootste deel wordt ontnomen. Turend langs een buxus en een halfdode hortensia meen ik een schaduw te zien die niet op een plant lijkt.

Mijn hart pompt als een gek, toch loop ik moedig door. Met de telefoon stijf in mijn hand geklemd beweeg ik voetje voor voetje langs de donkere plantenbakken.

Ik zie de laatste woning van de galerij opdoemen. Haaks op de muur is een rek voor klimplanten geplaatst. Nu kan de persoon niet verder. Hij moet zich daarachter verschuilen.

Buiten mijn eigen ademhaling en de wind die het blad van de planten doet ritselen, is alles doodstil.

Voor een seconde durf ik niet verder te lopen. Net als ik weer in beweging kom, wordt de stilte abrupt doorbroken door de beltoon van mijn telefoon.

Ik vloek en schrik, en als verlamd kijk ik van het plantenrek naar mijn telefoon. Het is Tim.

Met ingehouden adem en zonder iets te zeggen neem ik op.

'Hi, mam, waar ben je?'

Een heldere jongensstem klinkt in mijn oor. Mijn hand trilt. Ik kan niet antwoorden, bang dat de schaduw uit het donker tevoorschijn komt en me grijpt.

'Mam?'

Zo snel ik kan draai ik me om en ren terug naar het trappenhuis. Ik open de deur en als ik daar eindelijk antwoord kan geven aan mijn zoon vraag ik waar hij is en zeg dat zijn vader hem honderden keren heeft gebeld.

'Relax, mam, ik was door mijn beltegoed heen. Mam? Waarom hijg je zo?'

'Om niets, Tim. Waar ben je nu?' zeg ik buiten adem.

'Hier, bij oma. Jij was niet thuis en daarom...'

'Oké, oké, heel goed. Blijf daar, hoor je me? Blijf bij oma.'

Ik stuif de trap af. Als ik mijn fiets van het slot haal en nog een vluchtige blik naar boven werp, zie ik niemand op de tweede verdieping. Een verlaten galerij, met afgesloten ramen waarachter hier en daar een lamp brandt. Alsof ik me verbeeld heb dat iemand me daar in de gaten hield.

57

Rillerig en nat van het zweet kom ik niet veel later de keuken bij mijn moeder binnen. Ik hoor geroezemoes van stemmen uit de woonkamer komen. Een man en een vrouw beginnen tegelijk te lachen.

Mijn hart slaat over als ik de kamer binnenloop en mijn eigen boomlange Tim vastgeklemd tussen de twee frêle dames op de tweezitsbank zie zitten. Gedrieën en met de rug naar mij toe kijken ze op Tims mobiel.

Mijn moeder slaakt steeds vreugdekreten alsof ze iets of iemand herkent, Tim voorziet het beeld van commentaar en de thuishulp roept voortdurend: '*Bon*' en '*Jolie!*'

Dan ontdekken ze mij.

'Maud!' roept Babs als eerste.

Verrast kijkt ze me aan, alsof ze mij hier vanavond niet meer terugverwacht had. Ik reageer er niet op maar loop direct door naar Tim en trek mijn grote warme teddybeer van de bank om hem in mijn armen te sluiten.

'Hi mam, megagaaf hier,' zegt hij, nadat we een minuut tegen elkaar aan hebben gestaan. 'Ik laat net de foto's van onze laatste kerstvakantie zien. Oma wist niet dat wij toen in Zwitserland zaten. Had jij dat niet verteld?'

Ik antwoord niet – uitleggen dat zijn oma écht alles vergeet is voor later. Voor nu gun ik mijn argeloze kind een scheef lachje en zeg dat ik ga koken.

Babs staat op en zegt dat ze gaat. Waarop mijn moeder tegensputtert en haar dwingt te blijven.

Ik loop naar de keuken en terwijl ik in het voorbijgaan zie dat het tegen zevenen loopt en me afvraag waar Pieter blijft, zoemt mijn telefoon.

Een nieuw bericht van 'Belle Hélène': JE HEBT NOG VIERENTWINTIG UUR OM HET BEDRAG OVER TE MAKEN.

Tim komt de keuken in lopen, hij vraagt wat we eten. Vlug verberg ik mijn telefoon.

Verstrooid en in gedachten kijk ik hem aan. Ik denk opnieuw aan Pieter en het plan dat ik had om hem met mijn moeder te confronteren.

Als hij nu niet komt opdagen, weet ik genoeg. Dan kan ik er rustig van uitgaan dat hij hier wél bij mijn moeder geweest is op de dag dat ze naar de Eerste Hulp moest. Daarom durft hij haar niet onder ogen te komen.

Meteen laat ik alles opnieuw de revue passeren. Stel, hij is mijn stalker, hij was hier en vond het kistje waarin iets zat wat hij kon gebruiken. Hoe is hij hier dan binnengekomen? Met welke smoes?

En wat te denken van al die andere zaken, die dingen waar de politie mee aankwam. Mijn vingerafdrukken op Jaaps sleutel, de gevonden pinda's... hoe?

Het is moeilijk voor te stellen dat Pieter dit allemaal bewust gedaan heeft om mij dwars te zitten vanwege iets uit het verleden van mijn moeder. Behalve dat hij de zoon is van Jaap en Jaap mijn ouders gekend heeft, kan ik geen dingen verzinnen die kunnen leiden tot een moord op zijn eigen vader.

Ook weiger ik te geloven dat hij achter de dood van Stefan zit. En toch... Ik knipper met mijn ogen, het duizelt me zo langzamerhand.

'Mam?' Tim geeft me een tik tegen mijn schouder. 'Mam, gaat het? Je bent zo ver weg.'

'Hè? O, ja, tuurlijk, schat. Ik moest even aan het eten denken. Of ik genoeg in huis heb gehaald. Nu jij mee-eet wordt het een heel ander verhaal.'

Lachend trek ik mijn oudste naar me toe en geef hem een woeste knuffel. Als ik hem naar zijn zin te lang vasthoud, laat ik hem onmiddellijk verontschuldigend los. Ik mag niet laten merken dat ik me ongerust maak over zijn aanwezigheid.

'Ga jij maar vast de tafel dekken,' zeg ik quasistreng nadat ik in de bestekbak heb gekeken en Tim net als thuis met messen en vorken de kamer in stuur.

'Ik maak een simpele pasta met sla, het is zo klaar.'

Ik hoor mijn moeder binnen protesteren. Tim hoeft niet te helpen, hij mag tv kijken als hij dat wil. Daarop wordt de stem van mijn moeder overstemd door een tv-stem uit een reclameblok en ben ik weer met mijn gedachten terug bij Pieter.

Ik haal mijn telefoon tevoorschijn en druk zijn nummer in. Meteen krijg ik de voicemail.

'Hi Pieter,' zeg ik opgewekt in het kleine toestel. 'Kom je nog eten? We wachten op je. En, o ja, misschien wel leuk om te weten, er is nog meer bezoek. De oude thuishulp van mijn moeder en mijn zoon Tim eten ook mee. Tot zo dan.'

Lafaard, denk ik, als hij na een kwartier nog steeds niet gereageerd heeft. En als we een uur later met ons drieën aan tafel zitten – Babs liet zich niet langer door mijn moeder tegenhouden en vertrok – kan ik maar aan één ding denken: als het waar is dat Pieter alles op zijn geweten heeft, hoe ga ik hem dan zonder zelf gevaar te lopen aanpakken?

Voorjaar 1980

Heleen

Heleen komt als eerste in actie. Terwijl Bart verstijfd staat te staren naar het dode lichaam van Jolante en Stefan een aanval van hyperventilatie krijgt, is Heleen voor de deur van de loods gaan staan.

'Wat heb je gedaan...?' stamelt ze in de richting van J.J., die zojuist de pikhaak terug heeft gehangen tussen de andere haken en nu op weg is naar de uitgang.

'Niets, ik heb afgemaakt waar jij mee begon. Je mag me wel dankbaar zijn,' antwoordt J.J. luchtigjes.

Heleens mond valt open van verbazing. J.J. stapt grijnzend op haar af. Als hij vlak voor haar staat, buigt hij zijn grote lichaam. Heleen voelt zijn warme adem langs haar haargrens lopen, ze ruikt zijn aftershave en deinst automatisch terug als hij zijn wijsvinger onder haar kin legt.

'Dom meisje,' zegt hij hoofdschuddend.

Zijn duivelse ogen dwalen brutaal over haar lichaam. Ineens legt hij zijn hand op haar bolle buik. Heleen doet abrupt een stap opzij en botst hard met haar schouder tegen de deur. Een pijnscheut trekt door haar heen. Het kind in haar buik begint te schoppen.

Nu kijkt J.J. haar ietwat geschrokken aan; hij moet dezelfde beweging gevoeld hebben als zij. Voor een tel staart hij doodstil naar haar buik.

Dan zegt Heleen dat hij nooit zal weten of het kind van hem is.

Even lijkt hij van zijn stuk.

'Je komt hier niet mee weg,' vervolgt Heleen zacht. 'Je hebt mijn zus vermoord.'

De grijns is terug op het gezicht van J.J. Hij heeft zijn hand al op de klink van de deur gelegd.

'O, nee, dat dacht je maar,' sneert hij. 'En wat zou je dan willen doen? Mij tegenhouden?'

Nu komt Bart in beweging. Hij roept dat J.J. eraan gaat.

J.J. begint hard te lachen; hij geeft Heleen een krachtige duw en met een ferme ruk schuift hij de loodsdeur open en stapt naar buiten.

Vertwijfeld kijken Bart en Heleen hem na als hij oplost in het donker.

Nu voegt Stefan zich bij hen.

'Wat doen we met Jolante?' vraagt hij. Zijn lip trilt. 'Ik wil niet voor moord opgepakt worden.'

'Maar wij hebben niets gedaan,' zegt Bart.

'O, nee? Noemen jullie wat jullie mij hebben aangedaan "niets"?'

Heleens stem wint weer aan kracht. Nu Jolante haar niet meer in haar macht heeft, voelt ze zich ineens sterker dan ooit.

'Mij zoiets verschrikkelijks aandoen en dan beweren dat er niets gebeurd is? Hoe durven jullie, stelletje lafaards?' snauwt ze met tranen in haar ogen.

'Maar, lieve schat, ik heb je met geen vinger aangeraakt, ik kon dat niet... ik...'

Stefans stem hapert; hij zoekt hulp bij Bart, die onbeweeglijk en met hangend hoofd neerkijkt op Jolante.

Heleen voelt opnieuw haar buik protesteren – nog even en het kind wil eruit. En juist die gedachte jaagt haar nog meer op.

'Jolante moet hier weg,' zegt ze beslist. 'Kom op, jullie zijn sterk, het moet. Geen van ons wil boeten voor wat er hier met mijn zus is gebeurd.'

Bart kijkt verbaasd op naar Heleen en vraagt wat ze van plan is.

Bevend over haar hele lichaam probeert ze niet toe te geven aan de angst die haar om het hart slaat. Ze moet sterk zijn. Hoe verschrikkelijk ook, Jolante is dood en zij was erbij toen J.J. haar neersloeg. Ze moet er niet aan denken dat ze straks de gevangenis ingaat voor medeplichtigheid aan moord.

'Jullie leggen haar in een wherry en brengen haar met de botenwagen tot achter het station.'

'Het station?'

'Ja, daar. Over een dik uur rijden er geen passagierstreinen meer. Alleen goederentreinen denderen af en aan door de nacht. Ik weet een plek bij het spoor waar we Jolante kunnen dumpen. Zodra de eerste de beste goederentrein voorbijkomt, zal haar lichaam worden meegenomen. Iedereen zal denken dat ze zelfmoord heeft gepleegd.'

Heleen hoort zichzelf praten. Hoe logisch klinkt dit besluit niet in haar oren? Ze kan het, leiding nemen, slim en berekenend zijn. Behalve dan die ene keer... Ze wrijft over haar opstandige buik waar ze Jolante de schuld van geeft. Het zet haar aan tot nog meer daadkracht.

Als Bart en Stefan haar met open monden blijven aanstaren wordt ze kwaad.

'Genoeg getreuzeld, actie!' roept ze en ze neemt de leiding zoals ze als doorgewinterde stuurvrouw gewend is te doen.

'Bart, jij haalt de botenwagen. Stefan, jij een kar voor de wherry. Ik wacht hier en zorg dat er niemand binnenkomt. Opschieten nu.'

De jongens reageren werktuigelijk. Nog geen halfuur later schuiven ze het levenloze lichaam van Jolante in de boot en daarna op de trailer.

De roeiclub ligt er verlaten bij. De Toko is in duisternis gehuld, net als het vlot en de aanlegsteiger waar nu niemand meer aanmeert. Iedereen is naar huis. Er is niemand die hen gadeslaat.

En als ze niet veel later de botenwagen achter het spoor parkeren en op het juiste moment het lichaam van Jolante langs de rails leggen, hoeven ze alleen nog maar te wachten op de eerstvolgende goederentrein.

De dag erna, als Jolante vermist wordt en de botenwagen allang weer op zijn oude plek naast het clubhuis staat, is Bart op aandringen van Heleen in alle vroegte de loodsvloer aan het schoonspuiten. Straks is er niets wat nog herinnert aan de dramatische avond van daarvoor.

58

Dankzij Tim verloopt de avond ontspannen. Samen halen we herinneringen op aan de tijd dat mijn moeder even bij ons in huis woonde. Tim raakt niet uitgepraat over zijn plannen voor de toekomst. Hij wil de horeca in en leidinggeven, en als mijn moeder zegt dat dat ooit ook haar ambitie was, kijk ik haar verbaasd aan.

Dankbaar lach ik naar mijn zoon als hij met veel geduld opnieuw aan mijn moeder uitlegt waar hij zijn opleiding gaat doen.

'Ben je dan zo snel klaar?' zegt ze. Ik zie haar peinzen; haar eigen filosofiestudie – nog niet eens zo lang geleden – is weer helemaal weggezakt.

Als ik niet zo pijnlijk zou worden herinnerd aan mijn van liefde verstoken jeugd, zou ik medelijden met haar krijgen. Nu kan ik alleen maar verstoord denken aan wat me hier houdt.

Net iets te abrupt sta ik op. Tim kijkt verschrikt op, mijn moeder merkt niets. Pas als ik het bestek met veel kabaal op de gestapelde borden laat vallen, vraagt ze of ik straks met Bart op pad ga.

'Is het geen papadag?' vraagt ze aan Tim.

Tim trekt niet-begrijpend zijn wenkbrauwen op. Ik vraag of hij de slabak en overgebleven pasta meeneemt naar de keuken. Hij begrijpt de hint, loopt achter me aan en vraagt hoe lang het nog duurt voordat mijn moeder écht de kluts kwijt is.

Ik haal mijn schouders op en in plaats van te antwoorden wijs ik hem op de tijd en zeg dat we zo naar huis gaan.

'Pak je vast je spullen? Dan zorg ik dat alles hier is opgeruimd en dat oma haar pillen krijgt.'

Tim kijkt op zijn telefoon; hij zegt dat Erik appt dat ik zo meteen contact met hem moet opnemen. Of het goed is dat hij met de rest van ons gezin komend weekend richting Weesp komt.

Ik slaak zo'n verschrikte kreet dat Tim me onderzoekend aankijkt.

'Mam, wat heb je toch? Je bent zo gestrest. Zo ken ik je niet. Komt dat allemaal door oma?'

'Ik... ja, dat klopt. App je papa terug dat het niet uitkomt? Eerlijk gezegd ben ik niet van plan nog lang in Weesp te blijven. Schrijf maar dat ik hem vanavond bel.'

'Cool, en wat doen we dan met oma? Gaat ze mee naar ons?'

'Wie weet,' antwoord ik verstrooid. 'Pak je nu je spullen?'

'Oké, mam.'

Ik zucht en kijk Tim na. Meteen nadat ik hem tegen mijn moeder hoor praten en ik de vaat in de afwasmachine heb geplaatst, gaat de deurbel.

'Ik ga wel, mam,' roept Tim vanuit de gang.

De tussendeur klapt dicht, waardoor ik niet kan horen wie er aan de deur staat. Ik ga ervan uit dat het Carel is, die met regelmaat rond dit tijdstip nog even bij mijn moeder informeert of alles goed is.

Ook hieraan komt binnenkort een einde, denk ik als ik stilsta bij het moment waarop mijn moeder naar een zorginstelling gaat en ik weer herenigd zal zijn met mijn gezin. Maar niet voordat ik mijn stalker heb aangepakt.

Bij die gedachte voel ik weer kracht omhoog borrelen. Het is alleen aan mij om dit tot een goed einde te brengen. Als Tim straks slaapt en ik Erik heb gesproken ga ik meteen Pieter bellen.

Ik zal het wat moeten aandikken. Misschien moet ik op de verleidingstoer gaan, wie weet hem licht drogeren met een paar slaappillen van mijn moeder, iets moet ik doen om hem...

De deur van de keuken gaat open en mijn moeder loopt binnen met de vuile wijnglazen. Ze lacht haar zo typische, peilende lachje als ze mij nog eens goed in zich opneemt. *Waar heb ik jou eerder gezien?* zegt de blik in haar ogen.

'Ma, is Tim daar ook?' vraag ik als ik niets meer hoor van mijn zoon of degene die aan de deur is.

'Tim?' Mijn moeder kijkt me nadenkend aan.

Geërgerd loop ik langs haar en open de tussendeur naar de gang.

Tot mijn verbazing staat de voordeur wagenwijd open.

Ik stap naar buiten, roep Tim, maar zie niemand. In de veronderstelling hem in de woonkamer aan te treffen sluit ik de voordeur en loop weer door naar binnen.

Vrijwel meteen nadat ik hem daar ook niet ontdek, lijkt mijn hart uit mijn borst te barsten.

Ik ren op het raam af dat uitkijkt op de straatweg. Aangezien mijn moeder nooit haar gordijnen sluit, waardoor iedereen die hier voorbijloopt naar binnen kan kijken, wenk ik de eerste de beste voorbijganger, een vrouw met een hondje. Ze voelt zich betrapt en kijkt snel van me weg.

Als ik in de volgende minuut naar buiten vlieg om haar staande te houden, zie ik nog net hoe ze met evenveel haast de hoek omslaat en verdwijnt.

Stomverbaasd kijk ik haar na. Achter me wordt een auto gestart; ik kijk om en zie een bezwete jogger op me afkomen. Hij draagt een koptelefoon en schiet langs me heen. Mijn adem stokt, mijn hart staat stil. Nergens vang ik een glimp op van mijn boomlange zoon.

Eén gedachte spookt door mijn hoofd en bonkt boven mijn ogen: mijn stalker. Laat het niet zo zijn dat Tim door hem is meegelokt. Laat het alsjeblieft niet zo zijn.

Paniekerig toets ik het nummer van Tim in op mijn telefoon. Als ik daarop een ringtoon in de woonkamer hoor afgaan, vloek ik. Gealarmeerd komt mijn moeder op me af en vraagt bezorgd of alles goed gaat.

Tranen branden in mijn ogen, ik kijk haar aan en schud huilend mijn hoofd. 'Tim is weg,' zeg ik schor.

Mijn moeder antwoordt lachend dat het een grote jongen is en dat hij in Weesp niet snel zal verdwalen. 'Misschien zag hij een leuk meisje,' zegt ze.

Ik veeg over mijn wangen, adem diep in en hoe moeilijk ik het ook vind, ik besluit eerst mijn moeder naar bed te brengen.

Vliegensvlug begeleid ik haar bij haar avondritueel van slaappillen en een schone pyjama. Nog maar net heeft zij haar hoofd op het kussen gelegd of een nieuw appje piept op mijn telefoon.

JE KRIJGT DE GROETEN VAN TIM, schrijft 'Belle Hélène'.

59

Buiten adem bereik ik mijn flat.

Aanvankelijk wilde ik meteen de politie bellen, maar wat moest ik dan gaan zeggen? Mijn zoon van negentien is gekidnapt door mijn stalker?

Het zou alleen maar tijd kosten, kostbare tijd, daarom besloot ik zelf tot actie over te gaan.

Voor het eerst in al die tijd dat ik door mijn stalker werd gebombardeerd met appjes, stuurde ik nu een bericht terug naar hem. Ik vroeg waar Tim was en of ik hem kon spreken. Zo niet, dan schakelde ik de politie in.

Meteen daarop kreeg ik antwoord. Met Tim ging het goed. Nu hij Tim had, kon het afgesproken bedrag alleen weleens wat hoger uitvallen.

Er werd een foto van Tim meegestuurd. Mijn knappe, Zeeuwse knul keek mij met grote angstogen aan. Over zijn mond een stuk grijze tape geplakt, zijn armen vastgebonden achter zijn rug.

Bij het zien van de foto voelde ik zo'n pijnlijke steek door mijn hart gaan dat ik dacht dat ik zou stikken. Wat kon ik doen? Erik bellen had geen zin, zeker omdat ik nog zoveel uit te leggen had.

Daarom belde ik Pieter. Keer op keer, de hele weg terug naar huis drukte ik zijn nummer in. En telkens wanneer ik de voicemail kreeg, sprak ik hetzelfde bericht in: 'Ik moet je zien, het is belangrijk.'

Met de moed in de schoenen loop ik de galerij op naar mijn

flat. Terwijl ik opnieuw Pieters nummer indruk, hoor ik in de buurt een telefoon overgaan.

Verbaasd kijk ik op. Het geluid komt uit Jaaps flat. Ik zie nu dat de politielinten voor de deur zijn verwijderd. Dat was me nog niet eerder opgevallen; ze moeten zijn weggehaald toen ik bij mijn moeder was.

Een lichtstraal valt uit de deuropening over de galerij en verlicht een kromgebogen figuur. Ik zie hem op de telefoon in zijn hand kijken en mijn oproep weigeren.

Driftig versnel ik mijn pas.

'Waarom neem je niet op?' roep ik nijdig zodra ik Pieter nader.

Mijn woede over zijn onverschilligheid is heviger dan mijn angst. Bijna trek ik hem aan zijn shirt, maar ik weet me nog net in te houden.

Langzaam komt hij overeind. In zijn hand houdt hij een houten voorwerp dat lijkt op een hamer, zijn gezicht is vuil en bezweet. Op zijn gezicht ligt een brede lach.

'Maud, daar ben je dan. Ik wist dat ik je hier zou treffen.'

Met open mond staar ik hem aan. Hij wijst op de spullen die voor de deur van Jaaps flat staan. 'Het moet hier zo snel mogelijk leeg, ik had geen tijd om naar jouw moeder te komen.'

'En dat kon je niet even doorgeven?'

Pieter haalt zijn schouders op. 'Het leek me niet verstandig om met jou contact te leggen toen ik hier vanmiddag met de politie stond. Ze zouden het verkeerd kunnen uitleggen na alles wat er hier gebeurd is.'

'Zo, zo, wat ben jij ineens bezorgd over mij. Heeft dat niet met iets anders te maken? Probeer je de politie te misleiden, omdat jij degene bent die mij stalkt en afperst?' Met moeite kan ik mijn stem onder controle houden.

Pieter kijkt me geschokt en minachtend aan. Hij vraagt hoe ik op dat idiote idee kom. Zonder na te denken ratel ik alles op waar ik al uren mee rondloop: pinda's, sleutels, vingerafdrukken, mijn moeders geldkistje... de klap op haar achterhoofd.

Pieter grijpt me abrupt bij mijn schouders, hij trekt me naar zich toe en drukt mijn hoofd tegen zijn warme borst.

Angstig probeer ik me los te worstelen. Pieter versterkt zijn greep en dwingt me tot zwijgen door zijn hand voor mijn mond te leggen.

'Maud, Maud, afgelopen nu, je ziet spoken, hou op! Ik ben niet jouw stalker en ik pers je niet af. Wat denk je wel niet?'

Langzaam kom ik tot mezelf. En als Pieter me loslaat, wordt mijn ademhaling weer normaal en kom ik terug in het hier en nu. Mijn spieren ontspannen, mijn lichaam verslapt. De tranen komen vanzelf.

Huilend roep ik dat ik niet meer weet wat ik moet doen.

'Hij heeft Timmetje, hij heeft mijn zoon,' snik ik.

60

Pieter heeft me meegenomen naar de flat van Jaap. Hij haalt een fles cognac tevoorschijn en schenkt er twee glazen mee vol.

Ik neem de leeggeruimde flat van zijn vader in me op. Hoe kortgeleden is het nog maar dat ik hier koffiedronk met Jaap. Ik vraag me af waar ze hem gevonden hebben; volgens Pieter was dat in de keuken.

Ontredderd staar ik naar de telefoon die ik vast omklemd hou in mijn hand. Als Pieter niet mijn stalker is, kan er ieder moment een nieuw bericht van 'Belle Hélène' komen over Tim.

'Oké,' zegt Pieter en hij neemt naast me plaats op de versleten leren bank. 'Wij gaan nu spijkers met koppen slaan.'

Zwijgend kijk ik langs hem heen. Niet in staat te reageren nip ik van de sterkedrank.

'Wat betreft jouw vragen over pinda's, sleutels en geldkistjes ben ik je een antwoord verschuldigd.'

Ik trek mijn wenkbrauwen op en kijk Pieter wantrouwend aan.

'Die pinda's had ik meegenomen en bij je neergelegd voor als we nog eens zouden gaan borrelen. Toen we aan de pizza zaten heb ik daar niet meer aan gedacht en ze in de kast laten liggen. De sleutel van mijn vader is een ander verhaal. Ik heb inderdaad jouw vingerafdrukken daar bewust op gezet toen je sliep. Ik wilde dat de politie wist dat jij en mijn vader goede buren waren, zodat ze jou nooit zouden verdenken van de moord op hem. Dat het door hen anders werd uitgelegd had ik niet voorzien. Dat moet je geloven. En dan dat blauwe kistje bij je moeder... Tja, wil je echt weten waarom ik dat heb meegenomen?'

'Dus toch! Ik wist het! Wat heb jij te zoeken in mijn moeders spullen... en...'

Ik sta abrupt op, zet het glas cognac op tafel en ga dreigend voor Pieter staan.

'Straks ga je ook nog zeggen dat je mijn moeder een klap op haar kop hebt gegeven. Godallemachtig, ik ben het helemaal zat met jou en je mooie praatjes, ik bel...'

Op dat moment triltl mijn telefoon en zie ik dat er een nieuw appje binnenkomt van 'Belle Hélène': MORGENOCHTEND NEGEN UUR WIL IK HET GELD.

Met grote ogen staar ik naar de tekst. Er staat een plaats bij waar ik het geld moet afgeven, het is bij de roeivereniging. Ik moet daar vragen naar de 'Toko' en zeggen dat ik een pakje heb voor 'Belle Hélène'. Dan komt het vanzelf goed met Tim, staat er. Mits ik de politie erbuiten hou.

'Ik... maar hoe kom ik zo snel aan zoveel geld?' vraag ik hardop.

Pieter staat meteen op; hij vraagt of het bericht van die kidnapper is.

Ik knik en voel mijn knieën knikken nu ik me tegelijkertijd realiseer dat Pieter dus nooit degene kan zijn die Tim heeft en me dit heeft geschreven.

'Het spijt me,' zeg ik. 'Ik was ervan overtuigd dat jij... ik...'

'Dat begrijp ik, het is ook niet zo vreemd. Ik ben de enige hier die buiten je moeder contact met je heeft. En dan overkomt je zoveel.'

Pieter zucht, hij laat zijn hoofd hangen. Hij ziet er moe en stoffig uit. Ik voel medelijden en schaamte bij me opkomen. Is het al niet erg genoeg dat zijn vader hier vermoord is en hij nu zo snel mogelijk de boel moet leeghalen?

Ik ben veel te achterdochtig geweest. Ik zou juist dankbaar moeten zijn dat er hier behalve mijn moeder – en wat doet zij voor mij – iemand zich betrokken voelt bij mijn leven.

Aarzelend leg ik een hand op Pieters schouder. Als bij een stroomschok veert hij op en kijkt me verbaasd aan.

'Sorry,' zeg ik. Mijn stem is schor, mijn keel zit dicht. Nu niet weer gaan janken. 'Het spijt me dat ik...'

Pieter onderbreekt me en vraagt wat ik van plan ben te gaan doen.

'Om hoeveel geld gaat het?' vraagt hij bezorgd.

'In totaal dertigduizend euro. Hij wil dat ik het morgenochtend afgeef bij de roeivereniging.'

Tussen Pieters lippen ontsnapt een hoge fluittoon. Hij vraagt of ik over zoveel geld beschik. Ik knik en zeg dat geld niet het probleem is, dat ik alleen een goede reden tegenover Erik moet verzinnen om dat morgen in één keer op te nemen.

'Als ik zeg dat Tim ontvoerd is, belt hij meteen de politie.'

Dan vraagt Pieter of ik er zeker van ben dat Tim dan ook wordt vrijgelaten.

Nu schud ik weer vertwijfeld mijn hoofd.

'Moet je niet toch naar de politie gaan, Maud?'

Opnieuw schud ik mijn hoofd, nu in paniek. 'Nee, zeker niet. Nog niet. Ik ben veel te bang dat Tim iets wordt aangedaan. En... als... wil jij alsjeblieft met me meegaan morgen?' vraag ik smekend terwijl ik Pieter bij zijn handen grijp.

Hij antwoordt niet. Snel laat hij mijn handen los en verbreekt voor even het oogcontact. Dan kijkt hij me opnieuw aan.

Ik voel me ineens heel onzeker worden. Het komt door de blik in Pieters ogen die ik niet goed kan plaatsen. Er gaat iets triomfantelijks van uit. Alsof ik hem zojuist met iets moois heb verrast.

Voorjaar 1980

Heleen

Vandaag is het precies drie weken geleden dat het lichaam van Jolante werd gevonden. De politie kwam het 's ochtends thuis vertellen.

Heleen ziet nog steeds het lijkbleke gezicht van haar moeder voor zich. Eerst was er verbazing, daarna ongeloof en toen ontkenning. Haar vader werd ingelicht en toen hij zich niet veel later bij hen voegde, wilde hij zijn dochter eerst zelf zien voordat hij kon accepteren dat ze dood was.

Heleens hart stond stil bij het zien van het verdriet van haar ouders. Vertwijfeld vroegen ze zich af waarom Jolante zelfmoord zou plegen. Was het wel hun dochter die zo zwaar verminkt was gevonden? Was Jolante niet gewoon bij Bart?

Iemand van de politie had getracht ze te troosten. Men had Jolante geïdentificeerd aan de hand van haar gebit. Het was vreselijk wat er was gebeurd, maar het ging absoluut om hun dochter.

Heleen had geen woord kunnen uitbrengen. Haar vertrouwde introverte houding was haar schild. Wat had ze kunnen zeggen tegen haar door verdriet geteisterde ouders? *Het was mijn idee om die draak van een zus voor de trein te gooien?*

Drie weken zijn nu voorbij. De stoffelijke resten van Jolante zijn gecremeerd. De uitvaart was in stilte. Geen bezoek en geen bloemen. Haar ouders konden het niet aan om antwoord te moeten geven op dat wat ze zelf nog nauwelijks konden bevatten. De vraag naar het grote waarom. Waarom hun dochter zelfmoord pleegde.

Het heeft hun leven voorgoed veranderd.

In al die weken is er met geen enkel woord over het grote gemis van Jolante gesproken.

De eerste dagen dekte haar moeder nog steevast de tafel voor vier. Alsof Jolante ieder moment van boven kon komen uit haar kamer, lachend en druk, pratend over haar plannen met Bart.

Vorige week is de stoel waarop Jolante zat weggehaald.

Vanaf dat moment eten ze met z'n drieën. Iedere maaltijd verloopt in stilzwijgen. Op sommige avonden hoort Heleen haar moeder uren aaneengesloten huilen. Dan wenst ze zichzelf dood. Dan zou ze willen dat al dit vreselijks niet Jolante maar haar was overkomen.

Maar haar is dat andere overkomen, dat andere dat ze onder haar wijde kleren met zich meedraagt en waar nog altijd niemand weet van heeft. Dat vreselijke geheim dat ieder moment kan uitkomen en zich aan de wereld zal tonen.

Hoe erg moet het straks zijn voor haar ouders? Een dochter verliezen en een kleinkind moeten ontvangen?

Hoe erg moet het zijn voor dit kindje, geboren te worden in de verstikkende sfeer van dood en verderf met een moeder als Heleen?

Heleen is bang voor wat gaat komen. Doodsbang.

Een voorgoed verpeste toekomst staat haar te wachten. Een leven met Bart en een kind.

Ze wil het niet. Ze wil geen kind en ook geen man, en dat zal dit kind weten.

61

Nadat Pieter me verzekerd heeft dat hij morgen zal meegaan naar de roeiclub, heb ik op zijn advies nog twee volle glazen cognac achterovergeslagen. Drank die ik eigenlijk niet lekker vind, maar die onder deze omstandigheden mijn denken totaal uitschakelt.

En dat is precies wat ik nodig heb. Anders word ik gek.

Tegen middernacht wankel ik aangeschoten terug naar mijn eigen flat. Pieter zegt dat hij in de flat van zijn vader blijft slapen; mocht ik me angstig voelen, dan bel ik maar aan. Hij is er voor me.

Ik antwoord niet. Als een zombie open ik de deur van mijn flat.

Als ik binnen ben, ontsteek ik geen licht. Ik hang mijn jas op aan de kapstok en even mechanisch schop ik mijn schoenen uit. Dan loop ik door naar de slaapkamer. Met mijn kleren nog aan laat ik me achterovervallen op het bed.

Ik val abrupt in slaap.

Het loopt tegen halfdrie als ik rillend en met een droge mond wakker word. Mijn maag komt omhoog als ik opsta; draaierig en beroerd begeef ik me naar de badkamer en spuug alles wat ik de voorgaande uren genuttigd heb eruit.

Mijn hoofd bonst alsof het ieder moment uit elkaar kan barsten. Als ik me laaf aan de kraan om mijn acute dorst te lessen, moet ik me vasthouden aan de wasbak om niet te vallen.

Strompelend bereik ik mijn bed en als ik mijn kloppende hoofd in mijn handen leg, is er maar één ding waaraan ik kan denken: Tim.

Ik moet naar Tim. Ik moet mijn zoon redden, weten of hij nog leeft.

Met alle kracht die ik nog over heb, sleep ik me opnieuw naar de badkamer, neem een lauwwarme douche en dwing mezelf tot helder nadenken.

Als ik het geld straks bij de roeiclub moet afgeven, dan kan het niet anders dan dat Tim daar wordt vastgehouden.

Ik moet daar onmiddellijk naartoe.

Met veel moeite kleed ik me aan: spijkerbroek, trui, regenjack en een muts tot ver over mijn natte haar.

Ik pak mijn rugzak, check of ik mijn sleutels en telefoon bij me heb en staar dan aarzelend naar de voordeur. Een nieuwe gedachte dient zich aan. Ik draai me om en loop terug naar de keuken.

Weer wacht ik een moment. Wikkend en wegend sta ik voor het messenblok en staar naar het fonkelende metaal. Ik trek een van de meest puntige messen eruit, open mijn rugzak en laat het mes daarin glijden.

Alles voor mijn kind.

Als ik hem daar vastgebonden vind, zal ik hem moeten bevrijden. De gedachte dat ik dat ook met een schaar kan doen, druk ik weg. Een mes dient vele doeleinden, denk ik, en ik ben bereid er meer mee te doen dan alleen mijn zoon te bevrijden.

Eenmaal buiten slaat de koude wind me genadeloos in mijn gezicht. Ik aarzel om door te gaan. Op de galerij is het stil, alle ramen van de flats zijn verduisterd en het trappenhuis is verlaten.

Moet ik wel alleen op pad gaan? Is het niet beter om Pieter mee te vragen? Nee.

Ik werp een blik over de balustrade. Mijn fiets staat nog buiten, ik snel ernaartoe. De kille bries die over mijn wattige hoofd blaast, scherpt mijn geest verder aan.

Niemand doet mijn gezin iets aan. Alleen ik heb over hen iets te zeggen, daar ben ik moeder voor. Zoveel beter dan mijn eigen moeder.

Gedreven door woede en ongerustheid jakker ik voort door de nacht. Langs donkere gevels, over bruggen en langs het zwarte water naar de plek waar mijn zoon wacht.

62

De van oorsprong houten vuurliniehuizen die overdag zo sprookjesachtig en kleurrijk aan de dijk staan en de voorbijganger verwonderd doen omkijken, lijken nu op eentonige verzonken barakken.

Hoe dichter ik de roeiclub nader, hoe harder mijn hart in mijn borstkas slaat. Ik passeer de eerste molen en zie de wieken van de volgende al opdoemen. De buurt ziet er, net als de rest van Weesp, verlaten uit. Ik slinger om enkele geparkeerde auto's, waarvan een aantal bijna de hele breedte van de dijk inneemt.

Voor de roeiclub is ook geen sterveling te zien.

Aan beide zijden van de toegangsdeur zitten ramen. Maar als ik ervoor ga staan om een glimp van de achterliggende loods te kunnen opvangen, blijkt dat de ramen aan de binnenkant zijn dichtgetimmerd.

Ik herinner me weer de foto's van mijn vader en Stefan die samen met hun roeivrienden dit oude zwembad eigenhandig hadden verbouwd tot de roeiclub die het nu nog steeds is.

Ik loop naar de deur; die is afgesloten. Tegen beter weten in wrik ik aan de deurknop, waar natuurlijk geen beweging in zit. Nerveus ga ik op zoek naar een andere manier om binnen te komen. Ik loop naar de zijkant van het gebouw, ontdek een oplegger van de botenwagen en probeer daar tevergeefs op te klimmen.

Dichte begroeiing begrenst het naastgelegen huis en de plek van de botenwagen. Ook hierlangs kan ik niet naar binnen. Peinzend blijf ik staan. Als Tim hierachter in de loods wordt vastgehouden, zal ik iets moeten doen om zijn aandacht te trekken.

Ik raap een kei op die langs het pad ligt en tik ermee tegen een van de vensterglazen.

Meteen schrik ik van het effect, want hoe zacht ik er ook mee tik, het geluid draagt mijlenver. Als ik niet oppas alarmeer ik straks de bewoners van de tegenovergelegen huizen.

Nogmaals loop ik naar de deur, klop en tik en roep tegen beter weten in de naam van Tim. Hopend op een teken van leven tracht ik een geluid van mijn kind op te vangen. Maar het enige wat ik hoor is de loeiende wind en het klotsende water van de Vecht.

Moedeloos keer ik om. Deze rit had ik mezelf beter kunnen besparen. Wat voel ik me machteloos als ik weer op de fiets stap.

Ziek van angst en zorgen vervolg ik mijn weg. Als ik niet veel later aankom bij mijn flatgebouw en de deur open naar de boxen om mijn fiets te stallen, ben ik nog nauwelijks in staat om te lopen.

Het knipperende tl-licht werpt zijn schijnsel op de lange rij met deuren. Ik gooi het op mijn vermoeidheid dat de gang opeens twee keer zo lang lijkt als anders. Doodop passeer ik deur na deur totdat ik bijna bij de mijne ben.

Dan wordt de stilte abrupt doorbroken door een harde klap uit een van de boxen. Ik hou onmiddellijk mijn pas in, angstig kijk ik achterom. Vanachter een van de deuren klinkt het geluid van een rollend voorwerp.

Doodstil blijf ik staan, net zo lang totdat de stilte me weer in beweging brengt. Ik hoor alleen nog mijn eigen versnelde ademhaling en het hoge, zoemende geluid van de tl-buis dat onafgebroken doorzeurt.

'Het was niets,' zeg ik om mezelf moed in te praten.

Vlug draai ik mijn boxdeur van het slot en stal mijn fiets. Zodra ik weer op weg ben naar buiten, hoor ik opnieuw een doffe dreun uit een van de boxen komen.

Nu blijf ik stilstaan. Ik tel de deuren vanaf het begin bij de ingang. Ik hou mijn adem in als ik merk dat het om de box van Pieter gaat.

Voetje voor voetje sluip ik in de richting van de deur, haal de rugzak van mijn schouder en ga op zoek naar mijn telefoon.

Als ik mijn oor tegen de deur leg, hoor ik iets tikken. Alsof daarbinnen iemand met een voorwerp ergens tegenaan slaat. Nog beter probeer ik thuis te brengen wat er achter de deur gebeurt door een blik door het sleutelgat te werpen.

Hoor ik iemand kreunen?

Ik voel aan de klink en als ik daaraan rammel, neemt het kreunen toe.

Ik aarzel geen moment; mijn gevoel zegt dat het Tim is die daar zit. Ik roep zijn naam. Eerst fluisterend, maar dan steeds harder.

'Tim? Tim? Tim, jongen, ben jij dat?'

Weer hoor ik een klap, nu wordt er tegen de deur geschopt.

'O, god, kind… ik ben het, mama, ik haal je hieruit,' roep ik huilend. En met alle kracht die ik in me heb sla ik op de deur.

Trillend van de zenuwen toets ik het alarmnummer in.

63

De politie is snel ter plekke. Nog geen kwartier nadat ik de centrale heb ingelicht over mijn vermiste zoon, zet iemand een breekijzer op de box van Pieter.

Daar, midden in de smalle ruimte, tussen dozen en opgeslagen meubels, tref ik mijn zoon die zich met stoel en al heeft laten omvallen in een poging de deur te bereiken. Mijn dappere zoon, onder de schrammen en nat van het zweet, wordt bevrijd en werpt zich in mijn armen.

Sussend neem ik hem mee naar boven. Terwijl de politie af en aan loopt in de flat van Jaap waaruit Pieter is verdwenen, zitten Tim en ik minutenlang zwijgend in elkaar verstrengeld op de bank.

Hortend en stotend vertel ik mijn verhaal aan de dikke man van de recherche, die nu gapend en met een slaperig gezicht om koffie vraagt.

'Mevrouw Mulder, dit hele verhaal dat u mij vertelt en de appjes die u mij zojuist liet lezen van uw stalker in verband met een gebeurtenis uit het verleden van uw moeder, klinken wat mij betreft nogal onsamenhangend.'

'Kan zijn, maar het is waar,' zeg ik.

'Dus u beweert dat uw buurman hoogstwaarschijnlijk door iemand – die het verleden van uw moeder kende – is vermoord? En aangenomen dat het Pieter is, wist hij dan ook wie Stefan Weijers was, en dat hij een notenallergie had?'

'Dat weet ik niet. Ik heb u alles verteld wat ik weet.'

'Waarom zou hij deze twee mannen – waaronder zijn eigen

vader – hebben vermoord? Had hij schulden, perste hij u daarom af?'

'Ik heb geen idee.'

'U ging op eigen houtje zoeken naar antwoorden. U begon zelfs bijna een verhouding met de ontvoerder van uw bloedeigen...'

'Nee, dat is niet waar,' zeg ik snel om mezelf voor Tim te beschermen.

'En zelfs toen er om u heen doden vielen – vermoedelijk dus volgens u het werk van onze voortvluchtige – bleef u zonder ons in te lichten doorgaan met uw eigen zoektocht. Nogal onverstandig, vindt u niet?'

'Ik twijfelde aan Pieter, ik kon niet geloven dat hij...'

Mijn stem breekt als ik aan de afgelopen uren terugdenk. Het is nog steeds onwerkelijk voor me dat Tim in Pieters box zat opgesloten, terwijl ik met hem boven aan de cognac zat. Ik huiver van afkeer.

De dikke man pakt een beker koffie aan die zijn collega voor hem gemaakt heeft. Hij zet de beker aan zijn mond, neemt een slok en draait zijn hoofd in de richting van Tim.

'Gaat het, jongen?' vraagt hij bezorgd.

Tim knikt. Zijn schouders schokken en aan zijn grote angstogen zie ik dat hij ieder moment in huilen kan uitbarsten.

'Kan dit niet tot morgenochtend wachten?' vraag ik. Ik weet hoe gevoelig mijn oudste is.

De rechercheur aarzelt. Hij vraagt nogmaals aan Tim of hij echt niet weet hoe zijn kidnapper eruitzag.

Tim schudt zijn hoofd. Tot tweemaal toe heeft hij uitgelegd wat er gebeurde. Er werd aangebeld bij zijn oma en toen hij opendeed en naar buiten stapte, werd hij van opzij besprongen en trok iemand iets over zijn hoofd.

Daarna voelde hij iets in zijn arm prikken; hij werd slap en liet zich meevoeren in een auto. Vastgebonden werd hij beneden in de box wakker.

'Het moet Pieter zijn, dat snapt u toch?' roep ik verongelijkt. 'Wie anders?'

De dikke rechercheur slurpt van zijn hete koffie. Hij maakt een aantekening, buigt zich naar zijn collega en zegt dan dat hij mij en mijn zoon voor de rest van de nacht met rust laat, maar dat ik nog niet van hem af ben. 'Iemand die opzettelijk informatie voor ons achterhoudt is strafbaar,' zegt hij.

Ik haal mijn schouders op. Mij maakt het allemaal niet meer uit, ik heb Tim terug, dat is het allerbelangrijkste.

'Wilt u dat er iemand bij u blijft?' vervolgt de man.

'Nee,' zeg ik kordaat.

'Weet uw man dat uw zoon weer terecht is?'

Nogmaals antwoord ik ontkennend.

'Ik zal het hem zo laten weten,' lieg ik.

Het gaat deze kerel niets aan dat ik Erik en mijn andere kinderen niet ga lastigvallen met dingen die nog lopen en niet zijn opgelost.

'Wanneer denkt u Pieter te kunnen pakken?' vraag ik.

'Daar kan ik niets over zeggen. Voorlopig zijn er nog mensen in de flat naast u bezig met het sporenonderzoek. Daarna wordt de flat opnieuw verzegeld. Zolang we de heer Van der Lagenmaat nog niet gearresteerd hebben en niet precies weten wat zich hiernaast heeft afgespeeld, blijft u ook verdacht.'

'Ik? Maar ik heb toch niets met de ontvoering van mijn eigen kind te maken?'

De dikke rechercheur kijkt me wantrouwend aan.

'In de ochtend gaan we eerst een bezoekje brengen aan uw moeder. Kunt u daarbij zijn?'

'Mijn moeder? Maar... ik...'

'Zullen we zeggen rond de klok van elf? Bent u dan voldoende uitgerust?'

Zonder mijn antwoord af te wachten zet de man de lege koffiebeker op tafel en loopt met zijn collega de deur uit.

Als de voordeur met een klap in het slot valt, pak ik Tim beet, kus hem blij op zijn wangen en kijk hem vervolgens indringend aan.

'O, lieve jongen, wat fijn dat we weer bij elkaar zijn. Maar er is één belangrijk ding dat ik je moet vragen: wat zich hier heeft afgespeeld blijft voorlopig tussen ons, hoor je? Het heeft geen enkele zin om papa ongerust te maken. Begrijp je dat?'

Tim knikt weifelend.

Ik moet opeens aan papadag denken en aan de keren dat mijn vader mij vroeg te zwijgen tegenover mijn moeder over ons roeigeheim. Toen begreep ik niet waarom ik daar niets over mocht zeggen. Nu weet ik dat het met de dood van mijn tante te maken had. Ik ben al geen steek beter dan mijn eigen stiekeme ouders.

'Heus, het is nu voor mij echt heel belangrijk om het hoofd koel te houden. Jij hebt die rechercheur net gehoord; ik heb informatie achtergehouden over die stalker, zij brengen dat in verband met mijn dode buurman en Stefan. Zelfs bij jouw ontvoering zetten ze vraagtekens naar mij toe.'

'Mam? Ik ben heel erg moe,' zegt Tim. 'Kan ik gaan slapen?'

'Tuurlijk, tuurlijk, schat, kom mee. Wil je je eerst nog wassen?'

Tim schudt zijn hoofd en loopt met me mee naar mijn slaapkamer. Als hij twee minuten later in zijn hemd en onderbroek onder het dekbed ligt en ik beloofd heb hem niet alleen te laten, valt hij vrijwel meteen in slaap.

Stilletjes sluip ik de kamer uit. Zodra ik in de gang ben, haal ik mijn rugzak tevoorschijn. Als ik hem openmaak blijkt het mes er nog in te zitten; de politie heeft er goddank niet in gekeken.

Vlug loop ik door naar de woonkamer, en hoewel ik mijn jongens ken en zeker Tim het liefst een gat in de dag slaapt, pak ik in dit geval toch een stukje papier van tafel om een briefje voor hem achter te laten. Stel, hij wordt in paniek wakker, dan weet hij waar ik ben en dat ik zo weer terug ben van oma.

Heel zachtjes open ik in het voorbijgaan nog even de slaapkamerdeur. Als ik zie hoe mijn oudste rustig ademend slaapt, trek ik vlug mijn jas aan.

Op de galerij is alle bedrijvigheid van zojuist opgelost. De paar mensen van de politie die er nog zijn, hoor ik in de naastgelegen flat met elkaar praten. Alle anderen zijn vertrokken.

Ik voel in mijn broekzak naar mijn telefoon, sla de rugzak over mijn schouder en trek opnieuw de muts tot diep over mijn voorhoofd. Daarop glip ik de deur uit en ren zo vlug mogelijk het trappenhuis in. Voor de tweede keer deze nacht vlieg ik de trappen af naar de begane grond. En hoewel de veiligheid van mijn kind nu gewaarborgd is, maak ik me evengoed grote zorgen om dat andere waar ik door die dikke rechercheman ineens aan werd herinnerd.

De cassette waar Stefan vlak voor zijn dood mee aankwam, zit nog bij mijn moeder in het afspeelapparaat. Ik heb er al die tijd niet meer aan gedacht, maar de informatie die daarop staat moet vast heel belangrijk zijn.

64

Zonder fiets lijkt de afstand tussen mijn flat en het huis van mijn moeder een stuk groter. Vanaf het moment dat ik vertrok heb ik nog nauwelijks een adempauze genomen. Als ik mijn tempo niet aanpas en de steken in mijn zij blijf negeren haal ik het stadscentrum niet eens.

Ik kijk op mijn horloge, dit wordt een slapeloze nacht.

Na deze nacht hoop ik dat alles rustiger wordt. Dat de politie Pieter te pakken krijgt en dat ik een oplossing voor mijn moeder vind. Ze zal naar een verzorgingshuis moeten. Maar voor het zover is, mag ze nog een tijdje bij ons op Walcheren blijven.

Nu ze zoveel milder is geworden tegenover mij, ben ik haar langzaamaan meer gaan waarderen. Om haar humor en haar levenskracht.

Ja, als iemand me zou vragen of ik van mijn moeder hou, zou ik dat misschien wel zomaar kunnen bevestigen.

Ik schiet abrupt in de lach. Het klinkt raar hier zo midden in de nacht waar op dit tijdstip geen sterveling te bekennen valt.

Mijn ademhaling wordt weer normaal nu ik rustiger doorloop. Ik werp een blik over mijn schouder als ik het gevoel heb gevolgd te worden, maar ik zie niemand.

Ik denk aan Pieter en hoewel er inmiddels een goede reden is om voor hem op mijn hoede te zijn, ben ik niet bang voor hem. Ik zou hem zelfs flink door elkaar willen schudden, zoals ik dat vroeger bij de kinderen deed wanneer ze niet wilden luisteren.

Eén keer wees Erik me daarop. 'Je bent óf te lief voor ze, óf je bent te hard. Is er ook een middenweg voor jou?' vroeg hij me toen. Ik schrok van de terechtwijzing en besloot dat het verstandiger was me niet door mijn eigen jeugd te laten leiden in de opvoeding van mijn zonen.

De jongens... Nog even volhouden en dan is mijn gezin weer herenigd. Nu eerst dat cassettebandje, voordat die zuurtjeseter van de politie zich ermee bemoeit en zijn bevooroordeelde conclusies trekt.

Misschien krijg ik straks wel te horen wat er écht met mijn tante is gebeurd of wie mijn échte vader is.

Nadat ik de brug ben overgestoken, sla ik links af en loop langs de gracht de straat in van mijn moeder. Zodra ik haar huis zie, haal ik alvast de sleutels uit mijn zak. Opnieuw voel ik de vermoeidheid van alle spanning door mijn lichaam trekken.

Het huis van Carel is donker, net als de overige huizen in de buurt. Achter het raam van mijn moeder brandt een klein lampje.

Ze zal toch niet op zijn en zich vergist hebben in de tijd? Het is eerder gebeurd dat ze me 's nachts verbouwereerd opbelde om te zeggen dat de winkels maar niet opengingen. Ze stond toen al een uur voor een dichte supermarkt.

Ik versnel mijn pas, loop de kleine voortuin door en open de voordeur.

'Ma?' roep ik.

Er komt geen antwoord. Ik druk op de lichtschakelaar naast de voordeur, een spaarlamp komt langzaam op gang als ik doorloop naar de woonkamer.

De deur van mijn moeders studeerkamer staat half open. Ook daar brandt licht. Als ik een zetje tegen de deur geef en een vlugge blik om de hoek werp, zie ik niemand.

Nog voordat ik naar de slaapkamer ga, loop ik eerst naar het radio-cassettedeck. Ik ontsteek een schemerlampje en zie vrijwel meteen dat de grammofoonplaat met Franse chansons weer terug in zijn hoes naast de platenspeler ligt.

Met mijn gedachten bij mijn moeder en Babs, die hier misschien hun nostalgische Franse moment hadden, open ik het klepje waarachter ik het cassettebandje had gestoken en schrik. De cassette is weg. Iemand heeft hem meegenomen.

Totaal verward draai ik me om en loop naar de slaapkamer. Terwijl ik heel zachtjes op de deur tik, duw ik hem voorzichtig open. Een lichtstreep van de ganglamp valt naar binnen en verlicht voor een deel de slaapkamer van mijn moeder.

Ze ligt op haar rug met haar hoofd naast het kussen. Haar mond staat wagenwijd open. Grijs haar, rimpelloos voorhoofd.

Ik glimlach om het aandoenlijke van de slaaphouding. Ze doet me denken aan een van de kinderen.

Op mijn tenen sluip ik naar het bed. Als ik bijna bij haar ben, zie ik dat ze niet slaapt maar met open ogen naar het plafond staart.

'Ma?' zeg ik zacht. 'Ben je wakker?'

Een angststeek treft mijn hart nu ik wat beter naar haar kijk. Voor een moment hou ik mijn adem in, en terwijl mijn hand langzaam in de richting van haar hoofd gaat, spreek ik haar aan met 'mama'.

Ik schrik van mijn eigen ongeruste stem.

'Mam, ben je wakker?' vraag ik nogmaals.

Ze antwoordt niet. Doodstil staren haar ogen in het niets. Ik knip de lamp aan naast het bed en sla het dekbed terug om mijn moeder beter te kunnen zien. Meteen daarop deins ik achteruit als ik zie dat mijn moeder niet meer ademt.

'Ma!' gil ik.

Ik pak mijn moeder bij haar schouders en trek haar naar me toe.

Haar lichaam voelt koud en stijf. Mijn moeder is dood.

65

Ik ben in shock. Trillend en onzeker over wat ik doen zal, staar ik naar het levenloze lichaam van mijn moeder.

Hoe kan ze zomaar dood zijn? Gisteren was ze nog springlevend. Van geheugenverlies ga je niet dood. De gedachte om een dokter te bellen verwerp ik even snel als dat hij opkomt.

Ik denk aan de politie die straks rond de klok van elf hier op de stoep staat. Een nieuwe paniekgedachte dient zich aan. Ze zullen toch niet denken dat ik iets met mijn moeders dood te maken heb?

Mijn brein lijkt te barsten. Ik denk aan Erik, hij moet dit weten. Zijn schoonmoeder is dood. Maar dan moet ik ook al dat andere vertellen, van Tims ontvoering en Pieters moorden. O, god, nee. Angstzweet breek me uit als ik meen voetstappen te horen op de gang.

Met een ruk draai ik me om. De slaapkamerdeur gaat open en de oude thuishulp van mijn moeder steekt belangstellend haar hoofd om de deur. Ik spring meteen op haar af.

'Babs!' roep ik verrast. 'O, Babs, het is mijn moeder, ze is dood en ik weet niet wat ik moet doen.'

De vrouw blijft staan, haar gezicht is onbewogen. Als ik begin te huilen houdt ze even haar hoofd schuin, alsof ze medelijden met me heeft. In de volgende seconde vraag ik me af waarom ze niet in beweging komt en wat ze eigenlijk op dit tijdstip hier in huis komt doen. Hoe ze is binnengekomen.

De angst slaat me om het hart. Zie ik spoken, verbeeld ik me soms dat Babs daar staat? Komt het door mijn slaapgebrek en mijn moeders dood?

Ik knipper met mijn ogen en veeg de tranen van mijn wangen.

'Je bent net zo dom als je vader,' zegt Babs koel.

Ik kijk haar niet-begrijpend aan.

'Mooi, begeerlijk en sterk, maar geen hersens.'

'Over wie heb je het, Babs?' vraag ik schor.

Mijn gevoel zegt dat hier iets heel erg mis is. Toch probeer ik de toenemende angst die me in bezit neemt te negeren. Ik kijk naar de kleine vrouw in de deuropening met haar charmante Franse tongval. Als het moet, kan ik haar met gemak aan.

'Hoe kom je hier eigenlijk binnen?' vraag ik als ze me niet antwoordt.

Ik kan niet voorkomen dat mijn stem trilt. Zij hoort het ook. Triomfantelijk houdt ze een sleutel omhoog. Ze lacht hardop.

'Toen ik nog niet door bezuinigingen mijn baan verloor, had ik van iedereen sleutels,' zegt ze. 'Alleen die van jouw moeder levert mij geld op.'

'Ik begrijp niet...'

'Nee, hè? Nog steeds niet, hè? Ach, moet je haar nou zien liggen, onze *Belle Hélène*. Altijd zijn lieveling gebleven, hoe ik ook mijn best deed. Altijd over haar en jou praten. Terwijl Pieter zo'n lieve jongen is. Dat vind jij toch ook?'

Ik voel het bloed uit mijn gezicht wegtrekken als ik haar de bijnaam van mijn moeder op z'n Frans hoor uitspreken. Zij en Pieter, denk ik. Hoe dan?

'Je moeder spartelde niet eens tegen. Ik legde het kussen over haar stralende gezicht. Ze keek blij, heus, misschien troost je dat? Het duurde niet lang voordat de lucht uit haar longen was. Eerlijk gezegd denk ik dat ze me onbewust heeft uitgekozen. Niet iedereen is geschikt voor de rol van "engel des doods". Ik zie jou er niet toe in staat. Hoewel je toch zijn dochter bent en zijn gewelddadige DNA moet hebben geërfd. Wist je niet, hè? Dat hij die kop van Jolante heeft ingeslagen.'

'Over wie heb je het toch?'

'Over je vader, Maud. Over Jaap, de man naast wie jij toevallig kwam wonen. Hahaha, mijn idee, weet je nog? Als thuishulp weet je alles. Ik wist dat het flatje tijdelijk leeg kwam, ik ken hier zoveel mensen, dat wil je niet weten. Al die mensen die mij vertrouwen. Ook jouw moeder. Hoe denk je dat ik zoveel over jou en je gezin wist? Schattig, al die foto's...'

'Wat moet je van me?'

'Geld, schat. Ik ben op een zijspoor gezet. Denk je dat ik nog aan het werk kom op mijn leeftijd?'

Ik slik, ben nauwelijks in staat te bewegen.

'Waarom zou ik je nog geld geven na wat je hier met mijn moeder gedaan hebt? Als ik de politie...'

'Dat doe je niet. Je wilt toch niet dat Erik en jouw kinderen horen dat jij warme gevoelens koestert voor je halfbroer? Trouwens, wie zegt dat jij je moeder niet hebt omgebracht? Werd je moeder niet een blok aan je been, Maud? Zocht je niet naar een definitieve oplossing voor haar? Misschien dat de politie dat zo zal interpreteren als er mensen zoals ik zijn die dat beamen.'

Mijn middenrif trekt samen en ontneemt me abrupt iedere vorm van lucht. Achteruitlopend zoek ik steun bij het bed. Vlak naast het dode lichaam van mijn moeder ga ik zitten. Een droge snik verlaat mijn mond als door de beweging van het matras mijn moeders arm tegen me aan slaat en haar hand op mijn schoot blijft liggen.

'Waarom?' fluister ik.

'Omdat ik je haat, Maud.'

'Maar ik ken je niet eens. Hoe kun je iemand haten die je niet kent?'

Mijn stem slaat over. Ik moet me vermannen.

'Jou ken ik al mijn hele leven. Eerst uit de verhalen van hem en later uit de verhalen van je moeder. O, wat haatte ik alles aan jou. Net als aan haar. Hij had háár moeten vermoorden, niet Jolante.'

De felheid in de stem van de vrouw tegenover me neemt toe. Ineens komt ze op me af, dreigend en zelfverzekerd.

Ik denk aan de rugzak die nog steeds om mijn schouders hangt, en aan het mes dat daarin zit. Ik moet het er ongemerkt uit krijgen.

Ik veer op van het bed en op datzelfde moment hoor ik de voordeur in het slot vallen. Voetstappen komen dichterbij. Babs draait zich abrupt om. Ik open mijn rugzak.

Babs ziet het niet.

'Hier, mon chérie, we zijn hier,' roept ze naar de gang, en net als ik het mes uit de rugzak wil halen, richt Babs zich weer tot mij.

66

Als Pieter de kamer binnenkomt en mij ziet, kijkt hij verschrikt op. Ik ben natuurlijk de laatste die hij hier op dit tijdstip verwacht. In zijn ene hand draagt hij zijn helm, in de andere een plastic zak.

'Ha, Maud.' Schuchter kijkt hij me aan. 'Het spijt me dat ik niet helemaal eerlijk tegen je geweest ben, maar mijn moeder is nou eenmaal de baas en...'

Hij doet zijn best geloofwaardig over te komen, maar uit zijn nonchalante houding spreekt het tegendeel. Ik walg van zijn doortraptheid.

Babs richt zich gehaast op haar zoon, ze zegt dat hij moet opschieten.

'Heb je het kistje?' vraagt ze.

Pieter knikt; hij geeft de plastic zak aan Babs, die er vervolgens iets uithaalt. Ik herken het blauwe geldkistje van mijn moeder. Ze maakt het open en checkt de inhoud. Ik voel hoe mijn bloed begint te koken als ze de documenten die ik nog nooit gezien heb en waarvan ik weet dat ze voor mijn moeder belangrijk waren er een voor een uithaalt.

Bij de laatste begint ze te grinniken.

'Kijk, hier,' roept ze naar mij. 'Het bewijs. Je moeder wist dat Jaap jouw vader was. Ze heeft het ooit laten testen. Niet van Bart en niet van Stefan, en daarom van Jaap. Wist je dat?'

Ik reageer niet. Waarom zouden Bart en Stefan uitgesloten moeten worden, vraag ik me af. Waarom is ze zo zeker van Jaap?

'Vind je niet dat je het recht hebt om te weten wat er vroeger is gebeurd?'

'Moeder, moet dit? Kunnen we haar niet gewoon het bedrag laten overmaken en daarna vertrekken?'

Ik kijk naar Pieter, die nerveus zijn haar achter zijn oren duwt.

'Hou je mond, eerst dit. Ik heb er recht op, ik wil het weten. Het staat op dat bandje. Stefan had het bij zich toen hij naar dat loeder toe ging. Het is ons bewijs, hoor je me?'

'Maar wat maakt dat nog uit? Iedereen is dood.'

'Ik wil het horen, ik wil het zelf horen. Hoe die heks daar ze allemaal heeft verleid.' Babs wijst op mijn dode moeder. 'Het is haar schuld, alles was haar schuld. Snap je dat?' snauwt ze.

Pieter loopt nu op Babs af; ik zie hoe hij nerveus over haar schouder naar het bed kijkt waarop mijn gestorven moeder ligt. Ontsteltenis tekent zijn gezicht. Even maakt hij oogcontact met mij. Ik lees angst in zijn ogen, maar als ik zijn blik probeer vast te houden kijkt hij snel van me weg.

'Moeder, we moeten nu echt gaan. De politie is naar mij op zoek, ik wil niet gepakt worden voor iets wat ik niet gedaan heb.'

Pieters stem klinkt onvast en gehaast. Ik zou bijna medelijden met hem krijgen als ik niet wist hoe verachtelijk hij al die tijd met mij is omgegaan.

Even gebeurt er niets. Babs denkt na. Dan haalt ze haar telefoon tevoorschijn, ik zie hoe ze iets intikt. Meteen daarop klinkt bij mij de piep van een appje.

Met een zucht haal ik mijn toestel tevoorschijn en lees het bericht van 'Belle Hélène' waarin Babs het eerdergenoemde bedrag noemt dat ik moet overmaken.

'Denk je dat ik gek ben?' zeg ik.

Pieter werpt zich nu voor zijn moeder, die briesend op me afkomt.

'Het moet, Maud, anders maken we alles bekend bij Erik, die foto's van ons – ik heb er meer – het feit dat ik jouw halfbroer ben en dat jij en ik die nacht... samen. Ben je echt vergeten wat je toen gedaan hebt?' vraagt hij met een zekere triomf in zijn stem.

'Ik heb verdomme helemaal niets gedaan!' roep ik half in tranen.

'Betalen,' schreeuwt Babs en ze helpt me herinneren aan mijn vermoorde moeder en dat ik de enige ben die daar écht belang bij heeft. Ze wijst op mijn telefoon en commandeert dat ik naar de site van mijn bank moet gaan.

'Laten jullie me daarna met rust?' vraag ik.

Het is een stomme vraag; die twee gekken zijn niet te vertrouwen en als ik niet snel een list verzin, maken ze me nog af.

Babs bevestigt dat met haar valse lachje, Pieter blijft ernstig.

'Daarna laten we je met rust,' zegt hij. Maar als ik hem vertwijfeld naar zijn moeder zie omkijken, weet ik dat ik niet op hem hoef te rekenen. Hij doet precies wat zij zegt.

'Oké, ik maak het geld aan je over, Babs,' zeg ik, en ik denk meteen aan het feit dat ze dan later als afperser getraceerd kan worden. 'Maar dan wil ik wel alles weten over mijn biologische vader. Tot nu toe begrijp ik dat Jaap met jou getrouwd was en dat hij voor jullie huwelijk mijn moeder zwanger heeft gemaakt, klopt dat?'

Stilte.

Pieter kucht nerveus zijn zo typische hoestje. Ik herken het nu van de keren dat hij voor mijn deur stond en briefjes naar binnen wierp.

'Waarom is Jaap dan niet bij haar gebleven? Je zei net dat hij van haar hield, toch?'

Babs' lichtgetinte huid wordt langzaam bleek, haar gitzwarte ogen fonkelen. Woedend roept ze dat ik een hoerenjong ben en dat het mijn schuld is dat haar broer voor heel lang naar de tropen verdween en alle familiebanden verbrak.

'Stefan heeft er altijd onder geleden. Arme jongen, was nota bene homo, hij had dat kutwijf met geen vinger aangeraakt en toch werd hij beschuldigd. Omdat hij erbij was. Omdat zijn stem op dat vervloekte bandje te horen was.'

Ik frons mijn wenkbrauwen en tracht te begrijpen waar deze

idioot het over heeft. Dan schiet me ineens iets te binnen. De keer dat ik bij de roeiclub was voor Stefan en een vrouwenstem van boven naar hem riep, moet dat Babs geweest zijn.

Stefan en Babs, Jaap, Bart en mijn moeder – wat is het verband?

'Je maakt me nieuwsgierig,' zeg ik snel als ik zie dat Babs haar geduld verliest en zich vooroverbuigt naar mijn moeder.

'Alles, alles, staat op dat cassettebandje. Het komt door haar, zij, jouw moeder, die hoer heeft de jongens opgejut met haar stomme gegil.'

'Jongens?' vraag ik.

Pieter schraapt zijn keel. Zijn stem is helder als hij spreekt, precies zoals de keren dat hij tegen me zei dat ik de politie moest bellen. Helder en betrokken, nadat ik hem in vertrouwen had genomen over mijn stalker.

Achteraf knap onnozel. Stel dat ik dat gedaan had. Hij was ervan overtuigd dat ik het niet zou doen. Omdat hij wist dat ik eigenwijs was en alles deed voor mijn gezin.

'Je moeder werd als jonge vrouw het slachtoffer van een groepsverkrachting,' zegt hij kalm.

Mijn mond valt open. De stilte die daarop volgt, bezorgt me kippenvel. Ineens vallen een heleboel dingen op hun plek.

Pieter gaat rustig verder.

'Wat ik later van Jaap begreep, is dat Bart en Stefan zichzelf wilden aangeven. Hij heeft dat weten te voorkomen door hen de cassetteopname te laten horen.'

'Afpersen zit jullie dus in het bloed,' zeg ik hatelijk. 'Enig idee waar dat bandje is gebleven?'

Mijn hartslag blijft hoog, maar ik heb mezelf hervonden. Ik wil alleen maar denken aan hoe ik heelhuids van die twee afkom.

'Dat weet ik niet,' antwoordt Pieter. Hij kijkt naar zijn moeder, die het antwoord blijkbaar ook niet paraat heeft.

Ik vraag me af of dit de zoveelste onwaarheid van deze notoire leugenaars is.

'Dat doet er ook niet meer toe, dat kutbandje is weg,' snauwt Babs. Nu richt ze zich weer op mij. 'Toen ik Stefan ernaar vroeg, hield hij vol dat hij het niet had. Terwijl uit alles het tegenovergestelde bleek. Mijn eigen broertje, liegen alsof het gedrukt staat.'

'Ook een familietrekje?' flap ik eruit.

Babs lijkt even van haar stuk, niet lang; koel legt ze uit wat ze met haar broertje heeft gedaan.

'Altijd dol geweest op zoetigheid. Zo'n simpel plakje krentenbrood met wat amandelspijs... ach, bij een normaal mens gebeurt er niets, maar iemand met een notenallergie krijgt het er Spaans benauwd van.'

Ze lacht even en kijkt meteen daarop weer treurig.

'Het was alleen bedoeld om de jongen een beetje te straffen. Ik had gezegd dat het geen kwaad kon. Dat ik goed naar de samenstelling van het brood had gevraagd,' zegt ze met spijt in haar stem.

'Maar, moeder, had je oom Stefan daarom gevraagd naar de flat van pa te komen? Ik dacht om hem het DNA-bewijs van Heleen te overhandigen. Hoe...'

'Hou je mond. Stefan was er zelf bij. Had hij toen hij bij haar aanbelde maar moeten vertellen van zijn notenallergie. Of heb je hem bewust laten creperen, Maud?'

Ik schud verbaasd mijn hoofd. Het DNA-bewijs dus. Dat zit er in dat blauwe geldkistje van mijn moeder. Het bewijs wie mijn echte vader was. Al die tijd heeft mijn moeder dat geweten.

Ik hap naar adem. *Sterk blijven.* Ik vraag me koortsachtig af of het waar is dat deze twee gekken het cassettebandje niet hebben. Wie heeft het dan?

'Weet je dat ze me doodleuk hebben afgedankt daar bij die thuiszorg? Na jaren van keihard werken – steunkousen aantrekken, billen wassen, luiers verschonen, geouwehoer aanhoren – godverdomme... hoe denk je dat dat is? Gewoon op non-actief gezet. En daarom ga jij mij geld geven.'

Babs geeft me een zet. Hierdoor glijdt de rugzak van mijn schoot. Ik grijp ernaar, maar ben te laat. Hij valt naast mijn voeten en het mes klettert tegen de grond.

Babs ziet het en duikt er meteen bovenop. Met het vlijmscherpe wapen in haar hand manoeuvreert ze behendig langs mijn gezicht. Nog voordat ik kan reageren voel ik het koude metaal tegen mijn keel drukken.

'En nu dat geld overmaken, bitch,' sist Babs.

67

Iedere vezel in mijn lichaam is tot het uiterste gespannen. Bij elke ademhaling ben ik bang dat mijn keel straks wordt opengereten.

De wanhopige blikken die ik op Pieter werp mogen niet baten. Als een ware lafaard heeft hij zich afgewend van de situatie door naar de wc te gaan. Ik hoor hem stommelen op de gang, met deuren slaan en iets op de grond gooien.

Als ik me beweeg, drukt zijn moeder het mes nog dichter tegen mijn strottenhoofd. Voor een moment voel ik een korte, scherpe pijn. Direct daarop loopt er bloed langs mijn hals.

'Geld,' snauwt Babs in mijn oor.

Ik gebaar naar mijn keel en fluister dat ik zo niets kan overmaken.

Daarop verslapt ze voor even de greep, maar ze houdt het mes nog steeds vervaarlijk dicht bij mijn gezicht.

Mijn trillende vingers tikken de site aan van mijn bank, ik log in en open onze spaarrekening. Babs kijkt vlak over mijn schouder mee. Ze noemt het bedrag, en dreunt daarna de cijfers van haar rekeningnummer op. Ik kuch en zeg dat geld van de spaarrekening altijd eerst naar een tegenrekening moet worden geboekt.

'Doe dat dan,' snauwt ze.

Het mes schiet uit. Ik krimp ineen als een diepere snee mijn huid openrijt.

'Alsjeblieft,' smeek ik. 'Laat me los, ik maak het geld over, ik doe alles wat je wilt, maar laat me alsjeblieft los.'

'Geen denken aan. Doorgaan.'

Met trillende vingers tik ik het bedrag in, wacht op de TAN-code en nadat ik alles heb bevestigd, zie ik hoe enkele tellen later de grote som geld van de ene naar de andere rekening is overgeschreven.

'Mooi, en nu naar mijn rekening,' zegt Babs.

Als ik doe wat ze zegt, lacht ze en zegt dat ik het heel goed doe voor zo'n stronteigenwijs type. Halverwege haar betoog klinkt er een harde dreun vanuit de gang en horen we de voordeur dichtslaan.

Verschrikt kijk ik op van mijn telefoon. Ook Babs is gealarmeerd. Voor een moment verliest ze haar concentratie en haalt het mes van mijn keel.

'Pieter?' roept ze.

In de stilte die valt grijp ik naar de pols van Babs en duw haar razendsnel van me af. Door de onverwachte beweging schiet het mes uit haar hand en probeert ze zich krampachtig staande te houden.

Terwijl zij wankelt veer ik op van het bed en stort me met mijn hele gewicht op het kleine onderkruipsel. Ik stomp en schop en raak haar waar ik haar maar raken kan. In haar maag, tegen haar borsten, op haar hoofd en in haar buik. Ze krimpt ineen en roept om Pieter.

Als ze op de grond ligt grijpt ze naar mijn enkels; ik trap en vecht terug. Mijn geschop treft doel. Babs rolt met een pijnkreet van me weg.

Buiten adem zoek ik het mes.

Dan hoor ik gestommel vanuit de gang komen. Opgewonden ruziënde stemmen dringen door in de slaapkamer. Ik meen de stem van Tim te herkennen, maar meteen verwerp ik die gedachte. Al mijn aandacht gaat naar het mes dat ik nu onder het bed zie oplichten.

Voetstappen naderen de slaapkamer.

In afwachting van wie er binnenkomen, graai ik naar het mes

en hou het achter mijn rug. Zwaar ademend en nat van het zweet focus ik me op de deur. Een seconde gebeurt er niets. Dodelijke stilte.

Dan wordt tot mijn ontzetting mijn eigen blonde slungel naar binnen geduwd. Mijn hart lijkt te barsten als Tim me aankijkt.

'Sorry, mam, ik werd wakker… ik vond je briefje… en…'

Mijn domme, domme jongen. Tranen lopen over zijn wangen, angstig kijkt hij me aan.

Ik schud mijn hoofd. 'Nee, nee, niet erg, kind,' roep ik en ik voel hoe mijn lichaam zich vult met kracht.

Daarna gaat alles razendsnel. Met het mes in mijn hand ren ik recht op de verbaasde Pieter af. Van schrik laat hij Tim los.

'Rennen,' roep ik tegen Tim. 'Rennen!'

Pieter grijpt me wild bij mijn arm, waardoor het mes uit mijn hand valt en in de richting van Tim rolt. Ik zie hem ernaar bukken. Nogmaals gil ik dat hij moet weggaan.

Halverwege mijn gil slaat Pieter zijn hand om mijn keel en snoert me daarna de mond. Mijn benen slepen over de grond als ik als een lappenpop door Pieter bij mijn zoon word weggesleurd.

'Maak haar af,' roept Babs, die kreunend overeind is gekrabbeld. Vanuit mijn ooghoek zie ik haar op ons afkomen.

Ik worstel, maar dit keer zonder resultaat. Pieter is sterker. Zijn greep om mijn keel wordt nog vaster als ik probeer te schreeuwen om hulp. Stemloos hap ik naar adem. Langzaam voel ik de lucht uit mijn longen verdwijnen.

Ik sluit mijn ogen, het lijkt alsof mijn lichaam gewichtloos is. En net als ik denk dat het voorbij is en ik mijn laatste ademtocht heb uitgeblazen, hoor ik een gorgelend geluid uit de mond van Pieter komen.

Abrupt laat hij me los. Hoestend grijp ik naar mijn keel en zak in elkaar. Ik zie Pieter voorover hellen; hij valt naast me neer terwijl Tim zich over hem heen buigt.

Ik wil iets doen, Tim tegenhouden en roepen dat hij moet stoppen. Maar mijn lichaam weigert dienst en mijn keel staat in brand. Lijdzaam moet ik toezien hoe Tim met mijn mes in Pieters rug steekt.

In, uit, in, uit.

Babs slaakt een korte kreet en springt op Tim af. Ze trekt aan zijn kleren en roept dat hij moet ophouden.

Maar Tim hoort niets en voelt niets. Integendeel. In blinde razernij richt hij zich nu op Babs. Als in trance steekt hij op haar in.

Alleen mijn lippen bewegen als ik de naam van mijn kind roep. Mijn stem laat me in de steek; ik huil en ik klaag en smeek hem te stoppen.

Pas als Babs even onbeweeglijk als haar zoon in een plas bloed blijft liggen, glijdt het mes uit Tims hand.

De stilte die volgt knettert oorverdovend hard in mijn oren.

Bevend sta ik op, loop naar Tim en kijk in zijn rooddoorlopen schrikogen. En net als vroeger wanneer er iets verschrikkelijks was gebeurd op school, sla ik mijn armen om hem heen en streel zijn warme hoofd.

'Het is goed, het is goed,' fluister ik. 'Je hebt het goed gedaan.'

68

Een paar minuten later dwing ik Tim naar me te luisteren. Zijn hoofd hangt zwaar tussen zijn schouders, zijn lichaam schokt en hij vraagt wat we moeten doen.

Mijn brein werkt snel en zegt me de dingen zo vlug mogelijk af te handelen. Ik zet mijn trillende zoon op een stoel en ga onmiddellijk aan het werk.

Werktuigelijk raap ik het mes van de grond, wikkel het in mijn trui en veeg het handvat grondig schoon zodat alle vingerafdrukken van mij en Tim verwijderd zijn. Daarna druk ik het mes in de hand van Babs en daarna in die van Pieter. Ik zoek van beiden hun telefoontoestellen en stop ze in mijn rugzak.

Dan verontschuldig ik me hardop naar mijn moeder omdat ik haar hier zo akelig moet achterlaten. Ik zeg dat het in het belang is van haar kleinzoon en dat ze dat als ze nog zou leven zou begrijpen. Heel even strijk ik over haar koude, droge voorhoofd en tot mijn eigen verbazing druk ik er een korte kus op.

Daarop ga ik naar Tim, pak hem beet en duw hem in de richting van de deur.

'Wegwezen hier,' zeg ik als hij niet meegeeft en apathisch naar de lichamen op de vloer blijft staren.

Ik trek mijn zoon uit alle kracht mee. En als we nog geen tel later buiten staan en ik de voordeur achter me dichtdoe, geef ik Tim mijn muts en dwing hem die op te zetten. Met versnelde pas lopen we het pad af langs het huis van Carel. Als twee dieven in de nacht verlaten we haastig de straat.

'Doorlopen,' zeg ik tegen Tim als hij begint te treuzelen.

'Mam, ik ben bang,' zegt hij met een hoge stem.

'Ik ook,' zeg ik. 'Maar die angst mogen we niet toelaten, hoor je me?'

Het kan door de vaart komen waarmee ik mijn kind meetrek en voortduw, maar de route terug naar mijn flat lijkt ineens een stuk korter dan de heenweg.

Buiten adem bereiken we de hoofdstraat die uitkomt op de weg naar mijn flatgebouw. Vlak voordat we de straat in lopen, hou ik Tim staande. Indringend kijk ik hem aan.

'Luister, lieverd, als de politie straks vragen gaat stellen, ben jij de hele nacht bij mij in bed geweest. Oké?'

Tim knikt.

Ik geef hem een vlugge kus. Als ik zeg dat alles goed komt, voel ik mijn versnelde hartslag het tegendeel beweren.

We rennen met twee treden tegelijk de trap op naar mijn galerij. Buiten adem sluit ik niet veel later de deur van mijn flat af.

Meteen gebied ik Tim zijn kleren en schoenen uit te trekken en te gaan douchen. Waar ik de energie vandaan haal, weet ik niet, maar samen met mijn eigen kleren, de schoenen en de rugzak gooi ik alles in een vuilniszak, tape de zak dicht en zet hem buiten bij de voordeur. Morgenochtend komt de vuilophaaldienst. Alles moet zo normaal mogelijk verlopen.

Vanuit de badkamer hoor ik Tim in zichzelf praten. Ik open de badkamerdeur en blijf even bij de wastafel staan.

'Het komt goed, jongen, het komt goed,' zeg ik weer.

Maar als ik over het beslagen glas veeg en naar mijn spiegelbeeld kijk, zie ik een door slaapgebrek geteisterd gezicht met een bloederige hals en vraag ik me af of ons leven na deze nacht ooit nog hetzelfde wordt.

Ik vink de hele situatie nog een keer af in mijn hoofd. Niemand heeft ons gezien, niemand weet wat er daar bij mijn moeder gebeurd is. Ik heb het moordwapen schoongemaakt en daarna alles meegenomen wat ik bij me had. Geen enkel bewijs, ook niet via Babs' telefoon, zal de politie aantreffen dat naar mij of Tim verwijst.

Over een paar uur zal ik naar het huis van mijn moeder fietsen om volgens afspraak daar de politie te treffen. Daarna zet ik Tim op de trein en zal ik de uitvaart van mijn moeder moeten regelen.

'Mam? Wat zal papa zeggen als hij dit hoort?'

Tim schuift de douchecabine open. Een warme damp slaat van zijn druppende lijf. Mijn naakte zoon staat voor me, kwetsbaar kinderlijk maar ook een man. Hoe lang geleden is het dat ik hem zo zag?

'Papa hoeft hier nooit iets van te weten,' zeg ik kordaat.

Daarop haal ik een handdoek tevoorschijn en sla hem om de schokkende jongensschouders. Tim laat me begaan, en alsof hij weer die kleuter van vroeger is, wrijf ik hem droog.

'Nooit, hoor je me?' vervolg ik als Tim zijn mond opent. 'Dit is ons geheim,' fluister ik bezwerend.

En ik denk aan alle geheimen die mijn leven zo hebben gekenmerkt en waar ik nog maar zo kort van afweet, en schaam me.

'Kom nu, jij neemt een slaappilletje en je gaat slapen,' zeg ik zacht.

En zoals iedere moeder er voor haar kind is, om het te troosten en voor oplossingen te zorgen, zo praat ik Tim moed in door te zeggen dat hij vanaf nu écht alles aan mij moet overlaten.

69

Buiten luidt een merel net een nieuwe dag in als ik mijn telefoon naast het bed hoor rinkelen. Ik schiet overeind en om Tim niet wakker te maken loop ik op mijn tenen de kamer uit.

Het is Carel. Hij klinkt overstuur en zegt dat de politie op weg is naar mij. De arme man kan bijna niet uit zijn woorden komen; hakkelend vertelt hij dat hij liever niet via de telefoon wil zeggen wat er gebeurd is. Na enig aandringen gaat hij toch overstag.

'Lieve Maud, je moeder is dood. En... dat niet alleen... ik vond... o, god, ik kan het bijna niet zeggen. Ik ging even bij haar kijken, net als anders, ik doe het zo vaak 's ochtends voordat ik zelf aan mijn dag begin, dat weet je... dat zei ik ook tegen die man van de politie.'

'Wat is er, Carel?' onderbreek ik hem.

'Maud, ik vond Babs, zij is... was... de oude thuishulp van je moeder. En die man, hij ook. Hij was laatst bij jouw moeder... o, het is zo erg.'

'Wat, Carel?'

'Ze zijn dood, Maud.'

Ik geef geen antwoord. Ik luister naar mijn eigen ademhaling die opgaat in het rasperige geluid van de ademhaling van Carel.

'Maud?' vraagt hij als ik stilval.

'Ja, Carel, ik ben er nog. Wat vreselijk, ik kan het niet geloven... Hoe...? Nee, nee, tuurlijk, dat begrijp ik, ja, ik zal hier op de politie wachten.' Ik leg een snik in mijn stem en neem hakkelend afscheid alsof ik zojuist iets gehoord heb wat me verwart.

Als ik de verbinding heb verbroken zie ik dat het tegen half-negen loopt. Ik verwissel mijn nachtkleding voor een schone jeans en trek er een hooggesloten coltruitje bij aan om de snijwonden in mijn hals te verbergen. Als ik daarop een ouderwetse pot filterkoffie zet en een ontbijt maak voor mezelf en Tim, doe ik mijn uiterste best om mijn op hol geslagen hartslag te negeren.

Vanbuiten ogenschijnlijk kalm, vanbinnen een lawine aan gedachten, open ik niet veel later de deur voor de dikke rechercheur en zijn collega.

De man ziet er beroerd uit. Zijn ogen zijn dof en onder zijn ongeschoren wangen liggen rode vlekken van gesprongen adertjes. Ze vallen me nu pas op.

Amechtig ademend slaat hij zijn hand voor zijn borst. Als ik hem binnenlaat houdt hij zich even vast aan de deurpost om zijn evenwicht te hervinden.

'Mevrouw Mulder, ik vrees dat ik geen goed nieuws heb,' begint hij korzelig.

'Ik heb het gehoord,' zeg ik snel. 'De buurman van mijn moeder belde me net. Wat is er gebeurd, en wanneer kan ik mijn moeder zien?'

'Aha, ja, helaas, want dan weet u ook dat niet alleen uw moeder het slachtoffer is geworden van deze gek, maar ook haar oude thuishulp.'

'Babs? Maar waarom?' vraag ik met gespeelde verbazing.

'Tja, wat betreft het motief tasten wij nog in het duister. Hoewel er veel verbanden zijn die naar uw moeder leiden, hebben we nog geen idee waarom de moordenaar het op haar en haar naasten gemunt had. We kunnen het hem helaas niet meer vragen, want Pieter van der Lagenmaat is zelf ook dood.'

Ik reageer geschokt. De dikzak knikt begripvol en stelt voor dat we even gaan zitten.

'Jawel, de zoon van uw buurman,' herhaalt hij als we aan tafel zitten en zijn collega net als de vorige keer een beker koffie uit de keuken haalt.

Dankzij de koffie wordt de dikke man wat spraakzamer. Als ik gehaast doorvraag en hij blijft zeggen geen antwoord te mogen geven, doet hij dat toch. Zijn jonge collega schijnt het niet te interesseren, die is verdiept in zijn telefoon.

'Nou, vooruit dan. We vermoeden – en nogmaals, dat weten we pas zeker na afloop van het onderzoek – dat het als volgt is gegaan. Pieter smoort uw moeder met een kussen, de thuishulp van uw moeder probeert hem te stoppen. Er ontstaat een gevecht waarbij de thuishulp komt te vallen als ze ervandoor gaat. Pieter buigt zich opnieuw over uw moeder, en de thuishulp – die vermoedelijk een mes heeft gehaald – steekt hem met het mes in zijn rug. De twee vechten opnieuw en uiteindelijk komt de thuishulp daarbij zelf om het leven.'

Ik sla mijn handen voor mijn mond. De tranen in mijn ogen komen als vanzelf als ik terugdenk aan mijn vermoorde moeder.

'Maar waarom?' vraag ik opnieuw. 'Waarom stalkte Pieter mij en ontvoerde hij mijn zoon? Waarom heeft hij mijn moeder gedood?'

'We komen er vanzelf achter, mevrouw Mulder. Wellicht heeft de dood van Stefan Weijers er ook mee te maken. Tot nu toe tasten we in het duister. Even dachten we dat het cassettebandje dat we in uw moeders hand vonden ons een aanwijzing zou kunnen geven.'

Nu stokt mijn adem. Mijn keel sluit zich abrupt af en mijn hart staat stil.

De dikzak heeft het door.

'U kijkt verschrikt. Weet u daar meer van?'

'Nee,' roep ik meteen naar waarheid.

De rechercheur knijpt zijn ogen samen en neemt me spiedend op.

'Wilt u echt niet iets kwijt?' vraagt hij.

Ik schud mijn hoofd en kijk van hem weg. Alweer moet ik aan mijn moeder denken en aan wat Babs vertelde over die groepsverkrachting. Als dat waar is en dat allemaal op dat bandje te beluisteren valt... hoe erg moet dat niet voor mijn moeder geweest zijn om dat terug te horen?

Ik slik hoorbaar en kuch. De dikke man kijkt me net als eerder wantrouwend aan.

'Houdt u weer iets voor ons achter?' vraagt hij.

'Nee, nee... dat bandje, hebt u het al beluisterd?' vraag ik.

'Ja, dat hebben we,' verzucht hij en hij haalt met een zekere irritatie zijn schouders op. 'Het probleem is dat we er alleen niet veel van begrijpen. Waarom sterft uw moeder met een cassettebandje in haar hand waarop uitsluitend Franse chansons staan?'

Voor een tel ben ik te verbaasd om te reageren; dan realiseer ik me dat mijn moeder net zoals vroeger het bandje moet hebben overgespoeld.

'Ach, is dat zo? Tja, u moet weten dat mijn moeder door haar ziekte voornamelijk in het verleden leefde. Ze luisterde vroeger graag naar dat soort muziek,' antwoord ik.

Net als de rechercheur zijn mond opent om daarop te reageren komt op dat moment Tim binnen. Ik kijk verrast op.

Even ben ik bang dat Tim alsnog iets zal vertellen over de afgelopen nacht. Maar ik zie aan mijn jongen dat hij moe is en duf van de slaappil; bovendien heb ik hem goed ingeprent niets los te laten tegenover de politie. Ik ken Tim, hij is dwars maar slim. Een echte Zeeuw, net als zijn vader. Hij weet wanneer hij moet zwijgen.

De dikzak groet hem en vraagt of hij goed geslapen heeft.

Tim knikt en loopt naar de keuken. De dikzak buigt zich naar mij en gaat op fluistertoon verder.

'Ik ga ervan uit dat u zelf uw zoon op de hoogte brengt van de dood van zijn oma?'

'Jazeker, dat doe ik,' zeg ik.

'Triest voor zo'n jongen,' zegt de man en even lijkt het alsof hij het over zichzelf heeft en niet over Tim.

'Mijn zoon zou vandaag weer naar huis gaan. Wanneer denkt u dat ik de uitvaart voor mijn moeder kan regelen? Ik...'

'Ja, ja, ik begrijp het. Nogmaals, mevrouw Mulder, eerst komt er een onderzoek. Tot die tijd...' De dikzak ademt puffend uit.

Hij staart in de lege koffiebeker, haalt een zuurtje tevoorschijn en mompelt dat het werk er niet gemakkelijker op wordt. Daarna kijkt hij op zijn horloge, vraagt aan zijn collega of die weet of de naastgelegen flat al is vrijgegeven en staat dan op om mij een hand te geven. Een warme, kleverige hand.

'Wat mij betreft kunt u gerust samen met uw zoon mee naar huis. We hebben uw gegevens. Mocht er iets zijn, dan nemen we contact met u op. We hopen zo snel mogelijk klaar te zijn met uw moeder. Gaat het verder zo?'

Ik geef een bevestigend antwoord en veeg ongezien mijn plakkerige hand af aan mijn broek.

'Mooi, dan kunnen wij nu gaan. Tenzij u nog een vraag hebt?'

Ik aarzel, maar stel dan toch de prangende vraag die voortdurend door mijn hoofd spookt.

'Ik heb geld overgemaakt naar mijn stalker. Denkt u dat ik dat nog terugkrijg?'

De rechercheur kijkt me onderzoekend aan. 'Waarom hebt u dat gedaan zonder ons daarin te kennen?'

'Omdat ik bang was, bedreigd werd, mijn familie...' Ik wacht even en slik.

Voor het eerst lijk ik iets van sympathie op te wekken bij de dikke man. Hij zegt er begrip voor te hebben en belooft er alles aan te doen om het geld terug te krijgen. 'Maar ik kan niets garanderen, mevrouw Mulder. U hebt tenslotte vrijwillig uw stalker betaald.'

Ik knik schuldbewust en loop mee naar de gang. Als ik de voordeur open, zie ik de vuilniszak staan. Ik had er niet meer aan gedacht. Ook de dikzak krijgt hem in het oog. Het zweet breekt me uit als hij hem optilt.

'Moet die mee naar beneden?' vraagt hij wijzend op de containers naast het trappenhuis.

'Eh, ja, maar eh, dat hoeft u niet...'

De rechercheur zegt dat het geen moeite kost en geeft de zak door aan zijn collega.

Sprakeloos onderga ik het tafereel; het enige wat ik kan doen is dankbaar knikken. Mijn hart bonkt in mijn keel als ik net zo lang blijf wachten op de galerij totdat ik hen via het trappenhuis naar buiten zie komen.

Voorzichtig werp ik een blik over de balustrade. Als ik zie hoe de dikke rechercheur zijn collega instrueert waar de zak moet worden gedumpt, ontsnapt er een zenuwachtig lachje uit mijn mond nadat ik hem achteloos de zak in de container zie werpen.

Daarop stappen de twee in hun auto en rijden weg.

Binnen wacht Tim op me. Hij ziet bleek en vraagt of de politie nog terugkomt.

Ik schud mijn hoofd en stel hem gerust. 'Je deed het goed, schat,' zeg ik tegen hem.

Dan sla ik mijn arm om hem heen en kijk op mijn horloge. Meestal iets na negenen is de vuilophaaldienst hier. Dat betekent dat ze hier ieder moment kunnen zijn.

Walcheren, een jaar later

70

Lieve Erik,

Via deze brief hoop ik jouw vergiffenis te krijgen.

De afgelopen dagen heb ik meerdere keren voor de brievenbus gestaan en de enveloppe met jouw naam erop bijna in de gleuf laten vallen. Telkens trok ik hem op het laatste moment weer terug. Ik geef toe, ik ben een lafaard. Ik kan het niet aan om jou de waarheid te vertellen.

Beter kan ik de brief goed opbergen voor later, voor na mijn dood, zoals ik aanvankelijk al van plan was.

En heus, wat ik ook gedaan heb, alles was uit liefde voor jou en de kinderen. Vergeet dat niet als jullie later, wanneer ik er niet meer ben, nog eens stilstaan bij die zwarte dag.

Misschien wel de zwartste dag in ons zo gelukkige gezinsleven.

Jouw ogen, die al dagen in hun traanvocht dreven, stroomden over toen de kist met onze jongen langzaam verdween in dat donkere gat. Je snikte luid en schreeuwde hartstochtelijk zijn naam.

Mijn hart leek te breken bij al dat verdriet, temeer omdat ik geen woord kon uitbrengen en je niet kon troosten.

Hoe ondraaglijk was de pijn nadat ik jouw hand zocht en jij abrupt een stap opzij deed zodat onze handen elkaar zelfs per ongeluk niet zouden raken.

Ook nu lukt het me nauwelijks de woorden op papier te krijgen. Na iedere zin hap ik naar adem als ik mezelf dwing verder te schrijven over Tims dood.

Ik heb gemerkt dat schrijven voor mij de enige manier is om mijn eigen verdriet en angst te kanaliseren. Door de waarheid aan het papier toe te vertrouwen denk ik mijn machteloosheid omtrent zijn dood beter aan te kunnen.

Misschien dat ik dan dat immens grote schuldgevoel een plek kan geven. Hoe moet ik anders mijn spijt betuigen over wat door mijn toedoen is gebeurd?

Het laat me niet los, een jaar na dato loop ik nog steeds met dat drukkende schuldgevoel rond.

Ik zie weer voor me hoe jij, lieve Erik, Tim en mij kwam ophalen nadat ik je gebeld had en heel kort had uitgelegd wat ons in Weesp was overkomen. Hield je Tim toen langer vast dan mij? Lag daarin al niet onbewust een stil verwijt? Hoe ik zo dom had kunnen zijn jou niet in te lichten over wat onze zoon daar was overkomen?

Het spijt me. Alsnog. Temeer omdat ik je tot op de dag van vandaag maar mondjesmaat verteld heb wat zich daar echt heeft afgespeeld.

Waarschijnlijk zou je me niet eens geloven. Niet nadat ik binnen ons gezin meteen de draad weer oppakte en Tim ogenschijnlijk hetzelfde deed.

Hoe had ik jou kunnen uitleggen dat de dood van zijn oma geen natuurlijke dood was, en dat degenen die haar hadden vermoord en onze zoon hadden ontvoerd niet veel later door Tim met messteken waren omgebracht?

Je zou je terecht hebben afgevraagd waarom ik hem in die positie had gebracht. Waarom ik niet, na wat hem daarvoor was overkomen, bij hem bleef maar midden in de nacht met een mes in mijn rugzak per se naar mijn moeder moest.

Je zou van me verwachten dat ik alles zou uitleggen over het waarom van mijn moeders verleden.

Maar lieve Erik, dat kon ik niet.

Ik had je verteld over Tims ontvoering en mijn gestoorde stalker, en dat alles om geld draaide. Voor een normaal mens zoals jij leek me dat al heftig genoeg. Bovendien was het politieonderzoek gesloten, waren de doden geborgen en hadden wij ons gezinsleven weer hervat.

Achteraf was het fout om je niet de hele waarheid te vertellen. Als ik je in vertrouwen had genomen was al dat vreselijks misschien nooit gebeurd en had onze zoon nu nog geleefd.

Het is mijn schuld. Zoals ik op papadag – achteraf was hij dus niet mijn échte papa – onze roeidag geheimhield voor mijn moeder, zo had ik voor Tim besloten dat hij nooit en te nimmer met jou mocht praten over de moorden die hij gepleegd had.

Hoe verkeerd heb ik dat ingeschat.

Onze zoon, die zo heel anders was dan ik. Die zoveel meer op jou leek, kwetsbaar en sociaal, dwars en slim. Hoe kon een kind als hij leven met zoiets zwaars als een dubbele moord?

Iedere keer dat ik hem het afgelopen jaar 's nachts huilend wakker hoorde worden en hem als een kleuter in mijn armen wiegde om hem te troosten, sloeg de angst me meer en meer om het hart.

Vroeg of laat zou hij doorslaan en alles opbiechten.

Aan jou, aan zijn broers, zijn vrienden, de hele wereld... o, god, wat stond ik een doodsangsten uit. Want wat moest ik doen als mijn eerlijke jongen zou doorslaan? Hij zou alsnog worden gepakt en bestraft, en voor het grootste deel van zijn leven achter de tralies verdwijnen.

Ik kon het niet aanzien, hoe jij en ons bedrijf door zijn daad door het slijk zouden worden gehaald. Hoe onze andere zonen zouden moeten leven met een broer die vastzat voor de brute moord op twee mensen.

Ik wilde mezelf opofferen.

Ik zei tegen Tim dat als hij het niet meer volhield, ik de schuld op me zou nemen en mezelf zou aangeven. In geen geval mocht hij van zijn vrijheid worden beroofd.

Maar hoe ik hem dat ook op het hart drukte, hij luisterde niet. Dwars als hij was, woog zijn geweten zwaarder dan mijn voorstel. Dieper en dieper zakte hij weg in apathie. Hij verloor zijn levenslust en somberde voort.

Jij gooide het op zijn adolescentie, wilde hem tijdelijk naar het buitenland sturen voor een studiereisje en troostte hem door te zeggen dat zonder zijn kooktalent ons pannenkoekenhuis gedoemd was te mislukken.

Hoe lief en triest.

Want bij iedere poging van jou om ons kind erbovenop te krijgen werd de afstand tussen jou en mij groter. Het zou niet lang meer duren of Tims trauma zou ons hele gezin ontwrichten. Dat waar ik zo bang voor was geweest met mijn stalker, dat de geheimen uit mijn jeugd het leven met jou en de kinderen zouden aantasten, gebeurde nu opnieuw door Tim.

Heus, achteraf veracht ik mezelf erom, maar de situatie werd zo hopeloos dat ik wel een oplossing móést verzinnen.

Jij vond het nog zo'n goed idee van mij om Tim een dagje mee te nemen voor een roeitocht op de Vecht. Net zoals ik dat vroeger zo vaak gedaan had met mijn vader, zo zou ik nu met mijn eigen zoon gaan roeien. Ik huurde een boot en gaf Tim de riemen.

En hoewel er die dag een straffe wind stond en het ijskoude water met regelmaat over onze voeten sloeg, zag ik onder die trieste sluier op Tims gezicht zijn ogen weer enigszins oplichten.

Zijn moeder als stuur en hij aan het roeien.

Hoe het dan toch nog zo mis kon gaan, is mij een raadsel.

Ik zag de lage brug naderen en gaf een waarschuwing. Tenminste, dat zou een logische reactie zijn geweest.

Maar toen ik mij op het laatste moment vlak voor de brug bukte en de onderkant van het door algen aangeslagen steen zijn schaduw over onze boot wierp, meende ik een korte kreet te horen die opgevolgd werd door een plons.

Toen ik weer opkeek en de riemen los naast de boot zag bungelen, was Tim weg.

In paniek keerde ik de boot, sloeg op het water en riep zijn naam.

Keer op keer.

Tenminste, dat zou ik toch gedaan moeten hebben toen ik mij realiseerde dat mijn boomlange zoon in volle vaart met zijn achterhoofd tegen de brug was geslagen, en hij daardoor buiten bewustzijn in het water was beland.

Dat heb ik achteraf tegen jou gezegd en tegen de mannen die hem later uit het water visten. En zij bevestigden dat. Een noodlottig roeiongeval. Dat was het, zeiden ze.

En als ik mijn best doe, dan kan ik daar heel goed mee leven. Ik wel. Omdat ik anders ben dan jij, en ik hoop dat je dat later zult begrijpen.

Want als ik eerlijk ben, dan weet ik dat dit verhaal niet waar is.

Dat ik me bewust was van de brug en Tim expres niet heb gewaarschuwd.

Omdat een roeiongeval de enige oplossing was om voorgoed met Tims trauma af te rekenen.

Ik heb dit gedaan in het belang van ons gezin. Voor jou en de jongens.

Ik ben er niet trots op, want dat ik tot zoiets gewetenloos in staat ben, kan alleen omdat ik dat geërfd heb van mijn vader. Mijn echte vader.

Lees ook van Karakter Uitgevers B.V.

JET VAN VUUREN

Eindfeest

De klok tikt door en de tijd dringt. Niemand kan leven met een moord op zijn geweten, behalve als je bent opgegeven...

Constance is een gescheiden vrouw met een prachtig verbouwde villa in het Gooi, een goedgevulde bankrekening, een creatieve baan en een paar goede vriendinnen. En hoewel ze niet vrijwillig voor haar scheiding heeft gekozen, weet ze er ook zonder man het beste van te maken.

Dat fijne leven verandert van de een op andere dag wanneer bij Constance kanker wordt vastgesteld en de artsen haar bijna onmiddellijk daarna opgeven. Ze heeft hooguit nog maar een paar maanden te leven. Haar tijd is nu ineens afzienbaar geworden, en juist daarom wil ze nog één ding doen waarmee ze kan schitteren. Ze besluit een afscheidsfeest te geven voor een aantal van haar vriendinnen. Met het verschil, dat ze alleen de vrouwen uitnodigt die haar in de steek lieten toen ze ziek werd.

Daardoor krijgt het afscheidsfeest een wrang randje. Wat deze vriendinnen namelijk niet weten, is dat het voor Constance letterlijk het laatste feest van haar leven wordt. En wat haar betreft geldt dat ook voor hen.

Volg Jet van Vuuren op Twitter: @jetvanvuuren, ontmoet haar op Facebook of op haar website www.jetvanvuuren.nl.

ISBN 978 90 452 0836 7 | ISBN e-book 978 90 452 0846 6

Lees ook van Karakter Uitgevers B.V.

JET VAN VUUREN

De oppas

Wraak is zoet, totdat het lot zich tegen je keert

Kim is de vaste oppas van Max en Suze. Toch is Kim allesbehalve geschikt als oppas: ze houdt niet van kinderen, rookt liever een joint, of vrijt met Anton, de buurman en echtgenoot van de bedlegerige, kinderloze Dorien.

Als op zekere dag de kleine Suze verdwijnt en niet veel later haar dode lichaampje bij de oppas in de tuin wordt teruggevonden, wijst alles erop dat Kim de dader is.

Kim beweert dat ze het niet gedaan heeft, Max bevestigt dat, niemand gelooft hen.

Wie vertelt de waarheid en wie is de echte moordenaar?

Dertien jaar later proberen Kim en Max alsnog hun gelijk te halen. Want wraak is zoet. Totdat het lot zich tegen je keert…

ISBN 978 90 452 1143 5 | ISBN e-book 978 90 452 0864 0